Capítulo 1[3]

Brasília ficava efervescente nas noites de sextas-feiras. Os carros trafegavam em velocidade pelas pistas num vaivém constante. O frio havia começado. No entanto, não tirava o apetite das pessoas para as diversões noturnas. O movimento dos bares e boates[4] provavam a intensidade da vida brasiliense. As escolas e faculdades noturnas finalizavam as atividades e os estudantes procuravam os bares para comemorar o término da semana.[5]

Na Asa Norte, a faculdade terminava as aulas e os últimos estudantes alvoroçados andavam em passos rápidos em direção as paradas de ônibus aos seus destinos.

Fernando acendeu um cigarro[6] caminhando ao ponto de ônibus com destino à Asa Sul. O frio intensificava obrigando à comprimir os livros por dentro do blusão como um escudo.[7] Subiu no ônibus conseguindo um lugar perto da porta de saída, sentando-se ao lado da janela enquanto observava os veículos que vinham no sentido contrário como bólides luminosos.

Seus pensamentos divagavam e a imagem da garçonete do Mug's não saia da cabeça. Clarice[8] era uma goiana de olhos azuis e de ancas incrivelmente sedutoras que faziam os clientes babarem por sua beleza. Imaginava de mãos dadas passeando nos parques ou sentados bebericando em um barzinho qualquer da cidade.

---

[1] Olá Newton, precisei mudar a fonte para melhorar a leitura na tela.

[2] O título 'Os olhos da inocente' sugere que vai ser mostrado o que uma inocente vê, talvez até uma personagem feminina vai mostrar.

[3] Capítulo tem acento agudo. Vou marcar com nota de rodapé, apenas aqui.

[4] Não precisa usar 'boate' porque existe boate.

[5] O primeiro parágrafo é fundamental para convencer o leitor a continuar no livro. Esse parágrafo tem de fisgar o leitor. Tem momentos muito fortes nessa sua obra, vou sugerir alguns para começar.

[6] Este era o último cigarro de Fernando?

[7] Não se usa espaço antes de: . ponto, , vírgula. Vou tirar mas marcar apenas aqui.

[8] Nesse período da pressão do 'politicamente correto' apresentar Fernando pensando na beleza física de Clarice e ressaltar as ancas, com certeza, você vai arrumar muitos problemas de interpretação.

A campainha que sinalizava as paradas o despertou das divagações saindo entre empurrões pela[9] porta de saída, quando encontrou-se com Carlos, ex-colega de trabalho que o cumprimentou enquanto desciam do ônibus:

—[10] Onde está indo? Perguntou Carlos.

— Ao Mug's tomar umas cervejas. Estou querendo esquecer o resultado da prova de estatística. Vamos lá?

— Então vamos. – Respondeu o amigo.

— Lá têm tira-gostos, cerveja geladíssima e garçonetes que atendem muito bem. Vale a gorjeta. – Sorriu Fernando.

Os dois conversavam quando Fernando pediu um cigarro[11] que foi sacado do bolso de Carlos, acendendo após diversas tentativas com um isqueiro que sempre falhava.

— Vamos lá amigo! A noite é uma criança! – Falou Fernando colocando a mão no ombro do companheiro.

O Mug's estava lotado. E as pessoas falavam alto contrastando com os temperamentos introspectivos dos dois amigos. [12]Passaram-se alguns minutos aguardando uma mesa quando foram abordados pelo gerente que acabava de conversar com um homem que ocupava uma mesa sozinho. A última mesa no fundo do bar. Este[13] acenou concordando com a presença dos dois com ar gentil de quem buscava companhia.[14]

— Muito obrigado – Respondeu Carlos com o olhar desconfiado.

— Sentem-se. – Apontou o homem aos jovens que olhavam para o lado em direção à pista de dança.

Fernando deu um sorriso[15] sentando-se ao lado do desconhecido.

---

[9] Eu usaria 'empurrões pela porta de saída' em vez de a craseado

[10] troquei todos os hífens por travessão, nesses casos. Vou avisar apenas aqui.

[11] Se o Fernando fumou antes de entrar no ônibus, não valeria enfatizar que acendera seu último cigarro?

[12] Depois de ponto sempre tem espaço. Corrigi aqui e vou continuar corrigindo, mas aviso apenas aqui.

[13] Este não tem acento. Corrigi aqui e vou continuar corrigindo, mas aviso apenas aqui.

[14] Existe uma maneira mais direta e simples de relatar isso: 'Passaram-se alguns minutos aguardando uma mesa quando foram abordados pelo gerente que acabava de conversar com um homem que ocupava uma mesa sozinho. A última mesa no fundo do bar. Este acenou concordando com a presença dos dois com ar gentil de quem buscava companhia.' Texto pesado, faz o leitor ir e vir na frase.

[15] Em vez de 'deu um sorriso' por que não apenas sorriu?

Ele trajava um terno azul bem talhado, gravata vermelha e usava óculos de graus que constantemente tirava para limpar. Fernando o olhou silenciosamente, enquanto tocava uma canção do Roberto Carlos embalando os casais que dançavam com os rostos colados na pista de dança.

— Acho que vou tomar uma cerveja e me mandar. Não suporto lugares com muita gente! Ninguém[16] se entende, porra! Falou Carlos.

O homem de terno ouviu o comentário esboçando um sorriso acompanhado por Fernando.

— De fato, hoje está lotado, porém vou dar um tempo, quem sabe será meu dia de sorte na paquera. – Retrucou Fernando batendo levemente no ombro do amigo.

— São estudantes? Perguntou o desconhecido. – Nós trabalhamos e estudamos. Vida dura![17] – Gracejou Carlos.

— E o senhor?

— Sou jornalista free-lancer.

— Ah, interessante!

Fernando continuava observando à conversação e o modo simpático do desconhecido.

— Meu nome é. – falou estendendo a mão.

— O meu é Carlos e o dele Fernando. Ele estuda administração e trabalha numa[18] financeira. Eu numa concessionária de carros na Asa Norte.

O homem ouviu as apresentações em seguida levantou o braço pedindo cervejas e tira-gostos que foi atendido pela garçonete que não demorou trazendo um prato com filé trinchados e azeitonas como acompanhamento.

Fernando levantou o copo, porém o homem de terno tomou a iniciativa de brindar aos novos parceiros.

— Para que nossas amantes nunca se encontrem com as nossas esposas![19] Todo riram, em seguida entornaram os copos dando grandes goles.

---

[16] Ninguém tem acento.

[17] Se usou exclamação, não precisa do ponto.

[18] Não carece de apostrofe em n'uma.

[19] Cuidado com o politicamente correto. Vale trabalhar mais a caracterização desses personagens masculinos para dar uma alma mais complexa e menos tipificada.

No ambiente o barulho das vozes misturado com a música era quase impossível de conversar. O tempo passava rápido e já haviam tomado várias cervejas quando Carlos falou em voz alta:

— Vou deixar minha parte das despesas. Amanhã tenho que trabalhar. Você não trabalha aos sábados. – Falou dirigindo-se ao amigo enquanto retirava do bolso a carteira de cédulas[20], calculando mentalmente o valor de sua parte entregando ao amigo.

Rapidamente[21] o homem de terno segurou a mão de Fernando[22] pedindo à devolução[23] do dinheiro:

— Hoje a despesa é minha. Um dia estarei sem dinheiro e vocês pagarão a conta. – Sorriu com o copo na mão e bebendo de[24] único gole

— Obrigado. – respondeu Carlos dirigindo-se ao homem de terno.

— Quando nos encontraremos? – Perguntou Fernando.

— Depois combinaremos. – Respondeu Carlos no momento que despedia do novo parceiro

— Ok. Vou demorar um pouco. Tenho que insistir nesta paquera. – Riu Fernando acompanhado pelo homem de terno[25].

O Mug's era um bar com uma pista de dança aconchegante e decoração moderna com luzes negras e coloridas. Nas paredes posters dos Rolling Stones, Roberto Carlos, Elis Regina e Wilson Simonal que trazia[26] nas mãos um boneco que dava nome ao bar, frequentado por jovens da classe média, universitários e empregados no comércio. O homem de terno[27] não sentia-se desambientado, apesar da idade que aparentava algo em torno dos 40 a 45 anos, estatura mediana predominando uma enorme barriga, apesar da calvície que brilhava com o reflexo das luzes. Era o estereótipo do homem de negócios ou executivo que contrastava com os jovens de jeans, blusões e cabelos compridos[28]. A pista de dança lotada, as luzes negras e coloridas davam uma atmosfera de alegria embalada por caipirinhas e cervejas.

---

[20] Isso não é usual no Brasil. Basta carteira.

[21] Esse acento em rapidamente não é usado.

[22] Agora ficou confuso, não era o Carlos que ia deixar o dinheiro? Como o Fernando entra aqui.

[23] Como assim devolução do dinheiro se ainda estava retirando a carteira do bolso?

[24] Conferir se não é beber em um único gole.

[25] Rir acompanhado, aqui é que Fernando e o homem de terno, que se chama Ramsy, significa riram juntos? Mas por que Ramsy acompanharia Fernando na risada? Só pelo fato de ele assumir a paquera?

[26] Não é o caso de usar 'segurava', visto que é um poster?

[27] Por que continuar usando 'o homem de terno' em vez de Ramsy? O leitor não deve guardar esse nome?

[28] Pela caracterização dos jovens, pensa-se nos anos setenta. No entanto se tem um período de tempo específico isso deve ficar claro para leitor. Pois muitas das ações que acontecem aqui, ainda podem acontecer hoje em 2017. Só que nos anos setenta, não havia o politicamente correto. E mais se estamos

— Creio que não vou suportar está barulheira por muito tempo. Vou pagar a conta e iremos para outro lugar. Esgotou a minha paciência! – Falou Ramzy pausadamente, tirando o óculos limpando com a gravata.

— Vou tomar mais uma cerveja e tentar conversar com a garçonete. – retrucou Fernando enquanto apontava na[29] direção da jovem.

— Acho difícil conversar com ela. Está sempre ocupada correndo de um lado para outro. Porque não tenta outro dia da semana? – Sugeriu Ramzy.[30]

Fernando ficou pensativo. Deu uma tragada no cigarro[31] bebendo o resto da cerveja concordando com a sugestão.

— Conhece algum barzinho perto da SQS406?

— Sim. Vamos pra lá! – falou Ramzy confirmando em voz alta.

Em seguida, chamou a garçonete que depois de minutos apresentou a conta que foi paga com uma boa gorjeta fazendo-a retribuir com um sorriso de dentes perfeitos.

Os dois caminharam[32] em direção a[33] saída[34] do bar com dificuldade entre mesas e jovens que dançavam freneticamente[35]. A frustração estava estampada no rosto de Fernando que mais uma vez não conseguia aproximar-se de Clarice que o olhava de longe.

Entraram no carro estacionado em frente ao bar enquanto Ramzy percebia a excitação do parceiro.

— Entre vou deixá-lo em casa, porém antes passaremos em outro bar. – disse Ramzy acomodando-se no veículo.[36]

— Desta vez eu pago! – falou Fernando em tom enérgico

---

lendo os olhos da inocente, esse deveria ser o olhar do narrador.

[29] Sem A craseado.

[30] Interessa acrescentar a sugestão de Ramzy?

[31] Pode resolver esse cigarro que aparece e desaparece em Fernando.

[32] foram caminharam, não precisa. Basta caminharam.

[33] Sem crase.

[34] Tem acento.

[35] Não tem acento.

[36] Esse tipo de atitude tem data no Brasil. Ninguém entra em carro de estranhos agora por aqui. Tem de explicar ou convencer o leitor que isso pode ser real.

— Não se preocupe! Eu o convidei e quem convida paga. Deixe para a próxima vez. Teremos outras oportunidades de nos encontrar. – Riu colocando a mão no ombro de Fernando.[37]

Ramzy dirigia apressadamente não demonstrando os cuidados necessários com o trânsito, percorrendo viadutos e retornos em velocidade, deixando Fernando nervoso.[38]

– Devagar! – Esbravejou Fernando.

— Não te preocupe está sobre[39] controle. – riu Ramzy

A noite estava agitada com carros estacionados no largo das calçadas, indicavam que os bares e restaurantes estavam cheios. Ramzy foi diminuindo a velocidade enquanto colocava a cabeça fora da janela procurando mesas desocupadas sobre a calçada. De repente, freou[40] bruscamente o que fez[41] Fernando quase ir ao encontro do pára-brisa enquanto desculpava-se automaticamente.

— Vamos descer tem[42] em uma mesa vaga ali!

Estacionou a[43] alguns metros do bar descendo sem trocar palavras, sentaram-se chamando o garçom para atendê-los.

— Porra! Tu me deu um susto e tanto! – reclamou[44] Fernando aborrecido.

— Desculpe-me. Agora nada melhor como uma cerveja geladinha para refrescar. – Falou Ramzy enquanto estendia a mão pedindo desculpas colocando a mão no peito.[45]

— Não encontramos um amigo todos os dias. – concluiu Ramzy tirando os óculos[46], como estivesse escondendo a possibilidade de ter provocado um acidente.

---

[37] Parece besteira, mas se enfatizou a entrada de Ramzy no carro tem de falar algo da entrada de Fernando, pois a mão no ombro de Fernando fica sem espaço específico.

[38] Pois é, hoje se Ramzy faz isso perde a carteira em menos de uma semana...

[39] Não tem acento.

[40] Freou, forma correta

[41] Fez, não tem acento.

[42] Tem, não usa mais esse acento.

[43] Sem crase.

[44] Falou nada, reclamou mesmo.

[45] Não consegui entender o que ele fez com a mão e em que peito ele colocou a mão.

[46] Mais usual como óculos, no plural mesmo.

Fernando pela primeira vez observou o companheiro que já dava sinais que o álcool[47] o havia atingido. Os olhos estufados e vermelhos que nem o óculos poderiam escondê-los eram sintomáticos.

— Como foi parar no Mug's? Estava esperando alguém[48]? – falou Fernando diretamente.

— Marquei um encontro com um[49] amigo que não veio. Não sei o que aconteceu.

— É uma pena! Nas sextas-feiras o Mug's não é o local para conversar assuntos sérios. – Falou Fernando puxando um cigarro do maço[50] enquanto Ramzy levantava-se ajeitando as calças, caminhando em direção ao banheiro, retornando com o paletó na mão, não se incomodando com o frio apesar do toldo de plástico que cobria a calçada.

— Porra! Estou de saco cheio de Brasília! Vou viajar daqui[51] à duas semanas para São Paulo. Estou cansado da convivência com estes políticos safados que cercam o Planalto. – Esbravejou Ramzy.

Por um momento Fernando ficou surpreso com o comentário. Seus pensamentos começaram a ficar confusos, alerta à possibilidade de estar na frente de um daqueles homossexuais que procuravam jovens nas noites dos finais de semanas.[52]

— Você é paulista? – Perguntou Fernando com excitação.

— Não. Mineiro de Governador Valadares, um mineirinho manhoso. – Riu Ramzy limpando os óculos com a ponta da gravata.

— Achava que era paulista. Têm sotaque paulista e nome estrangeiro.

— É. Sou filho de libaneses. Meus pais imigraram para o Brasil instalando-se em São Paulo por pouco tempo, em seguida foram para Minas Gerais, onde nasci e morei até os 22 anos. Conclui em São Paulo o curso de jornalismo em seguida fui trabalhar em um grande jornal do Brasil[53].

Transferi-me para Brasília porque é o centro das decisões optando por fazer[54] coberturas de temas políticos[55]. É o que faço aqui neste buraco. – Falou Ramzy olhando à calçada.

---

[47] Tem acento.

[48] Tem acento.

[49] Em vez de 'Marquei um encontro com um' que tal 'Marquei encontro com um'

[50] Lá vem o cigarro de novo.

[51] Daqui e não daqui.

[52] Não é muito pouco para Fernando esses pensamentos sobre Ramzy? Ele pode mais pelo trabalho que já fez...

[53] São tão poucos grandes jornais do Brasil... não vale citar algum?

— Deve ser interessante seu trabalho. Conhecer lugares, gente importante, é algo que me atrai. Porém, tenho que concluir os estudos e procurar outras oportunidades em São Paulo ou Rio de Janeiro que oferecem melhores opções para recém-formados. – Disse Fernando franzindo as sobrancelhas.

— Tinha combinado com uma pessoa interessada em trabalhar comigo pois estou cansado de coletar e pesquisar informações para meus artigos. – disse Ramzy com seriedade enquanto concluía.[56]

— Estava no Mug's aguardando-o para conversarmos e concluirmos à negociação. Não sei porque não telefonou. Certamente, aconteceu algo que não deu tempo para comunicar-me.

Silenciaram alguns minutos enquanto Ramzy tirava do bolso do paletó um maço de cigarros. Foi a primeira vez que o viu fumar e demonstrava nervosismo.

— Preciso de alguém para coletar informações nos órgãos[57] governamentais, câmara, senado etc. – falou Ramzy rapidamente[58] enquanto expelia a fumaça do cigarro.

— Como assim? – retrucou Fernando.

— Preciso de alguém confiável para colher informações nas fontes assim, não perderia tempo na elaboração dos artigos, publicando-os rapidamente[59]. – Falava Ramzy enquanto Fernando ouvia em silêncio.

Por um momento queria fazer[60] perguntas, porém pensou no trabalho que não poderia perder[61] e os estudos que concluiria[62] em breve. Não estava nos planos mudar de emprego. Coletar e classificar informações era algo que sabia e gostava de fazer quando trabalhava no DIC/MIC ligado ao SNI, o serviço de informações do governo federal. A lembrança do episódio deixou seu rosto sério. Nunca mencionava esta passagem de sua vida mantendo sempre em privacidade.

Tomaram algumas cervejas e conversaram assuntos diversos o que fez Fernando ter certeza do nível intelectual do interlocutor. De repente Ramzy puxou uma caneta do bolso do paletó tomando um guardanapo foi escrevendo o número do telefone entregando ao companheiro, em

---

[54] Por fazer é separado.

[55] Tem acento.

[56] Tem acento.

[57] Tem acento.

[58] Sem acento.

[59] Sem acento.

[60] Fazer em vez de fazê-lo

[61] perder em vez de perdê-lo.

[62] Concluiria em vez de seriam concluídos

seguida chamou o garçom pagando a conta enquanto Fernando agradecia o pagamento das despesas.

Ao chegar no edifício despediram-se com um sorriso e um forte aperto de mão com promessa de um breve encontro.

Capítulo 2

Chegando[63] no apartamento foi[64] direto à cozinha sem fazer barulho, abriu,[65] a geladeira, pegou[66] uma garrafa de leite e bebeu[67] no gargalo, com os olhos no[68] relógio de parede como se quisesse fazer o tempo parar. Sentou-se[69] pensativo alguns minutos quando tirou do bolso o papel com o número do telefone, lembrando-se do encontro casual com Ramzy. As últimas horas de conversa[70] o havia impressionado com a desenvoltura dos assuntos discorridos e a segurança de conhecimento que o companheiro demonstrava.[71]

Decididamente, iria procurá-lo na próxima sexta-feira, todavia algo o intrigava no comportamento do parceiro, porém de alguma forma tinha sido gratificante conhecer alguém com excelente nível intelectual e social.

Acendeu o último cigarro dirigindo-se ao quarto tirando a roupa para dormir.[72] Ficou olhando o teto por algum tempo esperando o sono chegar adormecendo sem ouvir o companheiro que dividia o aluguel do apartamento chegar que sempre fazia barulho.[73]

Acordou cedo entrou no banheiro, tomando um longo banho, em seguida foi à cozinha preparar uma xícara de café forte, saindo em seguida para comprar jornais. Era uma rotina que mantinha aos sábados. Desta vez estava ansioso para encontrar algum artigo do companheiro de noitada. Comprou jornais e cigarros parando para folhear as revistas de fofocas da exposição, retornando

---

[63] Chegando em vez de chegou

[64] Foi direto em vez de indo direto.

[65] Abriu em vez de abrindo.

[66] , pegou em vez de retirando

[67] e bebeu em vez de bebendo

[68] com os olhos no em vez de olhando o

[69] sentou-se pensativo em vez sentou-se ficando pensativo.

[70] Conversa em vez de conversação

[71] Essa frase começa com o tempo e termina com Ramzy. Vale pensar melhor nessa ideia.

[72] Fumou seu último cigarro enquanto ia para o quarto e tirava sua roupa. Pode ser? Uso abusivo de gerúndio.

[73] O olhar no teto ajudava o sono chegar e quando adormeceu não tinha ouvido o barulho do companheiro de apartamento chegar. Pode ser? Uso abusivo de gerúndio.

ao apartamento onde sentou-se no velho sofá, um dos poucos móveis que compunha a mobília foi logo abrindo os jornais em busca de artigos do enigmático jornalista.

O ar de frustração estampou-se no rosto pois não havia nenhum artigo em nome do companheiro de noitada. No entanto, iria aguardar à segunda-feira quando revistas e jornais do Rio e São Paulo estariam à disposição na empresa.

Foi quando começou a lembrar de Clarice e a falta de oportunidade de aproximação na noite anterior. Iria procurá-la durante a semana em nova investida. Era o tipo de pessoa que persistia em seus objetivos. Deixou os jornais sobre a mesa de centro indo até à estante onde encontrava-se um moderno toca-discos ladeado por enormes caixas de som, colocando um disco[74] de sua preferência[75] foi preparar uma caipirinha com gelo. Acendeu um cigarro ouvindo música em tom baixo para não despertar o companheiro que dormia enquanto sua mente buscava algo escondido no companheiro de noitada. Alguma coisa o fazia procurar na memória as reações e palavras de Ramzy, algo que intrigava misturado ao rosto da jovem.

Decidiu sair para passear. Vestiu-se rápido caminhando até o ponto de ônibus. Ir ao Conjunto Nacional percorrer livrarias e lojas era um hobby que não dispensava aos sábados. Uma espécie de terapia ocupacional quando via as lojas cheias e as pessoas saindo com sacolas em direção aos estacionamentos ou paradas de ônibus. Entrou em uma livraria procurando a seção de livros sobre administração. Gostava de manter-se atualizado em técnicas organizacionais que era seu tema favorito fazendo destacar-se entre os colegas de turma. Folheou alguns livros recolocando-os nas prateleiras quando viu na exposição um livro que chamou atenção. Um livro sobre a Inquisição Espanhola. Começou a ler a orelha do livro sentindo-se atraído pelo assunto. Comprou-o saindo apressadamente em direção ao ponto de ônibus. Queria iniciar a leitura o mais rápido possível o que fazia folhear as páginas enquanto esperava o coletivo.

Resende era alto, careca e usava óculos no estilo John Lennon. Trabalhava em um banco estatal. Havia conhecido Fernando quando namorava uma colega de trabalho. Era noivo com plano de casar ao término do curso de economia. Sempre humorado gostava de contar piadas imitando o sotaque nordestino do amigo o que fazia dar boas risadas. Tinha convidado Fernando para morar juntos no apartamento funcional uma das regalias para os privilegiados funcionários do governo, dividindo os gastos com alimentação e outras despesas gerando economia para ambos. Dirigiu-se à cozinha abrindo a geladeira retirando uma garrafa de cerveja.

— O que está lendo? – Perguntou Resende com o copo de cerveja oferecendo ao amigo.

— É sobre a Inquisição. Comprei agora no Conjunto Nacional. – Retrucou Fernando.

— Li alguma coisa quando estudava história no ginásio. Nunca interessei-me por história ou religião.

— Vai sair? – Perguntou Fernando.

---

[74] Esse disco é LP do passado agora chamado de vinil? Isso é importante para marcar a data da narrativa.

[75] Não é importante mostrar para o leitor a preferência musical dele?

— Vou paquerar umas gatinhas. – Resende deu um sorriso enquanto bebia o resto da cerveja, despedindo-se com leve aceno.

Fernando parecia aliviado com a saída do amigo. Estava querendo ficar sozinho. Ler e ouvir música. A medida que avançava na leitura sua imaginação o transportava as épocas dos tribunais da Inquisição. Imaginava os sofrimentos das pessoas que haviam sido torturadas mortas pela intolerância e preconceito religioso.

Começou a recordar os tempos de criança da tolerância dos pais em matéria de religião. Porém, havia algo que o intrigava com alguns costumes mantidos em casa. Não trabalhar aos sábados, não comer carne de porco, não frequentar igrejas, ausência de imagens, lavar as mãos antes das refeições não eram costumes usuais nas famílias que conhecia. O capítulo sobre cristãos-novos ou judeus convertidos à religião católica mencionava uma relação de famílias que constavam nos Altos da Inquisição, inclusive nomes das famílias dos pais e antepassados deixando mais interessado em aprofundar-se no tema.

Por um instante ficou imaginando a possibilidade de ser um descendente de cristãos-novos, pois nutria sem explicação uma admiração pelo povo judeu, de forma que havia comprado há anos uma corrente com a Estrela de Davi que usava constantemente no pescoço. Retornou a leitura terminando alguns capítulos quando resolveu aproveitar o tempo para atualizar as matérias da faculdade. No final da tarde, recebeu um telefonema de um amigo convidando-o à sair, porém não estava disposto. Declinou o convite preferindo continuar com a leitura.

Ao chegar com uma amiga, Resende dirigiu-se à cozinha fazendo barulho dando gargalhadas. Fernando ouvia tudo do outro lado do quarto quando as risadas cessaram foi à cozinha preparar um sanduíche ouvindo sussurros misturados com o som da televisão e o barulho da cama. Sorriu dando uma mordida no sanduíche retornando ao quarto deitando-se imaginando o amigo com quase dois metros de altura, fazendo sexo com aquela garota que batia no umbigo dele.[76]

Esticou-se na cama preparando-se para dormir quando começou a questionar sobre sua vida espiritual. Tinha estudado em colégio cristão, mas não sentia motivação religiosa como também não havia encontrado em nenhuma doutrina ou livros esotéricos sua satisfação espiritual.

Decidiu conhecer o judaísmo! Porém, não tinha ideia de como fazê-lo. Queria conhecer a história do povo judeu, as causas que levavam a serem discriminados maltratados no longo dos séculos. A Inquisição e o Holocausto foram as provas da barbárie e da intolerância humana contra este povo. Relembrou as Olimpíadas de Munique quando a equipe de atletismo israelense foi assassinada por terroristas do Setembro Negro, fatos que fizeram ainda mais aumentar a admiração pelo povo judeu.

Seria uma longa caminhada, porém iria pagar o preço para alcançar os objetivos. Começaria a ler o que fosse disponível sobre a história do povo judeu. Isto iria fazer com convicção e prazer. Era o primeiro passo de uma longa caminhada. Tomou um copo de água desta vez desatento ao que acontecia no quarto do amigo. Retornou à cama deitou-se dormindo rapidamente.

---

[76] Como Fernando sabia a altura da garota se estava no quarto?

Capítulo 3

O início da semana sempre o deixava ansioso. Quando entrou na sala de trabalho, foi até a pequena mesa de centro, onde ficavam os jornais. Procurou algum artigo do companheiro de noitada nas secções políticas.[77] Acendeu um cigarro, tamborilando[78] com os dedos na mesa enquanto os funcionários começavam a chegar para inicio da jornada de trabalho. Falavam alto comentando os mais variados assuntos, principalmente as façanhas do final de semana. Cumprimentavam Fernando que os respondia sempre humorado mantendo-se atento à leitura dos jornais.

De repente começou a levantar hipóteses sobre o parceiro de noitada. Seria mesmo um jornalista? Um agente do governo disfarçado em busca de militantes comunistas? Um homossexual? Então, com a chegada do chefe começou a trabalhar. O encontro com Ramzy tinha provocado dúvidas, principalmente a expressão facial que fez quando sugeriu procurar a garçonete nos dias de semana. Havia algo de estranho em Ramzy que teria que ser explicado.

No intervalo do expediente encontrou-se com seu chefe que o tratava com intimidade. Meira era o gerente da filial trabalhavam juntos há anos por ter mais tempo de serviço tinha sido promovido à gerente, indicando-o para substituí-lo em diversas oportunidades. Ambos nutriam amizade dentro e fora da empresa.

— Como foi o final de semana?

— Na sexta depois da faculdade encontrei

me com amigos no Mug's.

— Conhece algum jornalista de Brasília chamado Ramzy? – Perguntou com ar displicente.

— Não. Conheceu alguém?

— Sim. Conheci um tal de Ramzy que escreve sobre política.

— Caramba! No Mug's? Só se for jornalista policial. – Deu uma risada que foi acompanhada por Fernando.

— Conheci o cara junto com o Carlinho. Ele pagou todas ainda me deu carona. Um coroa legal! – Falou Fernando

— Conta isto direito. Tá comendo veado? – Riu novamente Meira.[79]

---

[77] Veja se essa nova ordem do texto é melhor?

[78] Não precisa do ficar.

[79] Cuidado com esse politicamente correto e o anti-machismo.

— Não. O cara não é veado, porém fiquei cismado com ele. É um tipo informado aparentemente bem de vida. Não tem 'pinta' de veado. Marcou novo encontro nesta semana. Ele está procurando alguém para trabalhar com ele. – Comentou Fernando.

— Este cara é pilantra! – Afirmou taxativamente Meira[80]

— É possível. Porém, não tem conversa de pilantra, grande parte do tempo falamos de diversos assuntos e sempre demonstrou seus conhecimentos com segurança.[81]

— Vamos nos encontrar neste final de semana? Vai gostar do papo dele.

— Não sei se vou poder tenho um compromisso que não posso faltar. – Respondeu Meira fazendo com as mãos o gesto peculiar quando ia encontrar-se com alguma mulher.

Os dois riram enquanto Fernando dirigia-se à sala para reiniciar o trabalho que sempre acumulava nos finais de semana. Terminado o expediente vestiu o blusão colocando na mochila os livros saindo para bater o ponto na portaria.

Iria chegar cedo na faculdade, para entregar ao professor o trabalho pendente para a nota mensal. Ao aproximar da entrada do prédio, encontrou vários colegas com fisionomias tristes, garotas chorando amparadas por colegas. Aproximou-se devagar abordando um dos companheiros de classe:

— O Waldir foi assassinado e o corpo encontrado no final da Asa Norte no sábado de manhã, segundo o jornal. A direção da faculdade decretou luto não haverá[82] aula hoje. – Informou o colega de classe com a voz embargada.

— A polícia pegou alguém?

— Ainda não sabemos.

— Puxa! Vi os jornais mas estava ligado em outros artigos.

— A nota publicada no jornal não informava detalhes. – Retrucou o colega.

— O Professor Antunes já chegou? – Perguntou Fernando

— Encontra-se na sala de aula, mas irá sair dentro de alguns minutos.

— Vou correndo entregar meu trabalho que está atrasado e voltar para casa. Esta notícia me abalou! – Falou Fernando em voz baixa.

---

[80] Não vale explicar para o leitor como o Meira chega nessa conclusão?

[81] Confere se as mudanças mantiveram o sentido original?

[82] Haverá em vez de havendo.

Capítulo 4

Resende encontrava-se na cozinha, tomando a refeição matinal, quando Fernando entrou cumprimentando, sentando-se ao lado e servindo-se de uma xícara de café.[83]

— Porra! Morreu um grande amigo da faculdade assassinado. Um sargento da Marinha. Um cara apreciado por todos. – Falou Fernando emocionado, enquanto o amigo solidarizava com pesar da notícia.

Terminou o café vestiu o blusão fazendo sinal para Resende que iria sair. Resende respondeu levantando a xícara de café ainda com a boca cheia de pão esboçando um gesto de concordância.

Na parada do ônibus com as mãos enfiadas no blusão devido ao frio sentia-se sem rumo. Iria passear nas lojas do Conjunto Nacional para ver pessoas, percorrer livrarias, lojas, tomar um chope gelado, olhar garotas tentar tirar da cabeça a morte do amigo. Entrou numa livraria, porém não se motivou em fazer a costumeira leitura das resenhas dos livros. Parou diante de uma lanchonete onde haviam casais, garotas desacompanhadas, ficando indeciso em entrar quando de repente decidiu ir ao Mug's.

Durante a semana não teria muita gente, poderia colocar os pensamentos em ordem, esquecendo o assassinado do amigo, substituindo-o[84] pelos olhos azuis e corpo escultural de Clarice.[85] Dirigiu-se à estação rodoviária tomando o primeiro coletivo em direção à Asa Sul. Fazia bastante frio com a cerração que dificultava a visão quando entrou no Mug's apressadamente, tirando um cigarro do bolso ao mesmo tempo que seu olhar vasculhava o ambiente em busca de Clarice.[86]

— Clarice não veio[87] hoje?

— Não. Viajou para o interior do Goiás visitar a mãe que se[88] encontra doente. Sabe quem ontem esteve aqui? – Completou a garçonete

— Quem?

— Aquele 'coroa' que bebeu com vocês na sexta passada. – Respondeu a garçonete enquanto saía[89] para atender outro cliente.

---

[83] Confere se está melhor e mantém o sentido.

[84] Gerúndio.

[85] Cuidado com o politicamente correto e os anti-machismo.

[86] Tenta trabalhar esse tipo de ideia que está nesse parágrafo, usando de frases curtas. O leitor perde a noção de qual informação é importante: o frio, a cerração, falta de visão, buscar a Clarice e o cigarro, que pode estar em qualquer momento.

[87] Veio é o correto

[88] Uso correto antes do verbo aqui.

[89] Tem acento aqui.

A informação da garçonete surpreendeu Fernando ficando confuso por um breve momento.

— Ele bebeu uma cerveja, saindo apressado, conversando com Clarice em direção ao carro. Imagino que deve ter dado algum presente, pois chegou com um embrulho na mão. O 'coroa' parece boa praça. – Completou a garçonete.[90]

Fernando beliscou o tira-gosto de azeitonas com queijo, mergulhando em seus pensamentos com goles da cerveja.[91] Suas sobrancelhas estavam contraídas, sinalizando preocupação para aquele incidente banal, então dirigiu-se ao balcão para telefonar.

— Não é telefonema interurbano? – brincou o gerente enquanto Fernando retirava do bolso a caderneta de endereços.

O número de Ramzy não atendia então devolveu o telefone, soltando um palavrão. Aguardou mais alguns minutos quando pagou a conta, retornando ao apartamento. Teria que dormir para enfrentar o trabalho de manhã cedo.

Chegou na antessala da gerência foi logo abrindo os jornais, começando a leitura dos noticiários policiais. Encontrou um pequeno texto sobre a morte do amigo que segundo a polícia teria sido assassinado por disparos à queima-roupa. Aquele incidente provocava mais dúvidas sobre o brutal assassinato. Então, retornou a sala concentrando-se no trabalho com empenho.[92]

No almoço sentou-se à mesa com um colega de empresa que cursava economia na mesma faculdade que de repente começou a falar:[93]

— Você sabia que o Waldir era do serviço secreto? O pessoal do Centro Acadêmico estava comentando à respeito[94]. Era um delator deste governo ditatorial![95] Tenho pena das crianças e da

---

[90] Pense em ajudar o leitor nessa sequência: — Aquele 'coroa' que bebeu com vocês na sexta passada. – Respondeu a garçonete enquanto saía[90] para atender outro cliente.
A informação da garçonete surpreendeu Fernando ficando confuso por um breve momento.
— Ele bebeu uma cerveja saindo apressado conversando com Clarice em direção ao carro. Imagino que deve ter dado algum presente pois chegou com um embrulho na mão. O 'coroa' parece boa praça. – Completou a garçonete. Só aqui com o completou que percebemos que a garçonete continua falando apesar de sair para atender outro cliente.

[91] Pense nessas soluções para essa frase: mergulhando em seus pensamentos com goles da cerveja.
mergulhando seus pensamentos nos goles da cerveja.
mergulhado em seus pensamentos e apreciando a cerveja.

[92] Pense em adotar um critério para selecionar quais ações dos personagens vai contar. O ordem mais usual é, apenas, chamar atenção para movimentos que são importantes para a narrativa. Se fala de uma arma, ela terá de ser usada até o final da história.

[93] Caso se decidir um critério, ou começar direto almoçou com um colega de faculdade que comentou

[94] Prefiro: No Centro Acadêmico estão falando disso.

[95] Dá mais uma referência de ano. Tentar fechar uma data.

mulher que talvez nem saiba que o marido era um filho da puta! – Comentou o companheiro de refeição[96].

— Ele não parecia. Estudamos juntos mais de três anos. Era calmo e educado. – respondeu Fernando com rispidez.

— Pois é! Calmo e educado mas colocava na bunda de todo mundo! – esbravejou o companheiro.

Terminou a refeição[97] retornou apressadamente à empresa, encontrando a mesa repleta de papeis e Meira constantemente o acionando pedindo rapidez no atendimento.[98]

O trabalho o fazia sentir-se melhor porém, o comentário do amigo sobre a atividade de Waldir o havia perturbado[99]. Discordava do regime militar que foi o motivo de demitir-se do DSI/MIC, alegando que precisava formar-se para ingressar na atividade privada, porém Waldir era seu amigo.[100]

Capítulo 5

Apesar dos afazeres, havia feito algumas tentativas de ligações para Ramzy sem sucesso. Apenas a intuição dizia que alguma coisa não se encaixava. Isto o tornava obsessivo em obter respostas. O término do expediente aproximava-se começando a organizar como de costume livros e cadernos, apanhou o blusão em cima do armário dirigindo-se à sala de Meira para comunicá-lo que o trabalho havia sido executado. Meira o parabenizou fazendo sinal positivo que tudo estava bem.

No intervalo da aula, dirigiu-se a cantina da faculdade para comprar um lanche, quando encontrou-se com Elisete que sempre o procurava para conversar.

— E aí? Como estão as coisas?

— Tudo bem. E com você? – Replicou Fernando.

— Muito serviço na repartição e pouco tempo para fazer os trabalhos da faculdade.

— Eu também. Ouviu o comentário que Waldir era agente secreto?

---

[96] Companheiro de refeição? Isso não é usual.

[97] Que tal almoço?

[98] Falta algo aqui: Meira constantemente o acionando pedindo rapidez no atendimento. Exatamente entre acionando e pedindo.

[99] Havia perturbado em vez de havia deixado perturbando

[100] Vamos lá, o que o leitor deve entender: Fernando não concorda com o regime militar, o Fernando saiu do DSI porque discordava do regime militar, Fernando e Waldir era amigos do DSI ou da faculdade, se for do DSI então amigos são perdoados, muito confuso.

— Ouvi. Acho que é verdadeiro. Ele não era este 'santinho' que diziam. – Comentou Elisete fechando a cara.

— É. As pessoas nem sempre são como se apresentam. Porém, não acho nada de estranho. – Retrucou Fernando.

Ao toque da sirene encerrando o fim do intervalo, os dois dirigiram-se às respectivas classes despedindo-se com beijos no rosto.

No encerramento[101] das aulas, colocou os livros na mochila indo para o ponto de ônibus. O local estava lotado de estudantes que amontoavam-se nas subidas dos coletivos causando confusão entre palavrões e empurrões. Chegou no apartamento jogando a mochila no sofá indo direto à cozinha. Preparou um sanduíche de salsichas abriu a geladeira retirando o resto de refrigerante bebendo na garrafa. Dirigiu-se ao quarto apanhando o livro sobre a Inquisição folheando displicentemente enquanto mastigava. No término do livro estava cada vez mais convicto da necessidade de informar-se sobre a religião judaica.[102]

Preparou-se para dormir chegando o sono rapidamente acordando de manhã com o barulho do despertador.[103]

Havia dias que a rotina do trabalho, a solidão o incomodava[104] o que fazia constantemente procurar algo diferente para fazer. As dúvidas sobre Ramzy, o assassinato do colega da faculdade pareciam alimentar a ideia de aventurar-se imaginando um crime passional premeditado ou uma emboscada armada uma sequência de perguntas brotavam na mente como uma cascata interminável cada vez difícil de obter respostas.[105]

De repente, caiu na realidade. Estava atrasado para tomar o ônibus que o levava ao trabalho. Seu senso de responsabilidade obrigou a tomar o primeiro taxi que passava no rumo à Asa Norte. Pagou o taxi, dirigindo-se rapidamente ao local de trabalho, batendo o ponto, indo à sala do gerente procurar nos jornais, artigos políticos e manchetes policiais. Nada encontrando.[106]

---

[101] Encerrando – encerramento. Vale mudar um ou outro.

[102] O que é mais importante para o leitor: o fim das aulas? Colocar os livros na mochila? Seguir para o ponto de ônibus? Saber que muitos estudantes usam ônibus em Brasília? Que muitos estudantes na mesma hora no ponto de ônibus dá confusão? Jogar a mochila no sofá? Ir para a cozinha? Preparar um sanduíche? Beber refrigerante na garrafa? Ir para o quarto? Apanhar o livro da Inquisição? Folhear o livro? Terminar o livro? Saber mais da religião judaica?

[103] Precisa disso?

[104] Rotina e solidão são duas coisas diferentes. Seria essa frase: havia dias que a rotina do trabalho e a solidão o incomodava?

[105] Precisa melhorar esse parágrafo. Tem algo muito estranho aqui. E ao mesmo tempo é importante para entender a necessidade de aventura de Fernando.

[106] O que é mais importante para o leitor guardar: estava atrasado para ônibus? Sua responsabilidade com trabalho? Pegar um taxi? Bater o ponto? Sala do gerente? Jornais versus artigos políticos?

Capítulo 6

Os períodos das férias da empresa e da faculdade aproximavam-se com planos de visitar os familiares, rever amigos em seguida viajar para uma praia distante de Fortaleza curtindo o sol, mar e a solidão[107].

Precisava refletir sobre os acontecimentos[108] dar-lhe um novo direcionamento à vida. As rotinas eram estressantes. A opção de uma companheira não era descartável, porém no momento estudo e trabalho eram prioritários.

Por um instante veio[109] a imagem da garçonete apertando contra si dando longos beijos na sua boca sensual. Era um sonho que tinha que transformá-lo em realidade que até o presente não passava de poucas palavras dirigidas e alguns sorrisos entre ambos.[110]

Os momentos no bar com a presença de Clarice o tranquilizava. [111]Decorriam quase duas semanas sem vê-la. Telefonou para Carlos que aceitou o convite para o encontro no barzinho.

Não demorou muito Meira passou rapidamente pela sala cumprimentando.

— Quando vai viajar para a reunião no Rio? – Perguntou Fernando

— Na próxima quarta-feira. Antes faremos[112] uma reunião de avaliação. Tenho que levar um monte de informações à diretoria. Você irá responder pela filial até o meu retorno. Devo tirar alguns dias de férias aproveitando a passagem. – Falou Meira sorrindo.

— Vai com a família?

— Não. As crianças estão em aula, a mãe não pode deixá-las sozinha. – Piscou o olho abrindo um largo sorriso.

— É o repouso do guerreiro. Eu mereço. – Concluiu Meira.

— Tu é safado demais!

---

[107] Se ele quer solidão nas férias, como se incomodou com a solidão no capítulo anterior?

[108] Que acontecimentos são esses: a Clarice? O Ramzy? O amigo morto? O livro sobre a Inquisição? Só isso o leitor conhece do Fernando. E que fuma muito e gosta de cerveja.

[109] Veio e não veiu

[110] Isso é apenas atração sexual, mas cá entre nós por esta razão ele vai correr todos os riscos por ela?

[111] Consegui por um simples ponto e melhorar.

[112] Faremos em vez de iremos fazer

Meira era mulherengo convicto naquele instante sentia-se cúmplice das bandalheiras do amigo. No fundo não concordava com o comportamento do amigo. Dirigiu-se à sala de Meira que havia saído mais cedo, aproveitando para folhear os jornais em busca de informações sobre o assassinato. Nada encontrando, voltou a trabalhar. Naquele instante não estava disposto a analisar os motivos que o levavam a procurar o companheiro da noitada ou informações sobre o assassinato do amigo. No fundo sentia-se estranho com tudo aquilo, porém algo o impulsionava a fazê-lo. A determinação era uma das qualidades que as vezes poderia ir ao limite da insensatez. Retornou do almoço determinado em buscar respostas. Porque Ramzy não atende o telefone? Será que viajou? Será mesmo jornalista? Qual a ligação com Clarice? Estas perguntas o deixava perturbado. Alguma coisa não se encaixava. Parou por um instante o trabalho acendendo um cigarro percebendo que estava mergulhando em problemas que não lhes diziam respeito. Em breve, iria substituir o gerente e não poderia cometer falhas.

A parada de ônibus estava lotada quando Fernando encontrou com Elisete e uma colega de classe. As sextas-feiras deixavam os estudantes em clima de euforia em busca de algo para fazer, quando uma das garotas dirigiu-se à Fernando pedindo um cigarro.

— Fernando o que vai fazer? – Perguntou Elisete

— Vou encontrar-me com um amigo na 211 Sul. E vocês vão para onde?

— Estamos sem rumo. Podemos ir juntos?

— Claro! Vocês vão gostar do Carlos. É meu amigo há muito tempo. Trabalha numa concessionária de carros. Gente boa! – Falou Fernando

— Então vamos! Concordaram as garotas enquanto caminhavam em direção ao ponto de ônibus.

Carlos estava sentado, aguardando o amigo, ao vê-lo levantou-se para cumprimentá-lo, convidando à sentar-se[113]

— Hoje está bem acompanhado!

— Esta é Elisete e Ana colegas da faculdade.

— É um prazer. – Respondeu Carlos com um largo sorriso.

Fernando foi sentando, olhando para o centro do barzinho, onde Clarice atendia algumas mesas. Voltou-se para Carlos com um sorriso de satisfação, piscando o olho discretamente.[114]

— O que vão beber?

— Cerveja geladinha. – Respondeu Elisete olhando para a amiga e rindo.

---

[113] Por enquanto Carlos só fala de Fernando verbo no singular.

[114] Tem alguns parágrafos que a virgula resolve bem. Mas tem outros com muitas informações que atordoam o leitor.

— Ok. Vamos na cerveja com tira-gosto da casa. – Complementou Fernando.

Em [115]pouco tempo o bar estava lotado. O disk-jockey alternava o repertório entre música brasileira e internacional. Os casais começavam a dirigir-se à pista de dança, onde as vozes eufóricas misturavam-se com os gritinhos das garotas. Era um clima alegre, onde quase todos se conheciam há bastante tempo. Quando um ou outro se exaltava quase sempre era repreendidos pelos próprios clientes com a interferência do gerente que se mantinha tranquilo apaziguando as possíveis confusões.[116][117]

— Elisete onde você trabalha? – Perguntou Carlos.

— Na Secretaria de Educação.

— E você? – Finalizou[118] Carlos apontando para a amiga ao lado.

—Ana trabalha no Banco Central. – Respondeu Elisete pela amiga que parecia estar sempre desconfiando de algo.

Elisete acendeu um cigarro, olhando em direção à pista de dança. De repente, cochichou no ouvido da amiga algo imperceptível em função do barulho. Tomou um gole da cerveja, apanhando um palito de azeitonas com queijo, olhando fixamente para garçonete que se aproximava trazendo a bandeja repleta de copos, garrafas colocando-as sobre a mesa, olhando de soslaio para Fernando, cumprimentando sendo retribuindo com um sorriso acompanhado de um largo gole de cerveja. Carlos discretamente o cutucou debaixo da mesa a perna do amigo acompanhado de uma piscada de olho. Sinal de cumplicidade na paquera.[119][120]

— Acho que conheço esta garçonete. – Comentou Elisete para Fernando.

— Não tenho certeza de onde a conheço. Ela é muito bonita. Acabei de comentar com Ana que já tinha visto em algum lugar. Sou boa fisionomista. – Finalizou[121] Elisete em tom de ciúmes.

Em seguida pegou na mão de Fernando alisando-a, aproximando de sua cadeira, colocando o braço no pescoço, dando-lhe um beijo no rosto, convidando à dançar. A música de James Taylor era sempre um motivo para os casais dançarem colados, esquecendo por um momento as

---

[115] Em pouco em vez de Com pouco

[116] Entendo a vontade de dar o clima do Mug's, mas aqui? Não devia ser na vez que ele encontrou o Ramzy?

[117] Pense se aqui não devia ser com SEM: Quando um ou outro se exaltava quase sempre era repreendidos pelos próprios clientes SEM a interferência do gerente que se mantinha tranquilo apaziguando as possíveis confusões.

[118] Continuou em vez de Finalizou.

[119] Isso não precisa ser detalhado nesse nível. Procure reescrever esse parágrafo sem usar tantos gerúndios.

[120] Que o leitor faz com essa informação: Sinal de cumplicidade na paquera?

[121] Acrescentou em vez de Finalizou.

algazarras, para trocarem palavras amorosas entre beijos e abraços. Levantou-se de súbito, puxando Fernando, foi[122] conduzindo-o a pista de dança que encontrava-se lotada. [123]

Elisete o comprimia contra seus seios, colocando seus[124] braços envoltos no pescoço, alisando com seus dedos[125] os cabelos e ombro. Suas coxas procuravam entrelaçar-se nas de Fernando que começou a descer vagarosamente as mãos em direção as nádegas. Elisete começou a beijá-lo no rosto, dirigindo-se ao centro da pista, onde os movimentos eram milimétricos. Beijava-o na boca, acompanhando o movimento da dança, enquanto descia o braço, juntando-se as mãos em movimentos lentos até encontrar o pênis que roçava em suas coxas. Ela o tocava discretamente com as pontas dos dedos, enquanto com volúpia penetrava a língua na boca, que ele respondia com toques suaves nos lábios carnudos. Elisete respirava ofegante, contorcendo-se, parecendo final de orgasmo, enquanto Fernando embaraçado tentava recompôr-se a medida que a música finalizava.

— Você dança bem. Acho que vou pedir bis. – Comentou Fernando sarcasticamente, disfarçando o volume do pênis puxando o blusão para baixo.

— E porque não! Tenho um local interessante para irmos depois daqui. Acho que vai gostar. – Falou Elisete tirando o cigarro do maço e piscando o olho.

Carlos sentindo o clima entre Fernando e Elisete fez sinal à garçonete, indicando com o dedo um novo pedido de cerveja. Elisete continuava com o braço no pescoço a mão entrelaçada na de Fernando, que ao presenciar o pedido feito pelo amigo foi tentando esquivar-se da situação, justificando à ida ao banheiro. Não queria ser flagrado por Clarice, apesar de não ter nenhum sinal de aceitação ou contato mais próximo. No entanto, não havia desistido de conquistá-la. Precisava ter paciência aguardando oportunidade para aproximação. Levantou-se, desculpando, caminhando com dificuldade entre as mesas lotadas até o banheiro, quando a viu aproximar-se com uma bandeja, vestindo um avental vermelho que não conseguia esconder o corpo perfeito.[126]

— Oi Clarice! Você vai levando as cervejas para a minha mesa? – Perguntou Fernando

— Sim.

— Pode providencias batatas fritas?

— Irei providenciar[127].

---

[122] Não entendi esse foi.

[123] Outro parágrafo com excesso de informações e de verbos no gerúndio.

[124] Os braços dela?

[125] Os dedos dela, Elisete?

[126] Muita informação para o leitor. Rever.

[127] Que tal providenciarei? Esse uso irei fazer ou estou fazendo começa nos anos noventa no Brasil.

— Estou querendo[128] falar com você há bastante tempo não conseguindo um 'tempinho' sequer, pois está sempre ocupada. Vai ser possível marcarmos um encontro? – Fernando falou[129] com ar de seriedade.

— Hoje não dar certo. Podemos marcar outro dia. Também estou querendo. – Falou Clarice rapidamente olhando para os lados com desconfiança enquanto colocava o dedo na boca como se tivesse beijando em sinal de concordância.

Fernando dirigiu-se ao banheiro, urinando com satisfação[130]. Lavou as mãos, olhando para o espelho, passando o pente no cabelo dando um sorriso de quem havia conquistado o mundo. Saiu as pressas em direção a mesa, tomando o copo de cerveja quase de único gole. Tragou o cigarro, soltando a fumaça com ares de satisfação e conquista.

Voltou a realidade quando Elisete colocou o braço sobre o pescoço, beijando-o na boca. As risadas e gritinhos misturavam-se com o som da música, parecendo que a noite não teria fim.

Carlos pediu a conta alegando trabalho aos sábados, despedindo-se de Elisete, apertando a mão de Fernando, desejando sucesso na continuação da noitada. Ana concordou acompanhá-lo, saindo de mãos na cintura um do outro, enquanto piscava para Fernando como predizendo o final da noitada.

CAPÍTULO 7

O corpo nu de Elisete estendido na cama nem se moveu quando Fernando levantou-se dirigindo-se ao banheiro ainda com os pensamentos embaraçados pelo efeito da bebida quando ouviu a voz de Elisete reclamando sua presença. Fechou o chuveiro cobrindo o corpo com a toalha, sentou-se na borda da cama quando ela o puxou para si apertando-o e beijando na costa. Ele foi cedendo aos carinhos começando a beijá-la na boca descendo a mão até a vagina enquanto abria as coxas roliças para penetrá-la contorcendo-se de prazer com o movimento cadenciado do pênis quando em um momento de histeria pedia para colocar no ânus. Lentamente foi saindo da vagina deslizando entre as coxas provocando em ambos grande excitação até encontrar o pequeno orifício, então lentamente foi empurrando acompanhado de gritos e sussurros da parceira. Os movimentos tornavam-se mais fortes misturando os gritos com dor e prazer gozando ao mesmo tempo. O esperma ainda escorria pelas coxas e nádegas de Elisete exalando o odor peculiar quando Fernando entrou no banheiro para lavar-se voltando em seguida para cama. Ela parecia desmaiada de prazer.[131] Deitou-se ao lado dormindo rápido. As horas passaram quando

---

[128] Que tal mudar a frase para: Desejo falar com você a bastante tempo e nunca consigo, pois está sempre ocupada. Podemos marcar um encontro?

[129] Que tal Declarou em fez de Falou?

[130] O que o leitor vai fazer ou quando o leitor vai entender a importância de Fernando urinar com satisfação?

[131] Tem algo estranho nessa relação sexual de Fernando e Elisete... Vou esperar chegar a vez de Clarice e

despertou. Olhou para o lado viu o corpo nu de Elisete cobrindo com um fino lençol. Tomou banho, vestindo-se tentando despertá-la com um beijo na testa no instante que afagava os cabelos pedindo-a para fechar a porta saindo sem fazer barulho.

O tempo estava nublado, quando desceu na parada mais próxima de onde morava, colocando as mãos nos bolsos do blusão, caminhando em passos rápidos, tentando driblar o frio que fazia arder as narinas

Entrou no apartamento foi direto a cozinha, passando pelo quarto do amigo que encontrava-se dormindo. Abriu a geladeira, encontrando-a vazia, saiu à padaria comprar pão e leite, passando na banca de jornais, comprando os principais jornais, retornando ao apartamento.[132]

Abriu o pacote de leite colocou manteiga no pão, comendo enquanto folheava o jornal. De repente parou no noticiário policial onde uma nota divulgava a prisão de um suspeito da morte de um sargento Marinha que encontrava-se preso nas dependências da delegacia seccional da Asa Norte. Fernando tomou outro copo de leite dirigiu-se ao quarto trocando de roupa apressado caminhou ao ponto de ônibus. Queria ver o suspeito conhecer detalhes da morte do amigo.

A delegacia de polícia da Asa Norte era um prédio amarelo desbotado pelo tempo pequeno e mal cuidado. Haviam poucas pessoas no recinto. Um policial estava na escrivaninha tomando café quando foi abordado por Fernando.

— Bom dia!

— Bom dia! – Respondeu o policial. Um sujeito baixo e entroncado com cara de poucos amigos.

— O que o moço deseja?

— Gostaria de saber se o suspeito da morte do sargento encontra-se nesta delegacia.

— Porque o senhor quer saber?

— O morto era meu amigo. Colega de faculdade gostaria de ver a cara deste filho da puta. – Respondeu com uma voz agressiva.

— Moço o suspeito está incomunicável e não pode vê-lo. Respondeu bruscamente o policial.

— Todos meus amigos querem saber o motivo de sua morte.

— Moço este caso esta sendo tratado confidencialmente.

— Como assim?

— Os 'home' não querem divulgação.

---

comparar. Afinal Clarice e a mulher que Fernando mais deseja.
[132] Qual a função desse parágrafo?

— Quais os 'home'? Porque não posso saber os motivos?

— Amigo, vamos parando por aqui. Vá pra casa aqui acabou o papo! – Respondeu o policial secamente, levantando-se apontando à porta de saída, enquanto Fernando desculpava-se.

Na frente da delegacia um carro preto estacionava saindo um oficial da Marinha com uma pasta na mão andando em passos rápidos. O oficial cruzou com Fernando na entrada da delegacia fazendo olhar[133] rapidamente para trás. Aproximou-se do carro foi logo cumprimentando o motorista. Um sargento da Marinha, gordo de óculos Ray-Ban que respondeu o cumprimento com um aceno de mão.

— Sargento, fui amigo e colega de faculdade do sargento assassinado. Vim aqui logo que li no jornal a notícia da prisão do suspeito. Todos querem saber o motivo que o mataram. Este filho da puta tem que pagar pelo crime!

— Meu filho, te aconselho não ir muito longe neste assunto. Isto está sendo tratado confidencialmente. É só isto que posso de dizer. Passe bem! – O homem deu a última tragada no cigarro, jogando-o com as pontas dos dedos, foi abrindo a porta do carro em atitude ameaçadora.

Era um tipo que não brincava em serviço então Fernando balançou a mão em aceno saindo em direção à parada de ônibus com um turbilhão de dúvidas na cabeça. Porém, continuava com a obsessão de obter esclarecimentos sobre a morte do amigo.

Momentos depois de sua[134] saída da delegacia o suspeito era conduzido para uma unidade de inteligência para interrogatório.

No caminho encontrou um telefone público, aproveitando para ligar para Elisete justificando sua saída. As desculpas foram aceitas com a voz rouca e sonolenta de quem tinha acordado naquele instante. Trocaram palavras amorosas em seguida o convidou para um encontro após as aulas o que teve a concordância imediata.[135]

— Sabe Fernando, fiquei encucada com aquela garçonete. Você têm alguma coisa com ela? Até que enfim consegui lembrar-me de onde a conhecia: foi na secretaria onde trabalho. Algumas vezes a vi conversando com um homem que tinha idade de ser seu pai, porém muito bem vestido com pinta de grã-fino. Depois nunca mais a encontrei[136] na repartição. Tenho certeza que era a tua garçonete gostosa[137] – Falou[138] Elisete com ironia.

---

[133] Quem olhou para trás o Fernando ou o oficial?

[134] Sua é saída de Fernando ou do oficial?

[135] Essa frase está muito estranha. Tenta melhorar.

[136] Pronome nesse caso vem antes do verbo.

[137] Cuidado com o politicamente correto.

[138] Esse verbo aqui não pode ser Falou. Tem de ser outro avisando que os continuam conversando pelo telefone.

Fernando emudeceu por alguns segundos não prestando atenção no falatório de Elisete. Sentiu uma sensação estranha um misto de ciúmes e frustração.

— Não tenho nada com ela. – Respondeu secamente.

— Você deve estar[139] doido pra comê-la. Ela tem pinta de biscate. Mulher não se engana!

— Não tenho nada com ela até o momento não tive oportunidade de cantá-la. Quem sabe?! – Respondeu Fernando dando uma risada forçada.[140]

— Você comeu um prato melhor tenho certeza que gostou e vai gostar mais ainda. Vamos nos encontrar na faculdade?[141]

— Claro. Agora vou desligar. Um beijo – despediu-se Fernando

O dia começou agitado no escritório da financeira. A correria para atualização dos serviços pendentes.[142] Os clientes, aguardando respostas dos financiamentos, aumentavam a pressão entre os funcionários. Os relatórios para apresentação na reunião da diretoria no Rio de Janeiro teriam que estar prontos até o final do dia quando seriam entregues ao gerente.[143] Meira se deslocava de um lado para outro cobrando rapidez no atendimento da clientela que demonstrava irritação e nervosismo.

O dia parecia não terminar. Fernando caminhava em direção a sala da gerência quando o telefone tocou na mesa. Era Elisete convidando-o para uma festinha no apartamento de uma amiga. Não pensou duas vezes aceitando[144] o convite enquanto dirigia-se[145] à sala de Meira com uma pilha de papeis e um sorriso nos lábios.

— Preparou os relatórios ?

— Todos estão prontos. – afirmou Fernando categoricamente.

---

[139] Estar em vez de esta.

[140] Cá entre nós, que nenhum leitor nos ouça: Um Fernando que só pensa em comer a Clarice faria tudo que fez para ajudá-la a fugir e ficaria com ela 'para sempre'?

[141] Como é? A Biscate na verdade é a Elisete?

[142] Que tal um ponto aqui?

[143] Que tal: Os relatórios para apresentação na reunião da diretoria no Rio de Janeiro teriam que estar prontos até o final do dia quando seriam entregues ao gerente. Em vez de: Os relatórios teriam que estar prontos até o final do dia quando seriam entregues ao gerente para apresentação na reunião da diretoria no Rio de Janeiro.

[144] Outra opção é: Não pensou duas vezes para aceitar o convite.

[145] Já existia telefone sem fio? Ele anda para a sala de Meira enquanto fala com Elisete?

— Vou viajar amanhã de manhã. No final do expediente iremos fazer uma reunião com os funcionários, indicando-o como substituto na minha ausência.

— Obrigado.

— Quando retornar posso tirar minhas férias?

— Claro! – finalizou Meira.

Após a reunião todos cumprimentaram Fernando com tapinhas nas costas, chamando carinhosamente de 'chefinho'. Ele respondia com um sorriso, enquanto arrumava a mesa de trabalho. Acendeu um cigarro, dirigindo-se ao relógio de ponto, finalizando mais um dia, mostrando-se contente com a nomeação provisória. Sabia que não podia falhar, contando com a colaboração da equipe, concentrando-se exclusivamente no trabalho. Os problemas e questionamentos pessoais teriam que ficar à margem da empresa.

CAPÍTULO 8

Ela chegou pontualmente no horário combinado. Trajava minissaia blusa branca de malha, ostentando um pequeno colar de contas coloridas no pescoço e jaqueta preta combinando com os cabelos longos e lisos. A maquiagem discreta, porém os olhos destacavam-se por um forte delineamento que os faziam maiores e sensuais. As curvas proporcionais do corpo complementavam a bela figura que distanciava do cotidiano dos jeans desbotados e tênis. Fernando por um momento, ficou atônito com a presença bem vestida da companheira. Abraçou-a dando um longo beijo na boca. Pareciam que namoravam há muito tempo. Elisete sentou-se, cruzando as pernas, mostrando as belas coxas morena, acendeu um cigarro, enquanto Fernando preparava os drinks na cozinha.

Conversaram sobre algumas matérias do curso[146] quando olhou[147] para o relógio informando que aproximava-se a hora de sair para a festa.

Elisete tocou a campainha, quando a porta foi aberta por uma bonita jovem[148] os saudou com abraços trocando beijos nos rostos. A anfitriã tinha sido diretora do departamento que Elisete trabalhava como secretária que depois do casamento com um lobista de uma multinacional, pediu afastamento do serviço público. Nelma segurou as mãos de Fernando e Elisete apresentando os convidados presentes. A decoração do apartamento com móveis antigos dava um toque de sofisticação ao mesmo tempo os objetos modernos tornava-o descontraído e jovial.

---

[146] Fala sério! Ela toda produzida para conquistá-lo e vão falar de matérias do curso? Quem vai acreditar nisso?

[147] Quem olhou no relógio? Fernando ou Elisete? E quanto importa isso?

[148] Não precisa do que.

A visão iluminada da Esplanada dos Ministérios e da Catedral atraia os convidados que não cessavam de elogiar a beleza do ambiente até o requintado buffet com iguarias deliciosas. O frio não intimidava as pessoas que circulavam de um lado para o outro em volta da piscina iluminada.[149]

A timidez de Fernando aflorava em determinadas situações. Não gostava de locais sofisticados sobretudo com pessoas desconhecidas. Demorava um certo tempo para ambientar-se quando o garçom passou servindo os convidados uma bandeja com copos de uísque e drinks. Serviu-se de um copo de uísque, completando com cubos de gelo, indo em direção à companheira, que encontrava-se em uma roda de amigas.

A anfitriã acompanhava um homem alto, magro vestindo terno escuro em direção onde encontrava-se o casal. O belo rosto de Nelma contrastava com a palidez do homem ao lado, quando educadamente o apresentou ao casal:

— Elisete e Fernando este é o Rabino Yaakov, amigo do meu esposo. Os sorrisos estamparam-se nos rostos enquanto apertavam-se as mãos. O rabino era jovem de semblante tranquilo apesar da palidez do rosto.[150] Trocaram algumas palavras quando discretamente percebeu a estrela de David que Fernando[151] trazia no pescoço, mudando o olhar para Elisete que esboçava um sorriso de admiração. Fernando percebeu a discrição do rabino sentindo-se embaraçado:

— Rabino não sei como explicar, porém carrego no pescoço há muito tempo a Estrela de David, simbolizando minha admiração pelo povo judeu – Falou Fernando em voz pausada.

Elisete ficou intrigada com o comentário e a forma que Fernando havia se expressado ao rabino. Desconhecia totalmente este lado pessoal do amigo[152]. Pediu licença dirigindo-se ao local que encontrava-se a amiga conversando com outros convidados.[153] Fernando achou o momento oportuno para fazer algumas perguntas. A primeira vez, que encontrava-se diante de um judeu não podendo desperdiçar a chance de questioná-lo:

— Rabino, como posso estudar judaísmo e frequentar uma sinagoga? Fernando perguntou um pouco nervoso.

A pergunta pareceu não surpreender o Rabino[154] enfiou as mãos no paletó retirando um maço de cigarros acendendo tragando lentamente enquanto soprava a fumaça olhando para cima.

---

149 Era casa ou apartamento?

150 Que tal: O rabino era jovem de semblante tranquilo apesar da palidez do rosto. Quem precisa saber de: 'apesar dos cabelos e barba negra que faziam passar despercebido o kipá sobre a cabeça'? Que rabino não usa kipá?

151 Faz falta Fernando aqui.

152 Coitada da Elisete está fazendo tudo para conquistar Fernando e por isto como acreditar que ela pensa em Fernando apenas como amigo?

153 Que tal: Pediu licença para encontrar-se com outra amiga. Em vez: Pediu licença dirigindo-se ao local que encontrava-se a amiga conversando com outros convidados

— Existem inúmeros livros que falam sobre o [155] assunto, infelizmente em Brasília não existe sinagoga. No entanto, convido-o a visitar a que dirijo no Rio de Janeiro. Sua presença nos dará grande prazer não faltando tempo para conversarmos sobre o assunto. – Falou o rabino enquanto retirava um cartão de visitas do bolso ao mesmo tempo que colocava a mão sobre o ombro de Fernando.

— Entrarei de férias no próximo mês, assim aproveito para visitá-lo em sua sinagoga.[156] Fernando estava emocionado, sua fisionomia de contentamento era visível. Agora estava mais do que nunca determinado em alcançar sua meta. A busca de sua[157] identidade judaica.

Elisete surgiu de repente com dois copos de drinks nas mãos, entregando um para Fernando que agradeceu com um largo sorriso.

— Como foi o papo com o rabino?[158]

— Não tivemos muito tempo para conversar. Porém, irei visitá-lo no Rio de Janeiro.

— É uma pena! Não poder te acompanhar não posso tirar férias. – comentou Elisete.[159]

Pouco a pouco os convidados se aproximavam da enorme mesa do buffet começando a servir-se das iguarias. Elisete preparou um prato para Fernando que agradeceu começando a comer enquanto tecia elogios à comida.

— Têm notícias sobre o assassinato do Waldir? – Perguntou Elisete surpreendendo Fernando.[160]

— Fui à delegacia após a prisão de um suspeito, porém não tive nenhuma informação. Disseram que era assunto confidencial – Respondeu secamente Fernando ainda com a boca cheia.

— Isto me cheira a coisas sigilosas. O SNI deve estar por trás disto. É bom não se meter neste assunto. Você tem outras preocupações. A propósito nunca me falou sobre seu interesse pela religião judaica. Por que[161] mesmo? – Falou Elisete beliscando um prato de salgadinhos.

---

[154] Melhor repetir Rabino aqui.

[155] Sobre em vez de à craseado.

[156] Que tal: Entrarei de férias no próximo mês, assim aproveito para visitá-lo em sua sinagoga. Em vez de: Entrarei de férias no próximo mês aproveitando para visitá-lo em sua sinagoga.

[157] De sua em vez de Da.

[158] É urgente procurar um equilíbrio nos detalhes. O afastamento do Rabino aqui, é importante para o leitor não levar um susto com a pergunta da Elisete.

[159] Vale um verbo da entonação de Elisete.

[160] As perguntas e conversas de Fernando e Elisete mostra como a relação deles é vazia. Parece que eles não tem nada em comum a não ser o sexo. Mas, fora isso, como numa festa de 'luxo' como esta pode entrar a morte de Waldir como se fosse algo trivial...

[161] Por que aqui é separado.

— Deixa isto pra lá! – Respondeu Fernando enquanto bebericava o drink.

Capítulo 9

No Aeroporto de Brasília as pessoas se amontoavam aguardando os passageiros que acabavam de desembarcar da ponte aérea São Paulo/Brasília. Aqueles que aguardavam nas esteiras suas malas demonstravam impaciência com seus tíquetes nas mãos, enquanto de fora um homem observava um dos passageiros que aguardava as malas com um carrinho de bagagem. Os minutos se passavam[162] quando o passageiro conseguiu retirar as malas dirigindo-se à porta de saída cumprimentando com um aperto de mão o homem que o aguardava saindo rapidamente. O passageiro trajava terno cinza, gravata azul marinho conduzindo no carrinho duas enormes malas e uma valise à tiracolo. Tinha aproximadamente 45 anos, estatura mediana, gordo usando óculos escuro, cabelos e bigode preto.

Ambos dirigiram-se ao estacionamento quando um jovem sentado ao lado da porta de saída, levantou-se apressadamente seguindo-os sinalizando para uma Kombi estacionada nas imediações que movimentava-se no instante que os homens entraram no carro partindo rapidamente.

A estrada para Taguatinga estava movimentada. Os homens dentro da Kombi soltavam palavrões toda as vezes que a Vemag azul[163] se perdia no tráfego. De repente, a Vemag foi diminuindo a velocidade colocando em estado de alerta os perseguidores quando finalmente estacionou no acostamento descendo o recém-chegado que desabotoava a braguilha indo em direção aos arbustos à margem da estrada. Demorou alguns minutos retornando ao carro que partiu em velocidade.

— Estamos sendo seguidos. Olhe aquela Kombi estacionada adiante.

— Não acredito! – Retrucou o motorista da Vemag.

— Estão nos seguindo. – Afirmou taxativo o homem gordo.

O carro ultrapassou a caminhonete estacionada a uns cem metros com os passageiros mantendo os olhos fixos na estrada sem desviarem o olhar para os lados na ultrapassagem.

— Puta que pariu! Acho que desconfiaram de algo. – Falou um dos homens acionando o rádio ao Centro que monitorava as ações da vigilância recomendando o máximo de discrição e cautela.

As primeiras quadras da cidade aproximava-se quando a Vemag sem diminuir a marcha entrou numa das ruas e[164] mais uma vez burlando a vigilância dos seguidores que inconformados soltavam palavrões.

---

[162] Isso não faz sentido. Os minutos sempre passam. De novo a necessidade de ponderar sobre os detalhes.
[163] A fábrica Vemag funcionou de 1945 a 1967. Estamos nesse período?
[164] Cabe um e aqui.

O carro percorreu diversas ruas, conseguindo despistar os perseguidores, quando entrou numa viela entre casas de madeiras que pareciam parte de um cenário do antigo faroeste. Depois de algum tempo, estacionou em um local usado como esconderijo, indo[165] a pé em direção a um pequeno bar de alpendre de madeira.

O dono do bar os atendeu enquanto um dos homens verificava discretamente do alpendre do bar à presença do carro dos seguidores nas proximidades.[166] Não demorou muito quando o homem gordo levantou-se para ir ao mictório,[167] demorando alguns minutos, ao retornar tomou um copo de cerveja em rápidos goles, retirou um lenço do bolso, enxugando o rosto, enquanto praguejava contra o calor assustador.

— Desfaça imediatamente do carro roubado, retornando à Brasília de taxi levando as malas. Irei ficar algum tempo aqui e em seguida procurarei um hotel para pernoitar. – Falou o homem ao motorista da Vemag.

Os agentes estavam tensos aguardando ordens do Centro de Comando de Operações. De repente, o silêncio foi interrompido pela voz da estação de radio, pedindo informações. Desceram e separados saíram para investigar a área e retornar ao comando móvel.

O homem parecia impassível diante do copo de cerveja. Levantou-se retirando a gravata arregaçando as mangas da camisa desabotoando até a altura do peito, onde se via alguns pelos brancos.[168] Pediu outra cerveja o que foi atendido pelo dono do bar com muita solicitude trazendo como tira-gosto um prato com queijos cortados enfiados em palitos.[169]

Seu Felipe era o dono do bar. Magro, baixo, olhos azuis, apresentando alguns fios de cabelos branco, que o boné surrado não conseguia esconder. A fala mansa e[170] o sotaque mineiro eram

---

[165] O carro foi a pé?

[166]Que tal: O dono do bar os atendeu, enquanto um dos homens do alpendre do bar, verificava, discretamente, a presença do carro dos seguidores nas proximidades. Em vês de: O dono do bar os atendeu enquanto um dos homens verificava discretamente do alpendre do bar à presença do carro dos seguidores nas proximidades.

[167] Mictório, nem na década de 50 era usado. Coisa de interior do Brasil. Mas os homens não usariam isso. Precisa definir bem esse uso.

[168] O homem parecia impassível diante do copo de cerveja. Levantou-se, retirando a gravata, arregaçando as mangas, desabotoando a camisa até a altura do peito, onde se via alguns pelos brancos. Em vez de: O homem parecia impassível diante do copo de cerveja. Levantou-se retirando a gravata arregaçando as mangas da camisa desabotoando até a altura do peito, onde se via alguns pelos brancos.

[169] Que tal: Pediu outra cerveja do solícito dono do bar que também trouxe um tira-gosto de queijos cortados e enfiados em palitos. Em vez de: Pediu outra cerveja o que foi atendido pelo dono do bar com muita solicitude trazendo como tira-gosto um prato com queijos cortados enfiados em palitos.

[170] Aqui é e.

inconfundíveis. Conhecia a clientela e era querido na redondeza pela atenção as pessoas e os 'causos' que contava de Minas Gerais. Aproximou-se da mesa calmamente com a flanela no ombro que limpava as poucas mesas que restavam:

— Como vão as coisas seu Julio?[171]

— Tudo bem. E você?

— Estamos vivendo. Seu Julio, o senhor que tem muitos amigos poderia ajudar minha filha a conseguir um emprego? Poderá ser de faxineira ou doméstica. Ela esta chegando do interior de Minas no próximo mês e não tenho como ajudá-la. Sou separado mas tenho três filhos pequenos com a nova mulher. Ela quer estudar e trabalhar. Vive com a mãe e outro irmão na roça. É uma vida difícil. O que o senhor pode fazer?

— Vou fazer o possível para ajudá-lo.

— Muito obrigado. Tenho fé que o senhor conseguirá e não irá se arrepender do amigo.

— Sei disto Felipe. Amigos são para estas coisas. Não te preocupe tudo se arranjará. Falou com a mão tocando no braço do homem.

Julio levantou-se entrou no pequeno sanitário[172] usado pela família que residia em dois pequenos quartos no fundo do bar, abriu a valise enfiou a mão no fundo entre as roupas em desordem, tocando suavemente no cabo da arma escondida, enfiou apressadamente o paletó e a gravata fechando-a em seguida com cadeado. Um sorriso estampou no rosto. Estava mais uma vez fora de perigo.

Retornou a mesa, pedindo outra cerveja, esperando o tempo passar, mergulhado em seus pensamentos. De repente, retirou a carteira de dinheiro do bolso chamando o dono do bar.

— Quanto foi a despesa[173]?

— Seu Julio somente pague as cervejas.O tira-gosto é por conta da casa. O senhor é um excelente cliente.

— Vou pedir um favorzinho. Pode ser? Quero que guarde minha valise enquanto vou encontrar-me com um cliente no centro de Taguatinga. Amanhã virei apanhá-la. OK?[174]

---

[171] Vale ressaltar que foi Felipe que falou. Foram mais de 3 personagens novos, o leitor precisa de apoio para guardar quem é quem.

[172] Agora não é mais mictório, virou sanitário?

[173] Não é conta? Por que despesa? Tudo na narrativa tem de ter uma função para história e para o leitor.

[174] Que tal: Vou pedir um favorzinho. Quero que guarde minha valise, enquanto vou ao centro de Taguatinga. Negócios. Amanhã virei apanhá-la. Pode ser? Em vez de: Vou pedir um favorzinho. Pode ser?

— Sem problemas seu Julio. Guardarei agora na minha casa.

— Tome então o dinheiro e fique com o troco.

Felipe com um sorriso nos lábios segurou a alça da valise e o dinheiro saindo rumo à casa do fundo. Julio guardou a chave do cadeado da valise no bolso enquanto afastava-se, acenando para Felipe.

Depois de algumas horas, os agentes retornaram à caminhonete. Não haviam vestígios nem da Vemag e nem[175] dos passageiros. Tinham simplesmente desaparecidos naquele emaranhado de[176] casas de madeira.

— Puta que pariu! Onde estará o gordo? Retornem a busca imediatamente. Gritou o chefe da equipe para os subordinados.

[177]Waldir era um sargento com experiência de campo. Tinha sido treinado para missões perigosas. Disciplinado, discreto nas suas ações, sentia que não seria fácil identificar alguém na periferia, onde a presença de marginais inibia a colaboração das pessoas.

Começou a andar pelas ruas e vielas, observando as pessoas que jogavam sinuca, bebendo em mesas ou encostados nos balcões dos bares. Sabia que estava lindando com elementos astutos e perigosos. A Cenimar[178] estava tentando obter informações sobre um terroristas estrangeiros que supostamente estaria operando no território nacional. As informações da CIA eram superficiais não identificavam os elementos envolvidos. Estavam no começo das investigações montavam o quebra-cabeça, porém faltavam muitas peças, principalmente, mantendo o cuidado de não provocar incidentes diplomáticos.

Um grupo de crianças brincava no meio da rua empoeirada, quando o agente se aproximou.

— Oi, vocês sabem se tem algum bar ou pensão próxima? – Perguntou Waldir.

— Têm vários, tio. Têm alguns trocados[179]? – Respondeu um dos garotos estendendo a mão.

Quero que guarde minha valise enquanto vou encontrar-me com um cliente no centro de Taguatinga. Amanhã virei apanhá-la. OK?

[175] Nem da Vemag e nem dos passageiros. Tem de usar nem aqui.

[176] Que tal naquele emaranhado de ruas e casas de madeira. Porque carros não entram em casas, e sim em garagens.

[177] Considere um capítulo para cada núcleo de ação. Waldir era do núcleo de Fernando. Isso confunde o leitor. E passa a ideia de que o romance segue as trancos e barrancos.

[178] Não lembro da Cenimar antes...

[179] Trocados no dicionário é definido como dinheiro miúdo. Assim não precisa de aspas.

— Você viu um homem gordo de óculos trajando terno cinza por aqui? Se você me responder dou os trocados.

— Vi um homem gordo bebendo no bar que fica naquela esquina. – Apontou o garoto e com a outra mão esticada cobrava o dinheiro prometido.

— Onde? – Retrucou Waldir

— No Bar do Felipe e agora os trocados. – Falou o garoto rispidamente.

— Tome. Vá compra bombons.

O garoto meteu no bolso as moedas saindo correndo.

Waldir entrou na espelunca desconfiado. Abriu o seu melhor sorriso, pedindo uma bebida gelada. Pegou a garrafa e o copo, sentando-se na mesa sob o olhar do dono do bar.

— O amigo mora por aqui?[180]

— Não. Moro no Guará. Estou procurando uns amigos que frequentam os barzinho da área. Retrucou Waldir tomando um gole da cerveja.

— Como chamam-se? – Perguntou Felipe[181]

— Todos conhecem por Gordo e tem um carro de cor azul – respondeu Waldir

— Conheço um gordo que tem um amigo que mora no centro de Taguatinga ou na Ceilândia não sei bem informar. Gente muito boa. Hoje estiveram por aqui. Tomaram cervejas e foram embora, porém acho que não tem carro. Se tem nunca vi. Eles demoram aparecerem. – Falou Felipe desconfiado.

— Não deve ser eles, pois bebem muito e sempre estão acompanhados de mulheres. Por isso, estou sempre na cola deles. Deu um sorriso, tomando outro gole da cerveja.

— É. Acho que não deve ser as mesmas pessoas. – Retrucou Felipe saindo para atender um cliente que chegava.

Felipe retornou a mesa de Waldir, conversando por[182] bastante tempo. Ele gostava de indagar a vida dos clientes, tinha medo de ter complicações com marginais e a polícia. O seu novo cliente era um estudante universitário, que não tinha jeito de marginal. Waldir pagou a conta, apertando a mão do dono do bar, rumou em direção à caminhonete que o aguardava distante. Logo ao chegar tratou de informar ao Centro que a possibilidade de um dos passageiros ser o elemento

---

[180] Quem perguntou?

[181] Perguntou Felipe devia está na fala anterior.

[182] Esse por melhora o sentido.

suspeito era grande e que teria que ser confirmado a identidade através[183] da relação de passageiros pela Policia Federal.

Abud pagou o taxi, contando com ajuda do motorista para retirar as pesadas malas, que foram conduzidas com ajuda do zelador do prédio até a porta do apartamento. Agradeceu o rapaz dando-lhe gorjeta. Entrou no apartamento, deitando-se no sofá tentando[184] relaxar. Sabia que o amigo estava em perigo, porém era bastante astuto para safar-se das situações perigosas.

Abriu as malas, retirando os fundo falsos, que acomodava as pistolas, carregadores e munições. Ele era o responsável pela entregas das armas, tendo que viajar para o interior do Goiás, onde os receptadores estariam esperando[185]. Vestiu uma bermuda e foi ao supermercado comprar alguns mantimentos e cigarros antes de dirigir-se ao apartamento deu uma volta na quadra, tentando despistar[186] qualquer perseguidor.

Ao abrir a porta do apartamento encontrou o amigo fumando escorado na janela da sala.

— O que aconteceu? – Perguntou Abud surpreso.

—Aguardei os acontecimentos. Dormi em um hotel, retornando ao bar para pegar a valise, quando fui informado pelo Felipe que um homem tinha feito perguntas à nosso respeito o que pude conclui que estão em nosso encalço. – O gordo deu uma gargalhada e uma baforada no cigarro.

—Amanhã viajarei para o Goiás para deixar os 'equipamentos'[187]. – Disse Abud com ar de preocupação.

—Estarei retornando a minha atividade normal. Vou dormir, preciso descansar para estar em forma amanhã. Não entre em contato comigo até nova ordem. Boa noite! – O gordo falou rapidamente dirigindo-se ao quarto com a valise na mão.

[188]Viajar sempre o deixava ansioso, logo mais estaria embarcando ao Rio de Janeiro de férias. E de avião o incomodava mais ainda. Sentia-se inseguro nas alturas. Resende procurou acalmá-lo,

---

[183] Aqui não se usa através e sim por meio da

[184] Que tal em vez tentando relaxar usar para relaxar.

[185] Que tal em vez de estariam esperando usar apenas esperavam.

[186] Que tal em vez de tentando despistar usar apenas despistando

[187] Não precisa de aspas. Qual a função?

segurando a mala e a mochila fazendo sinal, que estava caminhando em direção ao elevador. Aquela seria uma viagem de férias diferente.

Conseguiu localizar um velho amigo no Rio que prontificou-se em acolhê-lo em sua casa. Não dispunha de dinheiro suficiente para hospedar-se por um mês em um hotel no Rio de Janeiro[189] queria[190] comprar livros judaicos, encontra-se com o Rabino Yaakov na sinagoga e certamente alguns passeios em Copacabana.

Resende despediu-se do amigo, deixando-o[191] na entrada do Aeroporto, enquanto agradecia a gentileza, dirigindo-se ao checking da companhia aérea.[192] Dentro de alguns minutos iniciaria seu tormento.

Entrou no avião sentando-se ao lado da janela apertando o cinto de segurança aguardando a decolagem enquanto as mãos apertavam os braços da cadeira esticando as pernas como quisesse frear o avião. Tinha pavor de viagens aéreas. O passageiro ao lado que o observava começou a puxar conversa para distraí-lo na tentativa de acalmá-lo.[193]

O tempo parecia ter parado, quando a aeromoça anunciou pelo alto-falante, que dentro de minutos estariam efetuando os procedimentos de pouso no aeroporto do Galeão.[194] Ao parar as turbinas a tensão de Fernando tinha acabado[195].

Os passageiros desembarcaram e ele caminhava como se estivesse em estado letárgico[196] rumo ao portão de desembarque. Aguardou a chegada da mala pela esteira e caminhou para a porta de saída onde o casal de amigos o aguardava.

---

[188] Mudou de núcleo? Que tal um capítulo para cada núcleo?

[189] Que tal em vez de hospedar-se por um mês em um hotel no Rio de Janeiro usar hospedar-se num hotel no Rio de Janeiro. Por que o mês?

[190] Que tal usar: e também queria

[191] Faltou o pronome.

[192] Confuso, ainda não apareceu o nome de Felipe, mas só pode ser ele. Vamos lá: em vez de enquanto agradecia a gentileza, dirigindo-se ao checking da companhia aérea. Usar: Aeroporto. Felipe agradeceu a carona e seguiu para o checking da companhia aérea.

[193] Vamos simplificar: No avião sentado ao lado da janela, apertou o cinto de segurança e aguardou a decolagem, enquanto as mãos apertavam os braços da cadeira e as pernas pareciam frear o avião. Tinha pavor de viagens aéreas. O passageiro ao lado começou a falar de coisas leves e desinteressadas.

[194] Vamos simplificar: que dentro de minutos pousariam no aeroporto do Galeão.

[195] Que tal: Quando as turbinas pararam, a tensão de Fernando decolou, saindo para o nada.

[196] Por que o estado letárgico?

No dia seguinte, Fernando entrou em contato telefônico com o[197] rabino Yaakov marcando hora para recebê-lo na[198] Sinagoga Beit Israel. A noite após o jantar com a família de Marcus conversaram bastante relembrando o tempo em que moravam em Fortaleza, sua cidade natal. Tomou a refeição matinal com a família após o término dirigiram-se ao estacionamento do prédio. Marcus iria deixá-lo na Sinagoga procurando motivar o amigo que não tinha ideia do que poderia acontecer na sua visita. Despediu-se em frente do prédio dirigindo-se à entrada do templo. Ficou alguns minutos parado sem saber o que fazer. Respirou fundo entrando olhando para todos os lados. Tudo era diferente dos templos que conhecia. A Sinagoga era lindamente decorada existia um púlpito central que ficava de frente a um grande móvel de madeira talhada decorada com filigranas douradas. De repente um homem usando um solidéu negro aproximou-se perguntando o motivo de sua presença. Respondeu que tinha uma entrevista com o rabino Yaakov Pinto que o aguardava. O homem pegou levemente pelo braço saindo acompanhando até o prédio vizinho da Sinagoga onde existia diversas salas com pessoas que entravam e saiam com pastas e papéis nas mãos. Os homens e crianças estavam com solidéus nas cabeças. Eram jovens e velhos que conversavam riam contando piadas e fatos do cotidiano. Aquilo para ele era um universo estranho e curioso.[199]

Aguardou alguns minutos na sala de espera, onde sentava-se um homem de aproximadamente sessenta anos, trabalhando com papéis, que de vez enquanto o olhava por cima dos óculos. De repente a porta abriu e o próprio rabino o recepcionou. Apertaram-se as mãos, enquanto apontava uma cadeira estofada com motivos talhados na madeira para sentar-se. Tudo era sóbrio e bem decorado. Havia um castiçal de oito braços com mais um que sobressaia da ordem dos demais em destaque na estante repleta de livros em hebraico.[200]

---

[197] Que tal em vez de: entrou em contato telefônico com o usar apenas: telefonou para o

[198] Que tal em vez de: marcando hora para recebê-lo usar apenas: e marcou sua visita a

[199] O que nesse parágrafo o leitor deve prestar mais atenção: A noite o Felipe jantou? Jantou com a família de Marcus? Marcus e Felipe são de Fortaleza? Felipe tomou café da manhã com a família de Marcus? A família foi para o estacionamento com Felipe? Marcus deu carona para Felipe até a Sinagoga? Marcus animou o Felipe sobre a Sinagoga? Felipe despediu de Marcus na frente da Sinagoga? Felipe ficou pensando o que fazer em frente da Sinagoga? Felipe respirou fundo? Felipe olhou para os lados? Na Sinagoga tudo era diferente? Sinagoga lindamente decorada? O púlpito central e sua localização? Homem que usa solidéu negro? Entrevista com o Rabino Yaakov Pinto? Homem de solidéu leva Felipe para prédio vizinho a Sinagoga? Prédio vizinho tem várias salas? Pessoas saem e entram dessas salas com papéis. Homem e crianças usam solidéus? Jovens e velhos conversam? Jovens e velhos riem de piadas? Jovens e velhos riem ou conversam de fatos cotidianos? Prédio ao lado da Sinagoga é um universo estranho e curioso?

[200] Eu queria entender como o Felipe conseguiu sentar na cadeira e ao mesmo tempo observar tudo ao seu redor. Achei que ele ia sentar no chão.

Estava num ambiente diferente de tudo que conhecia quando o[201] perguntou se gostaria de servir-se de uma bebida refrigerante ou água. Agradeceu a gentileza enquanto o rabino o deixava a vontade para as perguntas.

Conversaram bastante e pacientemente o rabino tirava as dúvidas, explicando que o ser judeu pelas leis mosaicas seriam os que nascem do ventre de mãe judia. O rabino conhecia profundamente a história da Inquisição dos cristãos-novos ou marranos principalmente na região nordestina. Estava disposto ajudá-lo. Em seguida o convidou para assistir na sexta-feira à tarde o Kabalat Shabat. Fernando estava emocionado não conseguia finalizar a conversa, quando o rabino levantou-se e o presenteou com um livro de rezas traduzido em português e um solidéu tricotado com a estrela de David no centro em azul. Fernando não sabia como agradecê-lo, porém retribuiu com a presença diária em todos os serviços religiosos até o final de suas ferias. Estava motivado a continuar a aprender[202] o judaísmo e[203] até o hebraico.

Capítulo 10

Os finais de semanas a Estação Rodoviária lotava. Os carregadores que o acompanhava colocaram as malas no chão, aguardando a abertura do porta-malas do ônibus. As malas foram guardadas, enquanto [204] Abud os retribuía com uma boa gorjeta, deixando-os contentes. Em seguida sacou do bolso do terno um maço de cigarros, começando a fumar, jogando a fumaça lentamente para o ar.

Seus olhos estavam atentos enquanto movimentava a cabeça para todos os lados. Dentro de minutos estaria embarcando com destino à Gurupi no Estado do Goiás. Era uma viagem longa com muitas paradas em um ônibus velho e desconfortável.

Demorou alguns minutos, quando o motorista anunciou a partida e com a passagem na mão, dirigiu-se a poltrona numerada que lhe correspondia. Acomodou-se ao lado da janela, observando o movimento das pessoas apressadas e nervosas. Sentia-se seguro dentro do ônibus, dificilmente seria alvo de buscas por policiais ou agentes do governo. De repente, sentou-se ao lado um jovem com cabelos compridos e barba à fazer, trajando bermuda e camiseta vermelha de manga cavada com uma sacola de couro. Cumprimentou-o levemente com a cabeça, pedindo licença para sentar-se ao mesmo tempo que tirava um livro da sacola, começando a ler[205] não dando atenção ao passageiro, que sentava ao lado nem a interminável sinfonia de buzinas.

---

[201] Aqui não falta Rabino?

[202] Aqui não seria o caso de usar a estudar?

[203] Faltou esse E aqui.

[204] Você tem romance de 250 páginas e usa 540 enquanto. O que dá uma média de 2.16 enquanto por página. Tem certeza que precisa disso?

[205] Que tal em vez de: sentar-se ao mesmo tempo que tirava um livro da sacola, começando a ler usar

Brasília é diferente das outras cidades brasileiras pela sua moderna arquitetura que contrasta com a solidão e aridez do cerrado. A medida que o ônibus afastava-se mais as pessoas pareciam ansiosas na esperança de encontrar nos seus destinos, pessoas e lugares que faziam falta em suas vidas.

Abud não sentia diferenças nem buscava esperanças. Seus pensamentos estavam voltados para lugares distantes, com pessoas de culturas e modos estranhos[206]. Lembrava-se da sua infância, quando menino tangendo ovelhas com os irmãos pelas colinas de areia debaixo de um sol abrasador e das orações nas mesquitas. Sentia saudade da Síria onde tinha nascido. Todo seu fervor muçulmano, misturava-se com o ódio pelos israelenses que haviam vencido o Egito e aliados em seis dias. A Guerra dos 6 Dias em 1967. Era motivo suficiente para manter o ódio doentio que o havia transformado em um terrorista da Organização da Libertação da Palestina.[207]

Estava numa guerra pessoal[208] sem limites e escrúpulos. Todos os meios eram válidos, não importava a morte de crianças, velhos ou mulheres. Apenas a explosão do ódio e frustrações misturavam-se com as dores e gritos das vítimas. Naquele instante pensou em Ramsey e na sua missão. Olhou sorrateiramente para o companheiro de viagem que dormia [209]foi aos poucos adormecendo, embalado pelos solavancos do ônibus na estrada.

As primeiras nuvens de chuvas apareciam no céu, aos poucos ouviam-se as gotas caírem sobre o teto, despertando as pessoas que dormiam pelo cansaço da viagem. De repente o jovem que sentava-se ao lado espreguiçou-se, olhando pela janela comentou:

— Parece que teremos uma chuva torrencial e esta estrada esburacada é bastante perigosa.

— Isto vai atrasar bastante a viagem. – Retrucou Abud olhando pela janela sem fixar o olhar no seu interlocutor.

— Você está indo para onde?

— Estou indo para Gurupi. Sou vendedor de tecidos. E você? – Perguntou Abud

— Sou estudante de engenharia em Brasília.[210] Vou encontrar-me com minha noiva que mora com os tios em Gurupi. Meu nome é Flavio.

---

apenas: sentar-se ao mesmo tempo que tirava um livro da sacola para ler

[206] Estranhos a quem?

[207] Sinto falta de razões mais pessoais do que históricas...

[208] Em vez de falar da guerra pessoal, mostrar como essa guerra acontece nos pensamentos do personagem.

[209] Aqui falta um E.

[210] Não precisa estar tudo junto.

— O meu é Jorge Abud. Gosto que me chamem de Jorge. Resido temporariamente em Brasília, porém a sede da empresa fica no interior de São Paulo. Vou trabalhar uns dias em Gurupi, aproveitando para visitar um amigo que reside em uma fazenda próxima. – Abud falava português com boa fluência apesar do sotaque estrangeiro.[211]

A chuva tornava-se cada vez mais forte e o ônibus movimentava-se lentamente, rompendo as crateras que formavam-se no asfalto, fazendo balançar constantemente. O tempo passava e a chuva não cessava. Os raros carros, que vinham no sentido contrário com os faróis em luz alta, pareciam não se aproximar, o que tornava a viagem mais perigosa, devido as encostas sem proteção, fazendo os passageiros sentirem-se tensos e preocupados.[212]

— Vou dar-lhe meu endereço em Gurupi gostaria de convidá-lo para tomarmos uns drinks ou comermos um churrasco.[213] Conheço um bom lugar na cidade. – Jorge agradeceu, aceitando o convite permanecendo em silêncio por um longo tempo.[214]

A chuva havia cessado, porém o estrago, causado na estrada, tornava-se difícil o tráfego. A noite aproximava-se quando o ônibus fez seu penúltimo intervalo antes da chegada ao destino.[215] Os passageiros desciam cansados, dirigindo-se ao terminal, onde abrigava a agência de passagens e um pequeno restaurante.[216]

Jorge observava as últimas pessoas descendo do ônibus, quando tomou a iniciativa de sair. [217]Flavio aproximou-se do companheiro de viagem, convidando a tomar café. Os dois caminharam ao balcão, pedindo café simples, bebendo sem trocar palavras, quando Jorge puxou um maço de cigarros, oferecendo ao companheiro. Acenderam os cigarros e continuaram a observar o entre e sai das pessoas, que se apertavam no balcão até a chamada de embarque pelo motorista.

— Vamos chegar no início da madrugada se não houver imprevistos. – Comentou Flavio.

---

[211] Que tal em vês de: Abud falava português com boa fluência apesar do sotaque estrangeiro. Usar: Abud falava português fluente apesar do sotaque estrangeiro.

[212] Estou acrescentando muitas vírgulas. Leia com cuidado para percebê-las.

[213] Em vez de: Vou dar-lhe meu endereço em Gurupi gostaria de convidá-lo para tomarmos uns drinks ou comermos um churrasco. Que tal: Vou dar-lhe meu endereço em Gurupi. Assim posso convidá-lo para tomarmos uns drinks ou comermos um churrasco.

[214] Pode-se saber quem convidou quem?

[215] Essa é uma parada...?!

[216] Essa é a chegada em Gurupi? Está confuso.

[217] Pode juntar as duas frases.

— É uma viagem cansativa. Estou louco para chegar em casa tomar um banho demorado e dormir por um longo tempo.[218]

— Você é feliz. Espero que meu amigo esteja na rodoviária esperando-me.[219] Ainda terei que viajar para fazenda. – Falou Jorge pausadamente.

O sol se fazia presente. E no céu limpo e claro apareciam os primeiros movimentos dos pássaros em busca dos raios solares para aquecê-los.

A quantidade de casas aumentavam a medida que aproximava-se da cidade. Os casebres e animais davam uma nova vida à paisagem que se delineava entre as vegetações e morros. Dentro do ônibus ouvia-se os comentários sobre os perigos da viagem, os descasos dos governantes com as estradas mesclados com risos de contentamentos com a proximidade da chegada.[220]

Jorge parecia distante de tudo aquilo.[221] Seus pensamentos estavam focados na sua missão. Tinha que entregar as armas que trazia para a manutenção da guerrilha do Araguaia.[222] Não poderia cometer nenhuma falha que comprometesse seus objetivos. Pensou em Ramzy e[223] nos riscos que estava correndo em saber que os órgãos de segurança estavam em seu encalço. O ônibus aproximava-se da cidade e as pessoas levantavam-se em busca dos pertences no bagageiro interno, enquanto Jorge não desgrudava da bolsa sobre as pernas.

A rodoviária estava repleta de pessoas que aguardavam ansiosas familiares e amigos. Pouco a pouco o ônibus foi freando os carregadores de malas, vendedores de frutas se acotovelavam-se em gritaria, oferecendo seus produtos. Os primeiros passageiros desembarcavam com seus bolsas a tiracolos, dirigindo-se ao porta-malas do ônibus, retirando seus pertences com os tíquetes, saindo rapidamente aos seus destinos. Jorge foi um dos últimos à desembarcar. Estava com as feições tensas, olhando desconfiado de um lado para outro. De repente sentiu a aproximação de Flavio

---

[218] Isso não é usual: dormir por um longo tempo.

[219] O que o leitor deve entender de Você é feliz. E seguida: Espero que meu amigo esteja na rodoviária esperando-me.

[220] Dessa maneira que está você está narrando os fatos, que tal mostrar ou fazer um dialogo de Fernando e Flavio sobre isso. Fico com a ideia de que a viagem tensa sob chuva mostra a tensão de Jorge nas suas missões, mas não passa essa ideia.

[221] Se o Jorge estava distante por que o leitor tem de ficar próximo?

[222] **Guerrilha do Araguaia** foi um movimento guerrilheiro existente na região amazônica brasileira, ao longo do rio Araguaia, entre fins da década de 1960 e a primeira metade da década de 1970. Criada pelo Partido Comunista do Brasil (PCdoB), tinha por objetivo fomentar uma revolução socialista, a ser iniciada no campo, baseada nas experiências vitoriosas da Revolução Cubana e da Revolução Chinesa.

[223] Faltou o E.

que com um sorriso no rosto agradeceu a companhia, entregando seu endereço enquanto apertava a mão despedindo-se:

— Estarei aguardando[224] sua visita e o convite do churrasco reitero.

— Agradeço dando[225] minha palavra que o visitarei. Será um grande prazer em revê-lo e conhecer sua noiva - Falou Jorge.

Flavio retirou-se rapidamente com a pequena mala, a bolsa à tiracolo em direção ao ponto de taxi. Não demorou muito o local encontrava-se quase vazio, quando um homem magro com chapéu de boiadeiro, aproximou-se de Jorge cumprimentando-o com um abraço. Contando com o apoio dos homens que o acompanhava, as pesadas malas foram colocadas na carroceria da caminhonete F-1000 completamente suja de barro e poeira. Os homens sentaram sobre as malas e logo ao saírem dos limites da cidades retiraram dos sacos os rifles preparando-se para qualquer emboscada das tropas do Exército. A estreita estrada de areia esburacadas provocavam solavancos que pareciam desmontar a velha caminhonete enquanto Jorge apoiava a mão no console do carro proferindo palavrões em cada solavanco que o fazia pular quase batendo a cabeça no teto.

A trilha entre[226] o matagal requeria muita atenção e o chão ainda molhado pelas chuvas corriam riscos de deslizamentos. Os pequenos animais que se viam na beira da estrada corriam assustados com o barulho da caminhonete.

Naquele momento sua mente percorria as lembranças da infância, onde a convivência com os animais dava a sensação de ter dentro de si, um pouco de sensibilidade e de humanidade[227]. A caminhonete foi se aproximando de uma cerca de arame farpado, onde de repente saíram do matagal dois homens apontando rifles em posição de disparo. O motorista fez sinal e ambos correram ao portão para abri-lo.

Os homens desceram da caminhonete, retirando as malas em direção à casa, acompanhado dos latidos da cadela[228], que entrelaçava-se nas pernas, saltitando como estivesse dando boas-vindas aos visitantes. Jorge desceu, espreguiçando o corpo cansado da viagem, cumprimentou os homens que aguardavam dentro da casa e finalmente exclamou:

— Puxa! Até que chegamos vivos e inteiros.

---

[224] Simplifica para: Aguardarei.

[225] Na fala é mais comum: Agradeço e dou minha palavra.

[226] Não é: A trilha para o matagal?

[227] Outra boa chance de dar mais humanidade para Jorge. Dar mais complexidade ao personagem.

[228] Qual vai ser a importância dessa cadela?

Os homens acostumados com as viagens e as condições de vida da guerrilha riam do visitante, dando palmadas na costa enquanto Jorge encabulado esboçava um sorriso.

O ambiente dentro de casa era festivo. Os homens sentados em tamboretes ao redor de uma pequena mesa faziam algazarra com seus copos de cachaça mineira[229], brindavam e se abraçavam.

— Viva Fidel! Viva Che! Morte aos Imperialistas! Viva a Revolução – Gritavam, levantando as armas, esbravejando palavras de ordens revolucionárias. No canto da sala sentada em um banco, uma mulher, com duas crianças sobre as pernas, parecia não se importar com a algazarra. Seu marido tinha sido assassinado, quando negou-se a colaborar com a guerrilha. Sobrevivia cozinhando, prestando serviços domésticos em troca da subsistência. Era prisioneira em sua própria casa. Não tinha como fugir sabia que seria morta a poucos metros de casa na primeira tentativa. As marcas das violações do seu corpo já não tinham cicatrizes, haviam penetradas na carne e na mente principalmente quando era convidada por qualquer um dos homens à fazer sexo.[230] Não sentia vontade ou prazer, apenas asco e dor por cada penetração sofrida. Não tinha ideia do que estava acontecendo fora daquele mundo, apenas ouvia a doutrinação dos homens aos poucos camponeses que moravam na periferia prometendo uma vida melhor onde o pobre teria esperança não seria explorado pelo patrão que somente a revolução comunista mudaria a vida dos camponeses. Ela não acreditava nas promessas sabia que sua casa, marido e os poucos pertences haviam sido apropriados pela força e violência. Restavam as filhas que com mais alguns anos seriam entregues as mãos daqueles homens insanos. A fé e o ódio que nutria fazia ter certeza que um dia seriam castigados por seus sofrimentos.

De repente, um dos homens que vigiavam o portão da fazenda entrou na sala:

— O comboio está chegando! – Todos ficaram alegres com a notícia, correndo para recepcioná-los. A missão do comboio era levar o armamento que seria entregue aos guerrilheiros sitiados em outro ponto do rio Araguaia.[231] Os homens apearam-se de suas montarias, dirigiram-se à casa, onde se[232] encontravam os outros companheiros. Abraçaram-se, sentaram-se nos pequenos tamboretes, dando sinal[233] de cansaço de uma longa viagem. Ao amanhecer, retornariam e precisavam relaxar. As redes foram estendidas no alpendre, logo depois do jantar, os viajantes

---

[229] Qual a função de destacar que a cachaça era mineira?

[230] Muito confuso por excesso de informação: As marcas das violações do seu corpo já não tinham cicatrizes, haviam penetradas na carne e na mente principalmente quando era convidada por qualquer um dos homens à fazer sexo.

[231] Em vez de: A missão do comboio era levar o armamento que seria entregue aos guerrilheiros sitiados em outro ponto do rio Araguaia. Que tal: A missão do comboio era levar o armamento aos guerrilheiros sitiados em outro ponto do rio Araguaia.

[232] O se vem antes do verbo nesse caso.

[233] Em vez de: dando sinal de cansaço que tal: mostrando o cansaço

conversaram alguns minutos e foram procurar os respectivos lugares para dormir. Não tinham tempo a perder era uma longa viagem de retorno.

O comboio partiu enquanto o sol surgia, todos os cuidados com as armas e munições tinham sido providenciados. O receio de aparecimento das forças militares era um elemento que não poderiam deixar de ser considerado. Estavam disfarçados e as armas camufladas em sacas de arroz cobertas com lonas. Abud e o jovem comandante do grupo estavam preocupados. Sabiam que qualquer erro seria fatal para o grupo foi quando colocou a mão sobre o ombro do chefe esboçou um sorriso de satisfação:

— A missão foi cumprida. Aguardarei a próxima remessa que deverá ser entregue nos próximos dias.

— Dará tudo certo! – retrucou o companheiro com ar de preocupação.

A vida de seus homens e o sucesso da guerrilha estava na mão daquele homem que em todos os momentos mantinha-se frio, parecendo estar sempre[234] distante de todos.

— Depois de amanhã voltarei à cidade. Tenho que telefonar, informando a entrega das armas e receber novas instruções.

— Aproveite e relaxe com Zilda. Quando ela for deixar as crianças para dormir poderá transar com ela. Ela dorme no quartinho dos fundo com as meninas, porém têm outro quarto ao lado do curral. Aproveite a estadia. Falou em tom de ironia o jovem que atendia por Alberto, porém, ninguém sabia o seu nome real como todos que estavam presentes. Abud deu um sorriso, apanhando um cigarro, foi para o alpendre sentar-se no batente, olhando a fumaça que dissipava-se no ar como o ruído incessantes dos grilos e sapos. Às vezes pensava que tudo aquilo não tinha sentido, porém o ódio ao inimigo o fazia despertar. Não importava os comunistas do Brasil ou os narcotraficantes da Colômbia era apenas o dinheiro que importava que financiava suas organizações terroristas.

Zilda dirigiu-se ao quarto, onde suas crianças dormiam. Aquela seria mais uma noite que teria que fazer sexo, com homens estranhos e grosseiros. Nestas horas seus pensamentos voltavam para o homem que havia amado. Abud a usou como um objeto e no término adormeceu, enquanto ela virava-se de[235] lado, cuspindo no chão de barro em desprezo aquele homem que dormia ao seu lado.

Os guerrilheiros faziam algazarra em volta da mesa com canecas de alumínio cheias de café, esperando o momento para conduzir Abud a cidade. Zilda, pacientemente, com uma das mãos no quadril, preparava no fogão de lenha tapiocas para o grupo.

---

[234] Que tal usar: parecendo sempre distante ou mesmo parecendo distante.

[235] Aqui é de

Abud entrou na sala, acenando com uma expressão de contentamento que foi retribuído pelos homens. Dirigiu-se a Zilda, cumprimentando-a com um beijo no pescoço, quando ela voltou-se com um prato de tapiocas na mão e[236] as ofereceu. Todos riram batendo no ombro do visitante.

Foi quando ela voltou-se para o fogão e as lágrimas desceram dos olhos.

Os homens terminaram a refeição e logo dirigiram-se a caminhonete. Acomodaram-se com seus rifles na carroceria, sentando-se em caixões que serviam como bancos. O visitante acomodou-se ao lado do motorista que acelerando partiu em disparada deixando uma nuvem de poeira na estrada.

Já havia decorrido quase duas horas de viagem, quando se avistou o início da cidade. Pararam em um posto de gasolina para abastecerem enquanto esticavam os corpos cansados dos sacolejos das estradas. Em poucos minutos, estavam estacionados em frente ao hotel, quando Abud desceu com seus pertences, despedindo-se dos homens com um leve aceno de mão, dirigindo-se ao motorista, agradecendo a hospitalidade com um aperto de mão, saindo em passos rápido em direção à portaria do hotel debaixo de um[237] calor sufocante.

CAPÍTULO 11

Abud entrou apressadamente no quarto, jogando a mala e a valise sobre cama. Abriu a mala, retirando toalha e sabonete começando à despir-se. O calor era insuportável. Um longo banho iria refrescar seu corpo e ideias. Ficou um longo tempo debaixo do chuveiro, sentindo a água deslizar sobre o corpo. A água tinha um poder renovador. Dentro de instantes iria telefonar para Ramzy, informando-o do sucesso da missão e aguardar novas instruções.

No dia seguinte, ao iniciar a atividade de vendedor de tecidos, vestiu uma camisa branca de mangas curtas, calça bege, sapatos marrom, gravata azul com prendedor dourado, sacou da mala uma pasta de couro preta, que servia de mostruário, dirigiu-se a portaria, informando-se sobre a localização do posto para ligações interurbanas.

A pequena sala do posto estava lotada. Abud indicou à recepcionista o número do telefone de chamada, aguardando sua chamada na porta do posto enquanto fumava. Já estava com quase meia hora de espera quando ouviu seu nome com o número da cabine ser chamado. Rapidamente tomou o telefone e com uma expressão de alegria ouviu o cumprimento de Ramzy do outro lado da linha.

— Como vão as vendas? – Perguntou Ramzy

---

[236] falta esse E

[237] Podia ser fugindo do calor sufocante.

— Estão indo bem. Consegui fazer a entrega da mercadoria inclusive feito um novo pedido que pedem urgência na remessa[238]. Amanhã farei contato com um novo cliente em seguida comunicarei o resultado da negociação. Até amanhã. – Despediu-se, desligando o telefone.

Ramzy entendeu a mensagem. As armas tinham chegado ao destino tendo que providenciar nova remessa o mais rápido possível.

A noite chegava para o encontro com seu companheiro de viagem. Tinha planos em sua mente. Dirigiu-se ao refeitório do hotel, fazendo uma pequena refeição, retornando ao quarto para trocar de roupa. Olhou para o espelho do guarda-roupas penteou os cabelos e passou a mão lentamente sobre o bigode negro, esboçando um sorriso que mostrava seus alvos dentes e crueldade.

Aguardou a chegada do jipe de aluguel que iria levá-lo ao endereço do seu companheiro de viagem subiu ao lado do motorista que o cumprimentou acelerando o carro rumo ao endereço fornecido.[239] O jipe parou em frente a casa onde na calçada encontrava-se um casal de velhos sentados em cadeiras de balanços. Confirmou o endereço ao[240] velho que continuavam sentado enquanto Abud os cumprimentava apresentando-se como amigo de Flavio.[241] Prontamente, o velho levantou-se apertando sua mão, enquanto o chamava em voz alta repetidas vezes.

O jovem surgiu de bermuda e camiseta mostrando os fortes braços. Abraçou o amigo em seguida foi buscar uma cadeira colocando-a na calçada. O calor parecia que não temia a noite. Conversaram um pouco, quando Flavio levantou-se para chamar a noiva e apresentá-la ao amigo.

A jovem, estava de bermuda e camiseta azul que realçava seu lindo corpo, foi logo cumprimentando o visitante, que mantinha uma expressão de surpresa diante da beleza da jovem.

— Parabéns Flavio! Você têm uma bela noiva. És um homem de sorte. Fazem um casal muito bonito. – Falou Jorge tentando desviar o olhar do corpo da jovem.

Flavio e Clarice retribuíram os elogios, demonstrando simpatia pelas palavras do amigo.

— Vamos comer um churrasco? Conheço um bom restaurante que tem um bom serviço, música e um excelente churrasco preparado por gaúcho. Vamos?

— Claro! Estou louco para comer churrasco – Respondeu Jorge.

— Vamos trocar de roupas. Espere um momento. – falou Flavio enquanto saia de mãos dadas com a noiva.

---

[238] Falta algo aqui...

[239] Muita informação.

[240] com

[241] Melhorar

Jorge concordou, balançando a cabeça, comentando em seguida com o casal que sentava ao lado.

— Vocês devem sentir-se orgulhosos do casal.

— Sentimos muito orgulho deles. O Flavio é como filho e Clarice criamos desde pequena, quando a mãe separou-se do pai. – Falou o velho com uma ponta de orgulho e satisfação.

O casal surgiu com um sorriso de alegria estampados nos rostos. Despediram-se, rumando em direção à churrascaria que ficava próxima da casa. Ao longe ouvia-se o som da música goiana, enquanto o casal caminhava de mãos dadas sob o olhar de admiração de Abud. A casa estava lotada, aguardando[242] alguns minutos quando o garçom chegou para acompanhá-los até a mesa que acabava desocupar.

Enquanto caminhavam rumo à mesa, eram alvos de olhares curiosos. Clarice estava encantadora objeto de comentários de homens e mulheres. Flavio sentia-se orgulhoso da noiva, enquanto o amigo parecia tímido com relação aos olhares femininos.

A música sertaneja era uma parte da alma daquelas pessoas simples e alegres que falavam sem parar com um sotaque típico do interior goiano. A música contagiava o ambiente apesar das letras que falavam de traições, desilusões e amores perdidos. Fizeram o pedido das bebidas, enquanto outro garçom providenciava as guarnições sobre a mesa.

Clarice parecia atenta à todos movimentos, enquanto Flavio falava sem parar com o amigo visitante. Começaram a servir o churrasco à rodízio o que Jorge sem cerimônia serviu-se de uma boa quantidade de carnes diversas acompanhadas de arroz com piquí e feijão tropeiro.

— Hoje vou me acabar de comer. – Todos riram e[243] em seguida tomaram seus copos para brindarem.

O ambiente era bastante acolhedor, as pessoas pareciam se conhecerem de muito tempo. Uma simplicidade, que somente os interioranos as possuem, eram manifestadas em suas conversas e gestos.

De repente Flavio dirigiu-se a noiva tocando em seu braço e no de Jorge.

— Clarice, o Jorge têm um amigo em Brasília que poderá encontrar um emprego para você. Assim, poderá estudar e ficarmos juntos. O que acha? – Perguntou Flavio.

— Maravilhoso! Na hora que for necessário estarei preparada para viajar. É o meu sonho. Assim poderei estudar e nos casar. Aqui não temos futuro. – Falou Clarice demonstrando segurança em suas palavras.

---

[242] Aqui não é gerúndio.

[243] Faltou um E aqui

— Amanhã entrarei em contato com o meu amigo que com certeza fará o possível para arranjar um emprego que possa ter tempo para estudar. Ele tem muita influência, além de ser uma excelente pessoa é muito prestativo. Não se preocupe. Vamos fazer o possível para ajudá-la. – Complementou Jorge tocando levemente na mão de Clarice que retribuiu com um sorriso que fez brilhar seus olhos azuis.

Capítulo 12

Normalmente acordava cedo. Tomou um demorado banho. Vestiu-se, descendo com a pasta de trabalho ao refeitório. Tomou café com pão de queijo, saindo para o lobby, onde encontrava-se alguns jornais. Folheou-os acendeu um cigarro em seguida, dirigiu-se à portaria para entrega das chaves. O calor era intenso e constantemente fazia uso do lenço para enxugar o suor do rosto. Como álibi, visitou algumas empresas indo ao posto telefônico, onde havia poucas pessoas à serem atendidas.

— Em poucos minutos estava na gabinete falando com Ramzy.

— Bom dia!

— Bom dia! – Respondeu a outra voz no telefone.

— Ontem conheci uma jovem que preenche os requisitos que estamos precisando para ser nossa representante na regional. Gostaria de ter sua autorização para contratá-la. – Falou Abud

— Claro! Estamos precisando e têm autorização para contratá-la. Quando chegar vamos discutir as condições de contratação.

— Depois de amanhã estarei chegando para conversarmos sobre o assunto. Hoje comunicarei a jovem. Esqueci algo importante. A jovem é noiva de um universitário pretendendo casar-se em breve. – Complementou Abud despedindo-se e desligando o telefone.

Ao entardecer Abud chamou o jipe de aluguel, que encontrava-se[244] na porta do hotel, tomando rumo à casa de Flavio. Estava radiante por rever Clarice e comunicá-la a boa notícia. Uma nova etapa havia iniciado nos seus planos. Clarice seria cooptada para servir como intermediária das operações do grupo terrorista e Flavio seria um obstáculo que teria que ser removido. Por enquanto, teria que agir com cuidado angariando simpatia e confiança do casal.

Desceu do carro indo à porta principal da casa, batendo palmas, sendo atendido por Flavio que o cumprimentou efusivamente.

— Flavio transmita para sua noiva que falei com meu amigo e este está disposto ajudá-la. Devo viajar amanhã a tarde à Brasília e passarei um telegrama comunicando a data da entrevista.

---

[244] Se jipe estava na porta do hotel, Abud não chamou...

— Muito obrigado! Não sei como agradecê-lo. No momento, ela não encontra-se em casa. Saiu com a tia à igreja e ainda não voltaram. Porém, irei comunicá-la. Com certeza ficará muito feliz como estou neste momento. Muito obrigado – Falou Flavio abraçando o amigo.

— Vim apenas para dar-lhe a notícia. Estou muito cansado. O calor e o trabalho foram intensos. Despeça-me de Clarice, espero encontrá-los em Brasília. Foi um enorme prazer em[245] conhecê-los. – Despediu-se Abud apertando a mão do amigo.

Em seguida entrou no jipe que o aguardava, retornando ao hotel sem trocar palavras com o motorista. Pagou a corrida, entrando no hotel rapidamente. Precisava de um banho relaxar para a viagem de volta[246]. A[247] primeira parte do plano tinha obtido êxito.

[248]Havia passado uma semana quando recebeu o telegrama de Jorge. Imediatamente correu para o quarto onde encontrava-se Flavio lendo em voz alta o conteúdo da mensagem saltando nos seus braços gritando de alegria. Teria que viajar imediatamente para Brasília para a entrevista.

Flavio estava exultante constantemente beijava e abraçava a noiva que retribuía emocionada. Finalmente, poderiam concretizar seus sonhos de casar e ter filhos. Imediatamente, iniciaram os preparativos para a viagem, comprando uma grande mala e apetrechos femininos, completando o enxoval. No outro dia embarcaram rumo à Brasília, deixando o casal que os acolhiam em prantos, apesar de nutrirem a esperança que retornariam felizes por terem realizados seus sonhos.

Clarice acompanhada de Flavio estava deslumbrada com o enorme prédio de linhas moderna. Homens de ternos e gravatas, mulheres bem vestidas entravam e saiam como um enxame de abelhas. Dirigiram-se ao elevador, indicando ao ascensorista o andar que constava no endereço do telegrama.

Clarice estava nervosa, apertando constantemente a mão do noivo. Flavio a orientava, quanto as possíveis perguntas da entrevista, pedindo constantemente calma. Ela sabia que seu futuro estava em jogo, não podia perder a oportunidade oferecida. Poderia ser qualquer trabalho, desde que pudesse sobreviver dignamente e concluir os estudos. Não estava sentindo medo de enfrentar o futuro, sabia que o noivo estaria ao seu lado em qualquer situação. Ele a amava e faria qualquer coisa para ajudá-la.

Localizaram a sala abrindo a porta timidamente encontrando a secretária que os cumprimentou indicando o enorme sofá de couro marrom enquanto Flavio apertava a mão da noiva dando-lhe

---

[245] Não precisa desse EM

[246] Não faz sentido, refazer a frase.

[247] Seria Na primeira?

[248] O Começo do livro pode ser por aqui.

apoio enquanto ela olhava-o com um sorriso emoldurado pelos seus belos olhos azuis. Estava confiante no futuro e que venceria todos os obstáculos quando o interfone tocou fazendo a secretária levantar-se abrindo a porta do gabinete indicando à jovem visitante. Ela levantou-se apertando a mão do noivo sorriu nervosamente. E, dirigiu-se a porta do gabinete.

O homem que estava do outro lado da mesa era um quarentão gordo e simpático. Apagou o cigarro no cinzeiro esticou a grossa mão para cumprimentá-la sorrindo ao mesmo tempo que elogiava a beleza da jovem. Ela agradeceu os elogios sem demonstrar timidez. Estava seguindo as instruções do noivo que sabendo das suas limitações sempre procurava orientá-la e instruí-la da melhor maneira possível. Até então não aparentava nenhum sinal de nervosismo enquanto aguardava as perguntas do entrevistador.

— Irá trabalhar conosco servindo café e fazendo serviços auxiliares. Falei com a empresa que presta serviços para nosso órgão. Vou fornece-lhe o endereço para apresentação dos documentos e preenchimento dos formulários de praxe. Porém, não se preocupe que já está tudo resolvido. Começará amanhã conosco? Falou chefe entregando um cartão com o endereço da empresa.

— Obrigada. Não sei como agradecê-lo. Irei imediatamente entregar meus documentos e amanhã apresentarei-me no trabalho. Que horas posso chegar? – Falou Clarice com segurança.

— Amanhã as 9 horas. Chegarei mais tarde, porém minha secretária lhe orientara o que devera fazer e os horários de trabalho. Não se preocupe. Aqui somos uma família. – Em seguida, estendeu a mão e deu um largo sorriso despedindo-se.

Clarice saiu do gabinete com ar de felicidade. Cumprimentou a secretária com um sorriso dizendo que iniciaria no dia seguinte e tomando a mão do noivo saíram irradiando felicidade. Havia conseguido o trabalho e iria à luta com todas as forças.

Era de manhã quando Ramzy chegou em Taguatinga. Abud morava afastado do centro comercial em uma rua sem pavimentação e difícil acesso. Bateu algumas vezes na porta que foi aberta enquanto olhando para os lados com desconfiança entrando rapidamente.

— Estive com a garota ontem. Ela vai começar amanhã na repartição trabalhando no meu gabinete por uns dias. Tenho planos para ela. Agora vá ao bar do Felipe e procure informar-se sobre nosso 'amigo' que estava fazendo perguntas. Esperarei por você com as informações.

— Ok. Já estou de saída – Respondeu Abud dirigindo-se à porta. Abud retornou a casa com a fisionomia tensa constantemente levando o lenço ao rosto devido ao forte calor. As informações colhidas junto ao dono do bar não eram suficientes, porém tinha as características físicas do inimigo que era universitário e estudava em uma faculdade na Asa Norte. Não era fácil de identificá-lo porém tudo era possível nos seus conceitos. Matar lhe dava prazer.

Ramzy ouviu atentamente agradeceu sugerindo que fosse identificar o suspeito na única faculdade que funcionava na Asa Norte. Sabia que poderia ser um blefe do seu seguidor, porém teria que checar a informação. Abud ouviu-o atentamente começando a pensar nas possibilidades de localização do homem que os havia seguido de volta do aeroporto. Sabia que eram agentes do governo e teria que contra-atacar. Começaram a elaborar o plano de ataque e o início seria a identificação do alvo onde a experiência, frieza e sorte seriam necessárias.

Capítulo 13

Zilda levantou-se foi preparar café para as crianças e os homens que iam para os postos de vigilância. Estava decidida em fugir mesmo com risco de perder a própria vida e das crianças. Não queria continuar naquele inferno. Iria escolher o momento para fuga mesmo não tendo um destino. Não poderia contar com ninguém para ajudá-la. As pessoas viviam assustadas não colaborariam na fuga. Teria que arranjar-se sozinha apenas com a coragem e a fé que conseguiria escapar daquele inverno.

Na beira do fogão à lenha ouvia as conversas dos homens enquanto procurava informações que pudessem utilizá-las para o plano de fuga. Durante o dia seria facilmente identificada e certamente morta. A noite seria a única alternativa porém teria que ser cautelosa e paciente escolhendo o momento de maior claridade da lua. Se conseguisse atravessar o rio suas chances seriam maiores de escapar com vida.

Perto do local onde lavava roupas morava um velho pescador e sua mulher, seu plano consistia em chegar até o local onde guardava a canoa, tentar roubá-la e sair rapidamente sem ser vista. Era a única opção que lhe restava e com um pouco de sorte poderia ter sucesso.

No dia seguinte após servir o café habitual para os homens, juntou a trouxa de roupas sujas colocando sobre a cabeça saindo em direção ao rio com as filhas. Ao passar pelo portão encontrava-se um dos homens armados que faziam a vigilância da entrada da fazenda. O vigilante abriu o portão cumprimentando com uma leve palmada na bunda sob os olhares das crianças. Zilda esboçou um sorriso e com uma das mãos puxou uma das crianças pelo braço como protesto. Aquilo teria que ter um final. Iria localizar a canoa e verificar a correnteza das águas. A noite iria escolher um dos homens para dormir e aproveitar para informar-se da extensão do rio e até onde poderia levá-la sem perigo. Usaria da astúcia para não desconfiarem de suas intenções.

Ao anoitecer os homens estavam reunidos em volta da mesa bebendo cachaça em gargalhadas, acompanhadas de palavras de ordens revolucionárias.

Zilda ao lado do fogão tomava café olhando calmamente para cada um dos homens. O ódio estampava em seus olhos. Todos eram responsáveis por seus sofrimentos. Não era apenas a raiva que sentia pela morte do marido, era sua dignidade e esperança que haviam sido destruídas. Olhou novamente para aqueles homens virando-se para o fogão. Sabia o desejo de cada um quando a levavam para o quarto. Agora seria diferente. Iria escolher com quem trepar. Mastigou um pedaço de tapioca e bebeu o último gole de café. No último gole, tinha decidido com quem iria levar para a cama. A decisão recaiu sobre o mais jovem do grupo que fazia a sentinela no portão da entrada da fazenda. Tinha aproximadamente 20 anos, moreno, estatura mediana, magro e com uma barba rala. Chamou as crianças que brincava no terraço para comerem aguardando pacientemente os homens terminarem a refeição.

Alguns permaneceram conversando no alpendre enquanto outros iam para seus postos em locais estratégicos. Lavou as louças e canecas ajudada por suas filhas que iam constantemente buscar água para abastecer a velha bacia de alumínio.

Terminou as tarefas da cozinha foi estender as redes no alpendre e nos quartos. Concluiu o trabalho dirigiu-se para o quarto fora da casa onde dormia com as crianças. Tomou banho, desfez as tranças deixando os cabelos caírem sobre a costa nua beijando as crianças em suas redes. Colocou um velho vestido estampado, passou um forte perfume que guardava desde o tempo que seu marido era vivo. Estava preparada para seduzir o jovem guerrilheiro e continuar com seu projeto de fuga.

As crianças dormiam quando ela saiu em direção à casa. Olhou através da janela o jovem aguardando sentada no batente do alpendre com as mãos sobre os joelhos. Aquele era sua presa escolhida para extrair todas as informações que pudesse. Quando o jovem foi saindo, aproximou-se e trocando algumas palavras agarrou sua mão e foram caminhando ao quarto que chamavam de Matadouro ao lado do estábulo.

O jovem não ofereceu resistência. Ao entrar no quarto retirou o rifle do ombro encostando-o na parede cujo reboque já havia caído a metade e a cartucheira que pendurou no armador da rede enquanto Zilda sem perder tempo, desabotoava a blusa beijando o corpo seminu, deslizando as mãos à braguilha retirando o pênis endurecido foi retirado colocando na boca passando a língua em movimentos rápidos pela glade. O jovem agarrava sua cabeça com as mãos suspirando de prazer movimentando sem parar o pênis em sua boca que parecia engoli-lo. Ela levantou-se e foi levando-o para a cama coberta com um lençol amarelado de esperma. Os corpos giravam em posições diversas sobre os gritos de prazeres. Aquela seria a última vez e desfrutaria até o último instante. Terminou o coito encostou a cabeça sobre o peito hiberne do jovem passando as mãos sobre a cabeça e o rosto do rapaz em um gesto que parecia maternal. Ficaram em silêncio alguns minutos e depois conversaram sem parar. Ela virou-se para o lado apagou com um sopro a luz da lamparina que iluminava o pequeno quarto. Tinha conseguido o que queria. O outro sopro seria apagar o passado angustiante e seus tormentos.

A rotina do trabalho começou cedo. Dirigiu-se à casa para fazer o café, desarmar as redes de dormir, preparar o almoço e lavar as roupas no rio que ficava nas proximidades da fazenda. Era um trabalho estafante não contando com ajuda de ninguém, apenas suas filhas que ajudavam eventualmente em pequenas tarefas. Depois que preparou o almoço começou os preparativos para a fuga. Juntou as roupa das crianças, caixa de fósforos, faca de cozinha, caneca de alumínio, tapiocas endurecidas, um pouco de batatas cozidas como alimentação das crianças, enrolando os pertences em um saco cobrindo com as roupas sujas fazendo uma trouxa dirigindo-se com as filhas para o portão da fazenda.

O jovem abriu a porteira com um sorriso e ela aproveitou para comunicar que deixaria as filhas na casa de Sebastião Pescador justificando que a esposa encontrava-se doente precisando de ajuda e que ao anoitecer iria buscá-las. O jovem franziu o rosto mas em seguida concordou com a justificativa abrindo o portão.

— Vamos repetir hoje a noite? – Falou o jovem com ar de satisfação.

— Claro! Quando retornar com minhas filhas. Me aguarde. – Abriu um sorriso e ajeitando a trouxa de roupas sobre a cabeça iniciou a caminhada para o futuro incerto.

Havia caminhado quase meia-hora quando avistou a casa de Sebastião Pescador. Sua mulher varria o terreiro da casa quando chegou cumprimentando-a, baixando a grande trouxa que trazia. Entraram na casa onde a velha senhora ofereceu café e bolachas para as crianças. Conversaram alguns minutos quando Zilda timidamente falou:

— Dona. Cleia posso deixar as crianças em sua casa até ao anoitecer? Tenho muito trabalho hoje e não tenho como cuidá-las. É possível? – Falou Zilda com a voz embargada.

— Claro! Elas podem ficar sem problemas. Sebastião saiu para pescar e retornara ao entardecer.

— Vou lavar roupas no rio e retornar à casa e ao anoitecer virei apanhá-las – falou Zilda com um sorriso.

Iniciou a caminhada em direção ao rio, o coração começou a disparar imaginando a possibilidade do plano não falhar. Há uma determinada distância da casa de Sebastião estava alguns apetrechos de pescaria concluindo ser o local que a canoa ficava após a pesca, enxergou uma densa vegetação que poderia esconder o saco que trazia entre as roupas sujas. Olhou para os lados desconfiada foi baixando lentamente a trouxa da cabeça. Retirou o saco e rapidamente escondeu entre a vegetação retornando à casa pretendendo demorar o suficiente para retornar na troca de guarda.

Entrou na fazenda com o saco de roupas sobre a cabeça cumprimentando o novo vigia dirigindo-se rapidamente à casa.

Até o momento seu plano estava dando certo. Voltaria para recolher as filhas no momento da troca da guarda. Certamente o jovem vigilante iria concordar sobre promessa de outra noite de sexo.

Lentamente o sol escondia-se atrás das nuvens, enquanto os pássaros voavam em direção as árvores buscando seus refúgios. Caminhava devagar ao portão com uma lanterna na mão aproximou-se do vigia que levantou o polegar concordando com à saída. Ela olhou para os lados tomando sua cabeça deu-lhe um beijo na boca.

Saiu com um ar de felicidade como se estivesse flutuando, pois seria o último dia no inferno sem retorno.

Acelerou as passadas em direção à casa do pescador para apanhar as filhas. A medida que se aproximava as pulsações do coração aceleravam, iria esconder-se com as crianças perto do local onde encontrava-se a canoa, aguardando o momento para colocá-la em ação.

Conversou rapidamente com o casal agradecendo o cuidado das crianças enquanto o casal entrava na casa retornando com um pacote de bolachas para as crianças. Zilda agradeceu dando um beijo na face de Sebastião e na esposa. Agarrou as mãos das filhas saindo rapidamente sem olhar para trás. Nunca mais os veria e não sabia o que iria acontecer com eles quando os guerrilheiros começasse à procurá-la.

A noite estava enluarada e ela aguardava com as crianças escondidas entre as vegetações o momento de colocar a canoa na água. As crianças mantinham-se imóveis e silenciosas sem saber o que estava acontecendo, quando Zilda as colocou na canoa empurrando-a com força, subindo na popa remando sem parar. Em cada remada seu coração pulsava mais forte a medida que distanciava-se da margem. Sabia que em breve seria caçada como um animal. Remava cada vez mais forte aproveitando a correnteza rezando sem parar enquanto as crianças olhavam as margens do rio em silêncio.

Havia decorrido algumas horas quando começaram à procurá-la. Os homens se repartiram por dentro dos matos até que chegaram à casa de Sebastião Pescador. Um deles entrou na casa visivelmente irritado vasculhando os quartos nada encontrando agarrou Sebastião pelo braço puxando com força para fora da casa agredindo com socos e pontapés. O velho não reagia implorando por sua vida, quando um dos homens correndo em direção à casa gritando-:

— Ela fugiu de barco. Encontrei uma corda cortada e rastros na margem. A filha da puta roubou a canoa. – Exclamou o mateiro.

O chefe do grupo olhou para o casal com ódio de quem tinha sido enganado, sacou da pistola, fizeram o casal de velho ajoelharem-se em seguida disparou a arma nos corpos inocentes.

O sangue jorrou pela areia do terreiro enquanto o assassino olhava para os corpos cuspindo no chão batido de terra.

Ela estava no limite de suas forças. Havia remado muito tempo quando o cansaço chegou. As crianças dormiam encostadas no saco de roupas, quando encostou o remo, fechou os olhos começando a rezar, deixando a correnteza levá-la à deriva. Acordou assustada com um barulho de homens que avançavam em sua direção. Eram homens fardados que entravam na água rebocando a canoa para a margem. O medo mais uma vez bateu quando as crianças foram retiradas juntamente com o saco e roupas que foram imediatamente vistoriadas.

Um dos homens levava as crianças para uma tenda, enquanto ela era conduzida a presença de um oficial que encontrava-se em uma barraca com outros militares.

Entrou escoltada por dois soldados quando o sargento começou a relatar os acontecimentos. Uma canoa havia encalhado na margem próxima do acampamento militar com uma mulher e duas crianças. Não havia sido encontrado armas ou munições na canoa. Foi um relato breve e objetivo. O oficial fixou os olhos na mulher pedindo que sentasse em sua frente e começasse a falar. Os olhos de Zilda voltaram-se para o chão batido começando a contar tudo que havia se passado desde o assassinato do marido enquanto as lágrimas escorriam pelo rosto. Aos poucos foi se recuperando a medida que o oficial comandante moderava a voz e as perguntas. Naquele instante pensava apenas nas crianças que estavam vivas. Não importava o que iria acontecer ou castigo que fosse aplicado. Ela tinha conseguido escapar do inferno.

O oficial encerrou o interrogatório, chamando o imediato que encontrava-se ao lado do rádio de campanha, ordenando que entrasse em contato com o Comando do Centro-Oeste. Aguardaria as ordens para iniciar o ataque aos guerrilheiros conforme as informações da prisioneira. Minutos depois o rádio começou a chamar enquanto o oficial dirigia-se para receber as instruções em seguida convocando os subordinados ordenava que uma unidade iria atacar contando como guia a prisioneira até as proximidades do local. Suas filhas ficariam mantidas como reféns até o retorno da tropa.

Despediu-se das filhas que abraçavam e choravam sendo conduzidas por um dos soldados que as mantinham em vigilância. Ela tinha fé que nada iria acontecer com suas filhas e que retornaria segura.

O oficial subiu na lancha com a prisioneira. Na outra os soldados camuflados com fuzis de repetição e metralhadoras estavam prontos para ação. As lanchas deslocavam-se velozmente depois de algum tempo, Zilda identificou as proximidades do local que havia roubado a canoa.

O oficial ordenou a paralisação dos motores desembarcando à uma distância considerável percorrendo em silêncio por dentro da vegetação. Estavam tensos em posição de combate para não serem surpreendidos por alguma emboscada. Aproximaram-se silenciosamente da casa de Sebastião Pescador, posicionando-se para o cerco, enquanto o comandante com um binóculo, vasculhava a área e as posições indicadas por Zilda.

Não tardou em avistar os corpos estendidos no terreiro em frente à casa. Um a um os soldados foram se aproximando rastejando pelos matos, enquanto outros davam a cobertura necessária. O primeiro grupo de soldados invadiram a casa não encontrando ninguém nas imediações.

O comandante foi se aproximando com Zilda quando esta viu o casal de velhos assassinados por tiros na cabeça, não conseguiu controlar-se, abraçando-os e chorando sem parar, enquanto o oficial amparava-a pedindo para apontar à direção da fazenda que era a base dos guerrilheiros na região.

Ao anoitecer os soldados se posicionaram para o ataque conforme as ordens do comandante, enquanto outro grupo cercava a fazenda.

As posições foram atacadas ao amanhecer com granadas e morteiros. O ataque foi rápido e preciso. As metralhadoras não cessavam de atirar e os guerrilheiros surpreendidos com o ataque relâmpago tentavam entrincheirar-se na casa e no estábulo. O barulho dos tiros das metralhadoras e fuzis eram implacáveis misturando-se com gritos de dor e desespero.

Não demorou muito quando as armas silenciaram e os soldados entraram rapidamente na casa e no estábulo onde os guerrilheiros tentaram resistir. Debaixo da fumaça negra e dos escombros apenas mortos e agonizantes.

Zilda estava tremendo ao lado do comandante da operação quando adentrou na casa semidestruída procurando identificar os cadáveres que quando vivos foram seus algozes e causadores dos seus sofrimentos.

Aquela era sua casa onde tinha tido as filhas e amado o marido, estava destruída juntamente com o seu passado. Não queira ficar mais um minuto naquele lugar. Saiu correndo começando a chorar debaixo de um piquizeiro frondoso que sentava debaixo para ver as crianças brincarem aguardando a chegada do esposo.

O oficial aproximou-se estendeu a mão ajudando a levantar-se enquanto colocava a mão no ombro tentando confortá-la. Iniciaram a caminhada em direção da margem do rio onde encontravam-se as lanchas e o grupo de apoio. Outra equipe permanecia no local jogando os corpos dentro da cacimba que outrora abastecia a casa, em seguida tampando com os entulhos da casa semidestruída. Ela olhou para trás pela última vez e as lágrimas desceram dos olhos. Logo iria retornar aos braços das filhas sem medo do futuro e longe dos tormentos.

Capítulo 14

O tabuleiro de xadrez estava montado Ramzy procurava a melhor estratégia para capturar Clarice. Ele era um mestre da manipulação. Entrou no carro olhando para os lados com desconfiança partindo em velocidade em direção ao local de trabalho.

Ao chegar foi logo cumprimentando a secretária entrando no gabinete, tirando o paletó colocando-o sobre o encosto da poltrona e pelo interfone solicitou uma xícara de café com adoçante.

A jovem entrou na sala desajeitadamente trazendo a bandeja com a xícara de café, colocando-a sobre a mesa abarrotada de papeis.

Ramzy esboçou um sorriso tratando em seguida de tranquilizá-la enquanto elogiava a beleza da jovem. Ela correspondeu com um sorriso agradecendo timidamente os elogios.

O jogo havia iniciado e a confiança seria o primeiro passo a ser implementado o resto seria fácil de conduzir. Ela já encontrava-se na porta quando ele perguntou pelo o noivo.

— Está bem. De manhã na universidade e depois no escritório onde trabalha. – respondeu Clarice com um leve sorriso enquanto abria a porta sob os olhares de Ramzy.

O telefone tocou e a secretária imediatamente transferiu a ligação no momento que Ramzy preparava-se para sair. Soltou um palavrão retornando à sala fechando-a com chave.

— Falei com o secretário de educação que ficou de liberar uma bolsa de estudos para um curso de preparação de vestibulares, garantiu-me que nesta semana sairia a autorização, então estará pronta para iniciar os estudos. – Falou Ramzy em voz baixa quase sussurrando.

— Ok. Amanha irei ao Mug's Bar conversar com o nosso amigo para empregá-la como garçonete. Assim a manteremos ocupada por um bom período, em breve começara a gerar ciúmes entre os pombinhos – Abud deu um risada despedindo-se apressadamente.

Flavio morava em um pequeno apartamento na Zona Sul de Brasília, custeado em parte pelo pai fazendeiro em Minas Gerais. Estudava na Universidade de Brasília no turno da manhã e a tarde trabalhava em um escritório de contabilidade. Não sobrava tempo para diversões.

Chegou no apartamento encontrando a noiva diante de uma pequena televisão que ao vê-lo foi logo caindo em seus braços relatando seu primeiro dia de trabalho e elogiando as pessoas que tinha conhecido. Sentia-se feliz, foi à cozinha onde serviu a refeição sentando-se ao lado do noivo enquanto comiam falando do dia de trabalho.

Valia o sacrifício que estavam enfrentando mais um semestre Flavio terminaria o curso de engenharia que habilitava-o a trabalhar em um escritório de engenharia, casar-se ter filhos era tudo que queria.

Na entrada do prédio Ramzy aguardava a saída de Clarice para o cursinho quando ela surgiu com uma blusa de rendas sobre um vestido azul claro que realçava os contornos do seu corpo.

Ramzy olhou atônito para jovem que se aproximava sorrindo cumprimentando, entregou a autorização para a bolsa de estudos no curso pré-vestibular. Clarice agradeceu não cabendo de satisfação. Tudo estava acontecendo muito rápido. Havia conseguido emprego e bolsa de estudos em menos de duas semanas.

Ramzy mantinha-se sério e apertando a mão da jovem despediu-se saindo rapidamente. Clarice ficou parada olhando o carro tomar à direção da Zona Sul.Não sabia como retribuir as gentilezas daquele homem que em curto tempo tinha ajudado bastante sempre com uma maneira delicada.

Dentro do carro ele pensava diferente sorrindo de sua conquista. O plano não poderia falhar. Aquele era um jogo sujo, amoral e sem fronteiras onde a morte rondava ao lado.

Havia decorrido algumas semanas quando Clarice encontrou Jorge Abud na entrada do prédio da repartição. Trocaram algumas amabilidades quando pediu para aguardá-lo, pois tinha algo para falar com Ramzy dentro de minutos estaria de volta.

Entrou no elevador indicando o ascensorista o andar que se destinava que prontamente foi atendido. Saiu do elevador caminhando em direção ao toalete. Lavou as mãos sacando um pente do bolso penteando os cabelos e bigode. Demorou alguns minutos no tolete retornando ao elevador. Aguardou-o pacientemente junto aos funcionários que apertavam-se entre si para entrada no elevador. A jovem o aguardava na saída do prédio quando chegou justificando que Ramzy não pode atendê-lo por encontrar-se em reunião. A simulação havia dado certo então tomando o braço da jovem caminharam rumo à parada de ônibus.

Enquanto esperava o coletivo a jovem não cansava de agradecer e elogiar por tudo que estava acontecendo em sua vida. De repente ele tomou as mãos delicadamente:

— Vocês merecem! Vamos ajudá-los em tudo que estiver ao nosso alcance. Conversei com outro amigo dono de um barzinho da moda que esta precisando de garçonete. É interessante porque poderá dedicar-se mais tempo aos estudos e ser melhor renumerada, pois têm salário e comissões. É um local atrativo bem frequentado e o meu amigo é um cara e tanto. Vai gostar do trabalho e de conhecê-lo quem sabe logo mais poderá ser a gerente da casa, pois sempre está viajando e precisa de alguém de confiança. – Abud falava em tom respeitoso que transpirava segurança.

— Interessa-me o trabalho, porém terei que ter a concordância do meu noivo, pois trata-se de um trabalho noturno o que ele poderá não concordar. – Retrucou Clarice.

— O melhor argumento é seu estudo o dinheiro que entrar será uma excelente contribuição para o casamento de vocês. A segurança financeira e a complementação dos seus estudos é muito importante para você – Abud falava pausado com ar sério em seu rosto.

— Irei convencê-lo – Clarice respondeu secamente pegando Abud de surpresa pela determinação da jovem.

— Na próxima semana poderemos nos encontrar para conhecer o trabalho e conversar com meu amigo. Caso consiga o emprego falarei com Ramzy para liberá-la. Ele não ficará desapontado porque é um homem bondoso que entende as necessidades das pessoas. – Estendeu a mão para jovem apertando-a saindo em direção à parada de ônibus acompanhado pelos olhares de Clarice.

Tinha colocado a isca agora era esperar a mordida. Um pouco mais distante da parada de ônibus acendeu um cigarro enquanto aguardava um taxi para o encontro com Ramzy e Farid no Mug's Bar.

Capítulo 15

Flavio entrou no apartamento jogando a mochila em cima do sofá quando Clarice chegou abraçando e beijando efusivamente. Estava feliz com a notícia da possibilidade do novo emprego. Queria contar para o noivo do encontro com Jorge mas desencorajou-se ao vê-lo com a fisionomia cansada.

Ele dirigiu-se à cozinha abrindo a geladeira retirando um pacote de leite despejando no copo enquanto a jovem sentava-se ao lado. De repente ela criou coragem e foi contando os pormenores do encontro com o amigo. Flavio ouviu calmamente quando levantou-se bruscamente contrariando seu comportamento habitual surpreendendo a noiva.

— Não concordo com este trabalho. Você deve continuar onde estar pois o trabalho noturno é perigoso, além de ficar exposta as insinuações e assédios dos clientes. Não vamos falar mais no assunto apesar de sentir-me grato pelo o apoio de Jorge e seu amigo. Quando procurá-la transmita-o que conversamos sobre o assunto, agradeça a preocupação e o apoio, porém no momento continuará trabalhando e estudando a tarde o que não prejudicará a preparação para o vestibular. Outro semestre estarei iniciando meu estágio no escritório de engenharia e ficarei com tempo disponível para estudar para algum concurso público e para divertirmos. – Flavio falava com a voz irritada onde por trás de suas palavras era fácil identificar o ciúme.

Clarice ouviu a explanação calada, quando as lágrimas rolaram dos olhos. Então começou a chorar copiosamente motivada pela reação do noivo. Flavio procurou abraçá-la enquanto alisava seus cabelos tentando confortá-la.

Era a primeira vez que chorava em todo os anos de namoro e noivado. Ela pensava somente em ajudá-lo, pois sentia-se segura do seu amor não importava os assédios que ocorriam há bastante e ele não sabia. Sentia no momento que o sentimento possessivo do noivo havia ferido a sua dignidade. Entrou no quarto e sem despir-se, deitou-se virando a costa ao companheiro sem dar atenção seu argumentos, com os olhos fechados sentia próximo o fim da relação. E que também nada iria demover seus sonhos. Iria lutar até o fim com ou sem o noivo.

O café da manhã não tinha o mesmo clima habitual que reinava entre o casal. enquanto bebia o café, Flavio não conseguia desviar os olhos de Clarice que se mantinha silenciosa fingindo não notar a presença do noivo. Ele dava traços de impaciência quando levantou bruscamente e caminhou em direção a sala.

— Vai sair para trabalhar ?

— Não. Vou telefonar informando que não posso ir hoje. – Respondeu Clarice bruscamente.

— Não pode fazer isto por causa de nossa discussão. Poderemos conversar sobre o assunto do trabalho no meu retorno. Peco desculpas, estava cansado e não tive a paciência necessária para ouvir seus argumentos. – Flavio tomou sua mão beijou-lhe o rosto e despediu-se com um leve aceno. Ela continuava em silêncio quando fechou a porta começando a chorar.

Esperou a saída de Flavio vestiu-se, apanhou a bolsa sobre a mesa e retirou cartão de visitas de Ramzy, fechou o apartamento e sem esperar o elevador desceu rápido pela escadaria.

CAPÍTULO 16

A família estava reunida na sala aguardando o visitante. Tamara havia iniciado os preparativos à quase uma semana. A mesa estava repleta de iguarias árabes e as crianças recebiam constantemente advertências pelas antecipações aos bolos e doces.

Tamara vestia um belo vestido adornado por filigranas douradas e um lindo véu azul com detalhes de pequenas flores pintadas a mão que emoldurava seu belo rosto. De vez enquanto, ia até a cozinha onde uma auxiliar dava os retoques no carneiro assado preparado com ervas especiais pronto a ser servido na ocasião.

De repente, ouviu-se um toque de buzina acionando a jovem para abrir o portão que dava acesso ao pátio da casa. Ramzy e o visitante caminhavam pela estreita calçada de mármore enquanto o visitante não parava de elogiar o jardim e a casa ornamentada por uma piscina de águas azuis que compunha o toque a beleza do ambiente.

O visitante foi recebido pela anfitriã que ao lado do esposo o conduzia até o salão onde encontrava-se um enorme conjunto de sofás brancos sobre um tapete persa. Todos os requintes do bom gosto tinham sido observados.

Por um momento a esposa solicitou licença dirigindo-se à cozinha deixando os homens conversando em árabe, sendo interrompido apenas no momento que Ramzy dirigiu-se à Tamara para providenciar a refeição.

O visitante caminhou até à mesa acompanhados pelos anfitriões e as crianças.

Após o jantar foi servido chá de hortelãs que na ocasião recebia elogios à comida e ao comportamento das crianças na mesa.

O casal agradecia sorrindo enquanto Tamara retirava-se deixando-os a vontade para conversarem. Ramzy levantou-se convidando o visitante para acompanhá-lo até o escritório que ficava ao lado do quarto de casal.

O escritório era composto por uma pequena biblioteca onde se viam nas paredes fotografias da família e pinturas com temas árabes. Ramzy fechou a porta acendeu um cigarro que foi acompanhado pelo visitante enquanto retirava da estante uma garrafa de uísque.

— Arafat está foragido no Líbano. Os israelenses estão a procura dele e estamos preocupados com a situação da OLP devido os últimos acontecimentos em Munique. Você é nosso representante no Brasil e terá que mobilizar-se para captar o apoio de políticos do governo daremos total cobertura para as atividades na América Latina, especialmente com nossos aliado na Colômbia. Estamos recebendo armamentos soviéticos que serão enviados para Cuba e contrabandeados para as FARCS que apóiam o movimento comunista no Brasil. O problema é o governo brasileiro que está mantendo uma forte vigilância contando inclusive com o apoio da CIA e dos governos militares do Cone Sul. – O viciante falava em tom pausado.

O silêncio reinou por um breve momento quando continuou a explanação:

— Encontra-se você tem apoio de um dos homens mais bem preparados, treinado por oficiais da KGB que conta em sua experiência inúmeras missões bem-sucedidas. Todo os recursos financeiros necessários serão transferidos para sua conta nas Ilhas Cayman. Ramzy mantinha-se atento quando dirigiu-se à escrivaninha abrindo uma gaveta retirando um mapa da região central do Brasil colocando-o sobre a mesa.

— Aqui estão os posicionamentos das forças militares no centro-norte brasileiro e os pontos onde estão sitiados os guerrilheiros. Minha fonte informou que o governo está preparando com o

Exercito uma nova investida em etapas com o objetivo de exterminar a guerrilha comunista. Suponhamos que o Exercito destrua a capacidade militar dos guerrilheiros, estaremos sem apoio para transferir para as FARCs, armamentos via Brasil. Sabemos que o Exercito não obteve sucesso na primeira investida contra a guerrilha e que o general Médici teme que as notícias sejam vinculadas à mídia para não tornar o Araguaia o que chama de 'zona liberada', dando notoriedade à guerrilha como o que ocorre no sudoeste da Ásia, mas esta nova operação estará no âmbito da inteligência e contara com forças especiais treinadas para o combate de guerrilha de selva. As chances são mínimas de resistência não restará prisioneiros porque não estarão vivos – Finalizou Ramzy.

Novamente o silêncio reinou na sala quando o visitante inesperadamente começou a falar:

— As armas são um bom negócio, porém a nova estratégia é cocaína colombiana que nos dará retorno financeiro mais rápido e menos problemas de logística. – As últimas palavras do visitante soou com um tom de ironia.

Ramzy ouviu Sabri Khalil, líder do Fatah da OLP finalizar a conversação. Não teria mais comentários à fazer apenas aguardar ordens para iniciar a nova operação. Ficaram no escritório mais alguns minutos quando Sabri olhou para o relógio tomando o braço de Ramzy dirigiu-se ao salão para despedir-se. Tinha concluído a visita e precisava retornar ao hotel, pois embarcaria para São Paulo com destino à Londres nas próximas horas.

CAPÍTULO 17

A secretária atendeu o telefone desculpando-se, pedindo para religar dentro de minutos. O cafezinho da manhã nas repartições públicas era ritualístico. Preparou outra xícara de café colocando na bandeja, dirigindo-se ao gabinete do chefe que logo comentou a ausência da funcionária recém-contratada. A secretaria fez sinal com as mãos indicando que nada sabia até o momento. De repente, o telefone tocou era a voz de Clarice do outro lado da linha.

— O que aconteceu? Esta com problema? – A voz da secretária era ríspida demonstrando irritação.

— Gostaria de falar com o Dr. Ramzy.

— Um momento vou verificar se pode atendê-la. Ele não se envolve com problemas de funcionários. Estes são problemas da empresa que lhe contratou. Aguarde um momento. – Respondeu a secretária enquanto aguardava autorização para transferência da ligação.

— Bom dia Clarice! O que aconteceu? – Falou Ramzy calmamente enquanto despejava as cinzas do cigarro no cinzeiro.

— Gostaria de falar com Jorge, pois ele combinou comigo que aceitando trabalhar à noite iria apresentar-me no local do trabalho. Não tenho o telefone nem endereço dele. O senhor poderia fornecer-me? – A voz era suave porém demonstrava segurança.

— Vou sair meio-dia nos encontraremos no endereço e horário que vou te dar queira anota por favor – Falou Ramzy enquanto repetia o endereço e o horário

— Estarei no local e hora combinado.

Ela trajava calça jeans azul com blusa de seda branca sapatos branco portando uma pequena bolsa preta de mão. Uma combinação perfeita para seus olhos azuis e cabelos castanho-claro. Aguardava na esquina olhando para os lados despistando as constantes insinuações de pedestres e motoristas que passavam. Havia passado alguns minutos do horário combinado quando viu Ramzy atravessando a rua apressadamente. Cumprimentaram-se cordialmente tomando-a pelo braço entraram no restaurante árabe onde o maître os recepcionou conduzindo o casal à mesa reservada. Sentaram-se e logo o garçom foi apresentando o cardápio. Ele colocou os óculos de leitura sugerindo pratos que para Clarice eram desconhecidos dificultando as escolhas, enquanto Ramzy a observava tentando ser gentil para não constrangê-la. Pediu uma garrafa de vinho tinto e refrigerante que foram prontamente atendidos pelo garçom que trazia na bandeja pratos de quibes, esfirras, pães árabes e húmus.

[249]Clarice pouco a pouco foi descontraindo-se enquanto confessava seu total desconhecimento da culinária árabe. Ramzy de vez enquanto colocava um pouco de húmus no páo árabe cortava pedaços de costela de carneiro assado entregando a jovem que recebia com satisfação.

De repente, os pensamentos voltaram-se para Flavio que certamente encontrava-se naquele instante no trabalho. Por um momento sentiu-se arrependida por ter aceito o convite, porém não queria retornar à casa dos pais sem ter conseguido seus objetivos, embora pudesse continuar estudando contando com o apoio do noivo até encontrar novo emprego.

A situação não era confortável sentia-se insegura na sua decisão. Tomou um gole do refrigerante enquanto Ramzy não parava de observá-la como se estivesse lendo sua mente. Aquilo era mais um jogo que participava. Estava acostumado a manipular as pessoas para conseguir seus sórdidos objetivos. Ela o olhava confusa nos seus pensamentos. A sua mente de mulher trabalhava em outro sentido. Não sabia como começar a contar seus problemas para aquele homem desconhecido. Não tinha certeza se podia confiar a um estranho. Era a primeira vez, que encontrava-se diante de uma situação que poderia mudar o curso de sua vida. A fuga da mãe, a morte do pai, os anos seguidos da infância e adolescência, as dificuldades passadas até o dia que foi entregue na casa da tia que a adotou havia fortalecido sua personalidade, no entanto estava sentindo-se insegura naquele momento.

— Você poderá contar-me o que esta ocorrendo? – Falou Ramzy pausadamente tocando em sua mão.

---

[249] Outro bom começo

— Falei da proposta do trabalho noturno feito por Jorge com meu noivo que não concordou. Porem, acho que é uma oportunidade de ganhar mais dinheiro e fazermos uma economia para nosso futuro. Não gostaria de desagradá-lo. Ele acha que não seria uma boa decisão.

— Infelizmente, não posso intrometer-me na sua decisão apenas prontifico-me em ajudá-la de outra forma, pois detestaria provocar a desarmonia entre vocês. Fique a vontade em tomar sua decisão apenas reitero que tive uma excelente impressão de você e estou decidido ajudá-la no que for preciso. – Falou Ramzy calmamente.

Por um breve momento Clarice ficou observando aquele homem que transpirava confiança e bondade.

— Hoje a noite voltarei a conversar com Flavio e tomarei minha decisão. – Falou Clarice secamente.

— Fique tranquila. Caso não aceite o trabalho poderá continuar conosco na repartição. Tenho uma proposta a fazê-la. Anos atrás comprei com meu irmão que reside no exterior um apartamento que encontra-se desocupado, apenas utilizado quando ele vem ao Brasil, em raríssimas oportunidades. Quinzenalmente, tenho que providenciar alguém para fazer a faxina o que ocupa-me tempo, pois existe objetos raros e caros e não posso confiar em todo mundo, pois todos pertencem ao meu irmão. Posso levá-la para conhecê-lo? Caso se interesse em fazer a faxina gratificarei muito bem. O que acha? – Concluiu Ramzy com um sorriso.

— Concordo! – Respondeu Clarice prontamente enquanto entrava no carro.

O prédio apesar de ser uma das primeiras construções da quadra era bem conservado. O cenário era a aridez do cerrado apenas algumas lojas e mercearias compunham o escasso movimento da área comercial da quadra.

Estacionou o carro dirigindo-se a entrada do prédio, subindo silenciosamente as escadarias. Abriu a porta do apartamento dando prioridade de entrada à jovem que encontrava-se um pouco nervosa. Acendeu a luz dirigindo-se as cortinas da janela da sala para abri-las. Estava deslumbrada com a decoração. Um ambiente pequeno mas com ares de sofisticação. Quadros modernos e antigos pendurados nas paredes, objetos de artes espalhados em estantes e no chão. Os sofás de couro creme ladeados por vasos com motivos romanos e um pequeno bar no canto da sala que dava o toque de intimidade ao ambiente. Ela aparentava receio com tudo aquilo que estava acontecendo e não escondia no rosto.

— Venha Clarice foi mostrá-la o resto do apartamento. – Falou Ramzy, enquanto caminhava pelo o corredor mostrando os quartos e banheiros.

Clarice estava surpresa com a qualidade dos móveis que pareciam terem saído naquele instante da loja. Tudo estava devidamente organizado em seus lugares o que fazia perceber o nível de organização e bom gosto dos proprietários.

— Gostaria que fosse feito uma faxina quinzenalmente, pois na realidade não têm muito o que fazer, porém a preocupação são os objetos raros de alto valor grande parte herdados dos nossos avós. Tenho que manter vigilância em função que este prédio é pouco habitado. – Riu Ramzy.

— Concorda em fazer a faxina do apartamento? Amanhã quando retornar o trabalho entrego-lhe as chaves. – Falou Ramzy enquanto caminhava em direção à porta.

— Concordo e tenho certeza que o senhor não se arrependerá. Irei caprichá-la. – Falou Clarice com entusiasmo.

— Sei disto, acredito que fará um bom trabalho sendo bem recompensada. Tenho plena confiança em você. E estou pronto para ajudá-la no que for necessário.

— E como farei para estudar? – Perguntou Clarice

— Você poderá ir no horário do trabalho. Falarei com minha secretária para liberá-la, pois apenas duas vezes no mês não causara transtorno no trabalho.

Ramzy desligou a luz do apartamento retornando ao edifício onde Clarice residia despedindo-se respeitosamente com um aperto de mão. Ela parou um momento observando a saída do carro até desaparecer de sua visão. Estava impressionada com aquele homem gentil. Então, foi andando lentamente em direção ao edifício pensando o que dizer ao noivo quando retornasse do trabalho. Novamente a incerteza da decisão voltava à tona, porém não podia recuar dos objetivos, principalmente não poderia decepcionar aquele homem que estava fazendo tudo para ajudá-la.

Chegando no apartamento colocou a bolsa sobre a mesa foi retirando a roupa entrando no banheiro. Ficou bastante tempo deliciando-se com a água fria que corria sobre o corpo. Enxugou-se tomando a toalha enrolando em sua cabeça ficou mirrando-se no espelho alguns minutos. Foi a cozinha apenas com a toalha sobre a cabeça, abriu a geladeira bebeu um copo de água gelada. Olhou para o pequeno relógio de parede saindo rapidamente para vestir-se. Estava na hora de ir para o cursinho e estava atrasada. Apanhou a bolsa, livros e cadernos saindo apressada rumo ao ponto de ônibus. Chegou atrasada. Timidamente pediu desculpas ao professor sentando-se na carteira mais próxima, abrindo o caderno de anotações começando a copiar a matéria que encontrava-se no quadro fixo na parede, porém não conseguia concentrar-se. Todo instante pensava no noivo e nas suas possíveis reações. Não conseguia acompanhar as explanações do professor. Aguardou o término da aula e não esperou à próxima. Estava ansiosa para conversar com Flavio e contar o ocorrido. Acreditava na sua compreensão chegando um acordo sobre a proposta do trabalho e tudo voltaria ao normal. Estava ficando nervosa por diversas vezes abriu os cadernos com as anotações da aula fechando-os em seguida. Começou a pensar em seus pais adotivos que faziam falta naqueles momentos de angústia, sempre apoiando com palavras de conforto. Sentia-se solitária, por um momento pensou em largar tudo e retornar à casa, porém voltar era liquidar seus sonhos. Pensava em Ramzy em tudo que tinha feito por ela até aquele momento. A forma respeitosa como era tratada, suas constantes brincadeiras fazia sentir-se alegre e segura em sua companhia. Ele tinha conseguido seu respeito e consideração. Não poderia perder sua amizade.

Clarice aguardava a chegada do noivo ansiosa. As horas não passavam e cada minuto parecia uma eternidade. Foi à cozinha preparou o jantar olhando todo instante para o relógio. Não tinha hábito de beber ou de fumar, mas estava sentindo vontade de buscar estes refúgios. Abriu a bolsa retirando dinheiro e desceu para comprar cervejas e cigarros. Saiu em direção à porta e retornou. Teria que controlar-se, o álcool e o fumo não eram antídotos para seus problemas. Abriu uma apostilha do cursinho mas não conseguia concentrar-se. Foi para o quarto e começou a chorar. Tirou o relógio de pulso que encontrava-se na gaveta do criado-mudo e viu aproximar a hora da chegada do noivo.

Caminhou para a sala e ficou sentada aguardando Flavio, que se não houvesse imprevistos chegaria dentro de minutos. De repente, ouviu o ruído da chave na fechadura, mordeu os lábios ajeitando o vestido levantou-se aguardando a entrada do noivo.

Ele adentrou na sala com o ar cansado jogando a mochila sobre o sofá como era habitual. Desta vez não foi abraçá-lo como de costume, mantendo-se de pé como se estivesse aguardando ordens.

— O jantar esta pronto! – Falou Clarice secamente

— Vou descansar um instante. Estou muito cansado. Você foi trabalhar?

— Não. Telefonei para meu chefe comunicando. Fui ao cursinho.

Flavio levantou-se e caminhou até a cozinha. Clarice sentou-se no sofá em silêncio.

— Venha comer algo enquanto conversamos. – Falou Flavio com a voz pausada.

— Prefiro conversar quando terminar o jantar – Respondeu Clarice que continuava sentada no sofá da sala.

Flavio terminou de comer dirigiu-se ao banheiro para lavar as mãos voltou à sala sacando da mochila um cigarro acendendo enquanto Clarice o observava em silêncio.

— O que está acontecendo? Desculpei-me e continua do mesmo jeito? O que está acontecendo? – Flavio falou com a voz irritada.

— Vou trabalhar fazendo faxina no apartamento do meu chefe duas vezes no mês. É mais dinheiro que teremos, quanto ao trabalho noturno irei conversar com Jorge à respeito.

— Não vou consentir que trabalhe à noite. – Disse Flavio categórico.

— Não vamos discutir. Irei conversar com as pessoas e saber os detalhes, caso seja interessante e que haja tempo para estudar aceitarei o trabalho.

— Minha decisão é irredutível! Concordo com a faxina mas não com o trabalho noturno. Estamos conversados. – Finalizou Flavio saindo da sala.

— Então estamos rompendo o noivado neste momento. Dê-me um prazo para arranjar um local para morar porque não vou voltar para casa e não quero ficar com você. – Clarice não titubeou na resposta.

— Ok. Vá a puta que pariu! Faça o que quiser de sua vida. Quer sair agora? Saia e foda-se! – Gritou Flavio dentro do quarto.

Clarice não respondeu e nem se abalou com o nervosismo do noivo. Dirigiu-se ao quarto apanhou um travesseiro e cobertor e foi deitar-se no sofá da sala. Demorou a dormir e por diversas vezes pensou em voltar atrás da decisão. Ela gostava dele e até compreendia o seu desejo de posse, porém queria realizar-se através dos seus esforços e não admitia agressões verbais. Acordou cedo dirigindo-se ao quarto sem fazer barulho vestindo-se rapidamente apanhou uma sacola com roupas, bolsa e mochila, dirigiu-se ao banheiro para fazer a higiene matinal e maquilagem. Não demorou no banheiro e ao passar em frente ao quarto contemplou o noivo que ainda dormia pela última vez. Abriu a porta do apartamento saindo à passos rápidos. Estava decidida a não mais voltar, depois pensaria como fazer para recolher o restante dos objetos e roupas. No momento, pensava em chegar ao trabalho o mais rápido possível, receber as chaves do apartamento de Ramzy para limpeza e ir para o cursinho. Chegou cedo na repartição foi logo preparando o café, recolhendo as cestas de papéis, limpando as mesas da secretária e do chefe. Preparou uma xícara de café, aguardando a secretária que pontualmente chegava no horário.

— Bom dia Clarice! Tudo bem? Chegou cedo hoje! Parabéns! – Falou a secretária em tom de deboche.

— Bom dia! – Respondeu com um sorriso no rosto.

A secretária colocou a bolsa sobre a mesa e em seguida saiu pelo corredor com uma xícara de café na mão, cumprimentando a todos que encontrava.

Clarice continuava aguardando o chefe sentada no sofá silenciosamente. Naquele instante pensou em Flavio lembrando-se da primeira vez que estiveram juntos aguardando a chegada de Ramzy e como ficaria surpreso por não encontrá-la no apartamento. Com certeza iria telefonar[250] mais tarde ao término das aulas da faculdade. Porém, não saberia se iria atendê-lo[251]. Estava magoada e decidida a não voltar.

Ramzy chegou mais cedo do que de costume, cumprimentou os presentes, demorando alguns minutos chamando a secretária pelo interfone:

— Neide, a Clarice irá fazer faxina no meu apartamento duas vez ao mês na parte da manhã, logo mais irei comprar o material de limpeza e deixá-la no apartamento. – Falou Ramzy enquanto tomava a xícara de café sobre a mesa.

Não demorou muito quando Ramzy com o paletó na mão pediu a jovem para acompanhá-lo. Rapidamente, apanhou seus pertences despedindo-se da secretária.

Parou em um supermercado acompanhado por Clarice que dava sugestões para compra do material de limpeza. Fizeram as compras dirigiram-se para o carro tomando rumo ao apartamento. Subiram a escadaria debaixo dos protestos de Ramzy que não continha os palavrões.

---

[250] Ia telefonar quem para quem?

[251] Aqui parece Flavio, mas Clarice não tem casa e muito menos telefone.

Colocou a sacola do material no chão, enfiou a mão no bolso tirando as chaves enquanto abria a porta ligando a luz.

— Pronto! É todo seu o apartamento! Têm dinheiro para a passagem de volta?

— Tenho seu Ramzy. Não se preocupe apenas lhe pediria um grande favor. – Falou timidamente.

— O que precisa?

— Posso dormir hoje no apartamento enquanto arranjo um quarto para morar? Flavio e eu discutimos por causa do trabalho noturno e não chegamos a um acordo, então decidi optar pelo trabalho oferecido. Não vou voltar a viver com ele. Rompemos o noivado.

— Você contará com todo meu apoio. Pode ficar no apartamento o tempo que quiser até arranjar um lugar para ficar. Fique com as chaves. Tenho cópias e não causara nenhum problema. Vou falar com Jorge para apanhá-la depois do curso e levá-la para a entrevista. Dependendo do acerto, entrarei em contato com a empresa que a contratou para providenciar a dispensa e arranjar outra pessoa para substituí-la. Não se preocupe. Agora vou deixá-la e retornar ao trabalho. Tenho muitos afazeres. – Ramzy tomou a mão de Clarice apertando com as duas mãos.

Desceu a escadaria esfregando as mãos sinalizando satisfação por estar correndo tudo conforme seus planos.

Demorou alguns minutos fumando em frente ao prédio saindo em seguida para encontrar-se com Jorge que o esperava.

CAPÍTULO 18

A Brasília bege parou a poucos metros do Mug's Bar e os dois desceram caminhando à entrada do escritório que ficava nos fundos do prédio. Bateram à porta e foram atendido por um homem corpulento que os cumprimentou abraçando e beijando o rosto de Abud. Tinha uma vasta cabeleira grisalha, vestindo calça branca e camisa amarela semiaberta, onde se via um grosso cordão de ouro, pulseira e um anel com pedra vermelha no dedo mínimo da mão direita. Deu largo sorriso foi indicando os assentos na frente da mesa. Era um pequeno escritório com móveis modestos que funcionava também como almoxarifado. Na mesa, alguns papeis em desordem, um porta-retratos onde posava com sua mulher e filhos. Abud apresentou Clarice que timidamente esticou a mão para cumprimentá-lo.

— Essa é a jovem que lhe falei. Esta se preparando para o vestibular no final do ano e com muita disposição para trabalhar. – Falou Abud para o homem que não parecia ouvi-lo olhando fixamente para os olhos da jovem e sem perder tempo foi logo falando em tom autoritário:

— Inicialmente, trabalhara como garçonete com salário fixo e comissão. Brevemente precisarei de alguém para gerenciar outra casa que pretendo abrir em breve. Vou lhe apresentar o gerente que irá explicar as tarefas e apresentar aos colegas de trabalho. Trabalhará das 8 da noite ao fechamento da casa. Não se preocupe pois temos uma Kombi que faz o transporte dos funcionários. – Falou Farid.

— Quando devo começar?

— Hoje se quiser.

— Claro! – Concordou Clarice

— Estamos acertados – Tomou Farid o interfone chamando o gerente.

Clarice olhou para Abud e Farid saindo acompanhada pelo gerente que começava a dar as primeiras explicações sobre o trabalho.

Ao fechar a porta começaram a conversar em árabe enquanto Abud caminhava para a porta, despedindo-se com um forte abraço, saindo em seguida ao encontro de Clarice para desejar-lhe sucesso no novo trabalho. Ao vê-lo foi logo estendendo a mão em um gesto espontâneo, beijando no rosto segurando as mãos, pedindo para visitá-la o mais breve possível.

O primeiro dia de trabalho o medo de errar sempre aparece, porém ela sentia a vontade, o desejo de liberdade a fazia disposta a enfrentar os obstáculos.

No final do trabalho indicou o endereço ao motorista, chegando no apartamento demorou alguns minutos para acreditar que estava sozinha. Abriu o armário da cozinha, geladeira procurando algo para comer, nada encontrando. Estava com fome. Tirou a roupa ficando de calcinhas dirigindo-se ao quarto abriu a cortina ficando bastante tempo observando a vegetação do cerrado lembrando da cidade natal e de seus pais adotivos. Então deitou-se esperando o sono chegar.

CAPÍTULO 19

A campainha tocou duas vezes e apressadamente correu para atender, tomando antes o cuidado de olhar pelo visor da porta. A figura de Ramzy estava distorcida pela lente, porém dava para perceber que trazia algumas sacolas nas mãos. Imediatamente abriu a porta e timidamente o cumprimentou:

— Bom dia seu Ramzy!

— Bom dia! Estou trazendo mantimentos e acessórios de cama e banho para você. E, por favor não trata-me por senhor, fico pensando que sou mais velho que você. – Falou Ramzy dando uma gargalhada

— Não precisava preocupar-se, tenho um enxoval completo logo que consiga um local para morar, irei buscar o que me resta no apartamento.

— Pode morar o período que quiser contanto que zele como combinamos. Hoje falei com a empresa que trabalha para providenciar o desligamento e pagar os dias de trabalho. Vou dar-lhe um adiantamento para se manter até receber seu próximo salário. – Falou Ramzy tirando do bolso do paletó um envelope pardo entregando-a, enquanto abria à porta para sair.

Ela ficou parada com o envelope na mão sem saber como agradecê-lo quando ele voltou-se repentinamente dando um beijo na testa despedindo-se.

Em seguida fechou a porta dirigindo-se à cozinha para selecionar os mantimentos que deveriam guardar na geladeira e no armário. Abriu as sacolas com as roupas de cama e banho levando para o quarto jogando sobre a cama. Arrumou tudo em seus devidos lugares, abriu as cortinas, a janela da sala sentou-se no sofá começando a avaliar a situação que se encontrava.

A luminosidade vinda da janela despertou na memória os primeiros anos da separação da família, quando a mãe fugiu com o melhor amigo do seu pai, abandonando-a aos sete anos de idade. Ela odiava a mãe e amava o pai que cada dia que passava, entregava-se a bebida até que num raro momento de lucidez, a levou para a casa de sua única irmã para criá-la na cidade. Não demorou muito tempo, a bebida o levou à morte precoce.

Mal tinha completado quatorze anos quando os tios foram convidados por um amigo para uma festa junina em um fazenda nas proximidades.

Era uma ambiente simples e acolhedor onde todos participavam trazendo comidas típicas das festas juninas as pessoas chegavam se acomodando da melhor forma possível. As mulheres com vestidos longos estampados e rosas presas nos cabelos davam um colorido especial ao ambiente. Os homens e crianças com chapéus de palhas na cabeça, calças dobradas na bainha e sapatos sem meias complementavam o lado cômico da festa. Uns sentavam em bancos ou cadeiras de couro cru, outros na mureta do alpendre ou nas calcadas em volta do alpendre da casa aguardando a chegada dos músicos e o acendimento da fogueira no meio do terreiro de barro batido.

Clarice observava o movimento mas parecia distante de tudo que se passava em volta. De vez enquanto era abordada pelos tios que cobravam sua participação, porém esquivava-se e voltava aos seus pensamentos. Sentia-se solitária e frustrada ao ver as crianças divertirem-se correndo ao redor da enorme fogueira sob os olhares dos pais.

O dono da fazenda se aproximava da enorme fogueira, anunciando em voz alta o início da festa acompanhado dos acordes do sanfoneiro e seus acompanhantes, enquanto os pares se formavam ensaiando os primeiros movimentos da dança da quadrilha.

Albertinho era o filho mais velho do dono da fazenda que chegava acompanhado por um casal de amigos. Beijou os pais apresentando o casal, foi logo tratando de providenciar cadeiras ao lado dos familiares. Tinha aproximadamente vinte e três anos. Alto, magro e gestos delicados. Estudava direito em Goiânia e estava de férias da universidade.

O ambiente estava animado com quentões e pé-de-moleques. Ao término da apresentação da quadrilha, todos dirigiram-se ao salão de dança improvisado onde encontrava-se alguns casais dançando alegremente o tradicional forró junino.

Albertinho continuava conversando com o casal de amigos e por diversas vezes, foi surpreendido pelos olhares de Clarice, quando de repente, levantou-se indo em sua direção. A medida que se aproximava o coração da jovem batia descompassadamente, cumprimentou os pais e olhando para a jovem, deu um sorriso convidando-a à dançar. Dançaram bastante tempo, em seguida saíram em direção aos amigos para apresentá-la, o que na ocasião não pararam de elogiar a beleza da jovem adolescente.

O casal conversava no alpendre sob os olhares dos pais de Albertinho que em voz baixa trocavam comentários. Ela o seguia timidamente atrás até os pais adotivos. Então, conversaram alguns minutos, quando Albertinho pedia permissão para visitá-la o que foi imediatamente concedida.

Havia se passado mais de uma semana quando Albertinho foi visitá-la em casa. Os pais adotivos ficaram radiantes. Preparam café com pães de queijo tratando-o de agradá-lo o máximo. O jovem era um bom partido, o pai um dos fazendeiros mais prósperos da região e ela uma linda garota que em breve completaria quinze anos e já era uma mulher pronta para casar.

As visitas foram se sucedendo e Clarice cada dia que passava mais se empolgava com o jovem. Terminada as férias acadêmicas Albertinho aproveitava os finais de semana para visitar os pais e a pretensa namorada.

Haviam decorridos poucos meses de namoro e aproximava-se a data do aniversário dos quinze anos. Ela sonhava como qualquer adolescente subir ao altar com seu príncipe encantado. Seria um momento mágico em sua vida. Numa manhã de domingo, Albertinho chegou no jipe que o pai havia presenteado convidando os tios para acompanhá-los em um passeio. Eles declinaram o convite sugerindo que ela o acompanhasse sem suas presenças. A sugestão foi aceita imediatamente, então Clarice apressou-se para aprontar-se, enquanto o jovem tomava café na cozinha acompanhado pelos pais adotivos. Retornou radiante de alegria agarrou a mão de Albertinho dirigindo-se para o portão, enquanto despediam-se beijando os pais.

Na saída da cidade, pararam em um posto de gasolina para abastecer e fazer compras. Albertinho desceu do jipe não demorando retornando com uma garrafa embrulhada, colocando-a no banco traseiro do carro. Era a primeira vez que saia sem os pais sentindo-se privilegiada em estar com alguém que poderia ser seu futuro esposo. Eles riam e trocavam palavras carinhosas enquanto dirigia com uma mão no volante e outra apertando de vez enquanto sua mão. Sentia-se feliz com aqueles momentos agradáveis que nunca tinha passado em sua vida. O que estava acontecendo era um sonho que esperava não acabar. De repente, o carro começou a sair da pista asfaltada entrando em uma pequena estrada de barro que fazia o jipe dar grandes solavancos. Ela segurava no apoiador de mãos e ria com cada salto provocado. Pararam em um local ermo com uma vegetação própria das margens dos rios, onde se via uma pequena cachoeira. Um lugar aprazível. Albeertinho desceu de um salto abriu a porta onde se encontrava, apoiando com a mão, ajudando à descer. Rumaram à margem do riacho sentaram-se em uma grande pedra lisa ficando observando as águas que desciam da corredeira.

— Aqui é meu refúgio de meditação – Falou enquanto segurava a mão de Clarice.

— Muito bonito!

— Quando era criança meu pai costumava trazer-me neste local.Ele tinha uma fazenda próxima daqui, então passei a vir pescar sempre acompanhado dos meus amigos. Este lugar trás boas recordações. – Falou Albertinho enquanto a abraçava pela cintura.

Lentamente foi desvencilhando do seus braços dirigindo-se ao jipe retornando com a garrafa embrulhada e dois copos, enquanto Clarice permanecia sentada desfrutando a paisagem não percebeu sua aproximação. Instintivamente virou-se surpreendendo-o com a garrafa e os copos na mão enquanto colocava ao lado da pedra. Então a tomou pelos braços dando um longo beijo enquanto procurava apalpar os seios até então intocáveis. Ela tentava retirar suas mãos e cada vez mais ele as comprimia não atendendo seus apelos enquanto pressionava seu corpo contra o dela, levantando o vestido, descendo a mão sobre as coxas tentando tirar a calcinha. Ela começou a espernear enquanto neutralizava suas pernas colocando as coxas sobre as delas, tentando abafar os gritos sem chances de ser ouvida naquele local. Até que em fim conseguiu imobilizar os braços com uma das mãos e com a outra foi abrindo a braguilha, tirando o pênis para fora colocando entre as coxas. Estava comprimida com o peso do corpo enquanto sua calcinha era rasgada perdendo a resistência quando sentiu a penetração violenta em sua estreita vagina, seguida de movimentos que dilaceravam sua carne. Ele ainda ficou em cima dela arfando alguns minutos recomeçando até cansar.

Levantou-se despindo-se da bermuda e cueca, caminhando nu até o riacho. Ela soluçava cobrindo os olhos com braço como protegendo-se da dor e da vergonha. Então foi até o jipe trazendo uma faca, abriu a garrafa de cachaça despejando no copo bebendo oferecendo sarcasticamente à vítima. O pânico começou a tomar conta quando mostrava a faca ameaçando de cortar o pescoço, obrigando-a a tirar a roupa e ir tomar banho nua no riacho. Então num surto de cólera agarrou-a bruscamente pelo braço levantando-a puxando o vestido para baixo. Ela mal conseguia ficar em pé, foi caminhando vagarosamente em direção ao riacho com as mãos nos seios, enquanto o sangue escorria entre as alvas coxas. Então ele ria e ameaçava se contasse o ocorrido para alguém, seus tios seriam mortos. Ela entrou no riacho permanecendo com o olhar vago para a correnteza como se pudesse carregar todo os sofrimentos daqueles momento.

A noite aproximava-se quando foi levantando-se sentindo as dores da violentação[252] tentando subir no jipe com dificuldade. Ficou imaginando o que diria em casa, iria justificar que estava menstruada e iria guardar para si tudo que havia ocorrido e odiá-lo para sempre.

---

[252] Não existe a palavra no Dicionário Houiass. Verifica em outros ou veja outra palavra. Olha o que achei no Google: Também não encontrei o termo **violentação** registado em dicionários e vocabulários. A palavra **violência** aparece com o significado de «acto de violentar», e é esta a palavra que designa a acção da família do verbo violentar, que significa «exercer violência contra». No entanto, considero que a palavra **violentação** tem razão de existir, pois pode designar uma realidade ligeiramente diferente da de **violência** e de **violação**. **Violação**, acto de violar, usa-se com o significado de violar uma pessoa (no sentido de estupro), um cofre, uma promessa, um contrato, a lei. **Violência** designa a atitude de quem é violento ou uma acção violenta. **Violentação** usa-se no sentido de constrangimento ou coacção da vontade, do querer, do desejo, por exemplo. Assim, o facto de esta palavra ter uma significação própria (diferente das de violação e de violência), de seguir as regras de formação das palavras portuguesas (verbo + sufixo –ção) e de ser efectivamente utilizada confer-lhe direito à existência.

Ao chegar em casa ele não desceu do carro alegando para os pais que estava com pressa em função da dificuldade de dirigir a noite em uma estrada sem iluminação. Ela não esperou a saída do algoz entrou no quarto trancando-se, chorando baixinho para que seus pais não pudessem ouvi-la. Iria enclausurar-se com seus pensamentos e tentar sozinha superar o trauma do estupro. Os meses se passaram e ele continuava a frequentar a casa dos seus pais como se nada tivesse ocorrido e manter relações sexuais sobre ameaças constantes.

Faltavam dois meses para completar quinze anos, quando recebeu a notícia da morte de Albertinho e de uma amiga, em um acidente de carro provocado por excesso de bebidas alcoólicas. Ao saber da notícia não chorou sentindo-se aliviada daquele pesadelo. Finalmente seu segredo tinha ido para o túmulo.

Alguns anos se passaram e ela conheceu Flavio, então contou sobre a morte do ex-noivo, porém omitiu os detalhes do estupro. Ele compreendeu a perda da virgindade e começaram a namorar e com pouco tempo noivaram oficialmente.

Suas recordações cessaram no momento que se aproximava o tempo para ir ao cursinho. Levantou-se do sofá foi à cozinha preparar algo para comer. Pegou o envelope contendo o dinheiro que Ramzy havia entregue como antecipação, deu um sorriso e foi guardá-lo no quarto.

Capítulo 20

A solidão chegava a medida que o tempo passava. Dedicava-se ao estudo e ao trabalho com afinco, procurando apagar os fatos do passado. Flavio havia procurado na repartição, porém não obteve maiores informações da secretária de Ramzy. Não tinha ideia do paradeiro de Clarice, porém sentia-se desprezado pelo o abandono da noiva. Resolveu esquecê-la com uma colega de faculdade que flertava à tempo. Decidiu nunca mais procurá-la, aguardando apenas o dia que fosse apanhar seus pertences no apartamento.

Clarice atendia uma das mesas quando viu Abud sentar-se sendo atendido na mesa. Estava surpresa com a sua presença. Terminou de atender o cliente saindo para cumprimentá-lo. Jorge Abud levantou-se beijando-a no rosto e sorrindo começou a falar:

— Como vai o trabalho e os estudos?

— Graças à Deus tudo bem, apenas algumas dificuldades no estudo. – Respondeu Clarice olhando para os lados.

— E você com esta? Muito trabalho?

— Estou aguardando Farid que pediu-me para levar uma encomenda à um amigo que mora em São Paulo, irei trabalhar no interior alguns dias retornando à Brasília e depois ao Goiás. À propósito caso queira mandar alguma encomenda para seus pais não terá nenhum problema, levarei com imenso prazer. – Disse Abud sacando um cigarro do maço.

— Ainda não sei o que devo mandar ou escrever – Falou a jovem afastando-se em direção ao balcão de atendimento.

Abud observava os movimentos da jovem correndo de um lado para o outro imaginando tocar naquele corpo maravilhoso. Olhou para o relógio inúmeras vezes. Não gostava de esperar e Farid era mestre em atrasar sentindo prazer que dava-lhe a sensação de poder. Tinha enriquecido com contrabando de mercadorias, prostituição e diversos tipos de negócios ilícitos, era dono de restaurantes e casas noturnas em diversas capitais prestigiado por políticos e autoridades em diversos níveis, apesar do aspecto bonachão e do vestuário nada convencional. De repente, o gerente aproximou-se de Abud apontando o telefone. Rapidamente apagou o cigarro no cinzeiro correndo para atendê-lo:

— Comunica para o Gordo que a empresa do Goiás faliu e seus donos encontram-se desaparecidos. – Falou Farid do outro lado da linha apressadamente.

— Ok. E a mercadoria ?

— O gerente vai entregá-lo no final do expediente quando a nossa jovem for para casa. Acompanhe-a levando na Kombi e deixe no apartamento para apanhar quando for viajar. – Desligou Farid o telefone.

Abud pagou a conta dirigindo-se ao gerente da casa comunicando que iria receber uma encomenda de Farid que encontrava-se no escritório e levá-la no final do expediente ao endereço de Clarice.

Retornou no fechamento da casa, aguardando a saída dos funcionários quando dirigiu-se ao fundo do prédio onde ficava o escritório. O gerente abriu a porta retornando com uma caixa que foi entregue a Abud que retornou à Kombi sentando-se ao lado de Clarice e outros funcionários. Ao chegar desceu com a caixa ajudado enquanto a Kombi partia rápida deixando os funcionários em suas casas.

Ergueu a caixa subindo a escadaria com pequenas interrupções. Clarice abriu o apartamento acendendo a luz da sala enquanto Abud colocava a caixa no chão dando um leve suspiro.

— Farid não tinha uma encomenda mais leve para entregar? – Falou Abud rindo para Clarice. Ela riu enquanto oferecia água para beber

— Onde guardarei? – Perguntou Abud.

— Coloque-a no quarto que durmo. – Respondeu Clarice trazendo um copo de água gelada.

— Como vai voltar para casa? Os ônibus começam a trafegar ao amanhecer e taxi é difícil por aqui. Este é um dos motivos que procurarei outro local para morar.

— Você se incomoda que eu durma no sofá? Não pretendia fazer o gerente esperar, pois teria que fazer o roteiro dos funcionários e deixar-me em casa. Não gosto de incomodar ninguém. Ao amanhecer tomarei um ônibus ou taxi, ainda não comprei carro devido as constantes viagens.

Agora você me motivou em comprar, pois poderei deixar aos seus cuidados. – Falou Abud rindo caminhando para a janela da sala.

— Pode dormir sem problemas. Acordo cedo então prepararei café para tomarmos juntos. – Falou Clarice enquanto entrava no quarto retornando com lençol e travesseiro enquanto desejava boa noite.

Abud desligou a lâmpada da sala fechando os olhos pensando na distribuição da cocaína e na notícia de Farid sobre os guerrilheiros do Araguaia dizimados pelas tropas do governo inviabilizando o contrabando de armas.

Ramzy teria que ser comunicado imediatamente para iniciar a nova operação envolvendo as drogas.

Aquela era a primeira remessa que seria distribuída em São Paulo aumentando progressivamente a distribuição. Abud levantou-se indo até o banheiro olhou para o quarto de Clarice imaginando quantos milhares de dólares iriam gerar com o tráfico que seriam revestidos nas organizações terroristas. Bebeu um copo dágua e preparou-se para dormir. Ao acordar esperou Clarice levantar-se pedido desculpas pela acolhida, alegando que precisava sair com urgência, pois estava atrasado para o vôo. Despediu-se rapidamente com um beijo no rosto prometendo um breve regresso.

Ela estava surpresa com a saída repentina de Jorge pois havia prometido preparar a refeição matinal para ambos que certamente diminuiria a solidão que se encontrava.

Ramzy despertou depois do telefone tocar diversas vezes. Levantou-se praguejando caminhando rumo ao escritório para atender o telefone. Após atendê-lo dirigiu-se ao quarto para vestir-se, em seguida despediu-se da esposa ainda sonolenta com um afago na cabeça, saindo em direção à garagem.

Estava ansioso para o encontro com Abud que o esperava na Biblioteca do Congresso Nacional. A medida que se aproximava do local sua mente analisava os riscos de suas atividades. A frieza era uma de suas qualidades e a escolha do local do encontro dava-lhe segurança.

O movimento era intenso pelos corredores onde misturavam-se funcionários, políticos e pessoas dos mais variados interesses. Aproximou-se da bibliotecária entregando a identidade atravessando a borboleta que dava acesso ao recinto. Era uma biblioteca grande e organizada. Dirigiu-se à uma das estantes localizada no fundo do grande salão retirando um dos livros, ficando em pé alguns minutos tentando localizar o companheiro que encontrava-se sentado em uma das últimas mesas com um livro entre as mãos. Aproximou-se sentando em sua frente sem cumprimentá-lo permanecendo alguns minutos como se estivesse entretido na leitura quando Abud apanhou um dos livros ao seu lado colocando-o em frente de Ramzy, apontando-o discretamente com o dedo. Levantou-se sem olhar o companheiro dirigindo-se a saída da Biblioteca.

Abriu o livro retirando uma mensagem escrita em árabe guardando no bolso do paletó. Esperou alguns minutos retornando à estante, olhando discretamente para os lados. Toda a atenção era dobrada, em fase das circunstâncias do encontro que significava a possibilidade dos telefones estarem grampeados. Caminhou em passos rápidos ao estacionamento, verificando o local antes de entrar no veículo abrindo a porta do carro logo retirando a folha do bolso do paletó olhando para os lados enquanto lia a mensagem com ar de preocupação.

Chegando na repartição cumprimentou a secretária entrando no gabinete foi logo pedindo uma xícara de café pelo interfone. A secretária providenciou rapidamente enquanto recebia os agradecimentos do chefe. Saboreava o café em pequenos goles pensando na nova situação que se apresentava e as possíveis consequência à Organização que representava.

A secretária encontrava-se de saída para o almoço quando pelo interfone pedia para fazer uma ligação à esposa comunicando que iria almoçar em casa.

O convívio do lar o tranquilizava junto a família que amava. Às vezes, o sentimento de gratidão à terra que seus filhos nasceram, o carinho das pessoas, despertava na consciência o sentimento da traição com o país, porém, tinha abraçado uma causa sem retrocesso.

CAPÍTULO 21

Havia se passado alguns dias quando Ramzy recebeu à comunicação através de Farid que Abud havia chegado em São Paulo e que o dinheiro do pagamento das drogas, já estava nas mãos do encarregado financeiro da OPL. Abud tinha cumprido a missão como de costume e estava previsto o retorno à Brasília dentro de alguns dias.

No outro dia, chegou na repartição mais cedo, despachou alguns papéis comunicando à secretária que teria uma reunião no Ministério da Educação não sabendo a hora do retorno.

Chegando a hora da reunião vestiu o paletó ajeitando a gravata despediu-se da secretária, lembrando-a de telefonar à esposa que não iria almoçar em casa. A secretária fez um sinal de concordância levantando o dedo polegar fazendo a anotação na agenda.

Ela trabalhava com ele, há bastante tempo tinha apreço, dedicação ao chefe que sempre a tratava bem e era querido por todos. Finalmente, um homem respeitável, simpático e bom chefe de família.

O motorista aguardava na garagem quando entrou no carro oficial indicando à direção do Ministério. Ao chegar, agradeceu o motorista dispensando-o da espera, pedindo para retornar a repartição e em caso de necessidade dos serviços seria comunicado por sua secretária. Dirigiu-se à portaria do Ministério conversando bastante tempo com os funcionários da portaria que o conhecia de longas datas.

Todos gostavam dele pelo o humor e simpatia. Iria visitar seu amigo Coronel Murilo, o chefe de segurança e informações. Cumprimentá-lo reforçaria o álibi ao mesmo tempo que procurava informações que pusesse beneficiá-lo.

Terminou o bate-papo com os colegas dirigiu-se ao elevador sinalizando ao ascensorista o andar do Gabinete do Ministro. Cumprimentou algumas pessoas ao cruzá-lo no final do corredor onde continha uma placa de Área Reservada.

Apertou a campainha logo foi atendido por um jovem de cabeça raspada no estilo militar, com um forte sotaque sulista. Identificou-se aguardando a autorização de entrada sendo acompanhado até à porta da sala da secretária do gabinete. Não demorou muito quando à secretária anuncio sua entrada na sala do gabinete.

Os dois cumprimentaram-se efusivamente, enquanto o coronel indicava a poltrona em frente à mesa para sentar-se. Eles se conheceram alguns anos atrás no Clube Militar e construíram uma amizade em que o aspecto principal se manifestava por serem ferrenhos adeptos da ditadura militar, um por ideologia e outro por interesse. O último sempre contemplava o amigo com delações de colegas e com informações dos corredores da repartição.

Conversaram bastante tempo trivialidades quando na ocasião, foi confirmado pelo coronel os ataques do exército aos focos de guerrilhas no Araguaia. Ramzy ouvia tudo calmamente quando aproveitou para informá-lo da movimentação de um grupo de professores universitários que estavam programando uma greve de reivindicações salariais.

Então, tomaram o café e se despediram com promessa de encontrarem-se no final de semana no Clube Militar. O álibi estava montado.

Esperou bastante tempo à chegada do taxi que o conduziu a Asa Norte. Estava ansioso para rever Clarice e tentar uma aproximação mais íntima que pudesse avaliar sua confiabilidade e amizade para seus planos.

A operação encontrava-se em andamento e o elo intermediário seria de extrema importância para o sucesso das operações. E Clarice, tinha o perfil desejado para a tarefa porém teria que utilizar de habilidade para persuadi-la e os métodos seriam a lavagem cerebral e a chantagem.

Aguardou à chegada do taxi e em poucos instantes estava em frente ao prédio. Ramzy pagou a corrida combinando horário de retorno com o motorista antecipando que daria uma boa gorjeta pela pontualidade que foi aceita com um sorriso e promessa de cumprimento do trato.

Desceu do carro retirando o lenço do bolso dirigindo-se à escadaria do prédio. Apertou a campainha sendo recebido com alegria pela jovem com um beijo no rosto. Ele foi logo retirando o paletó e a gravata que Clarice entendeu como um sinal de calor excessivo e imediatamente providenciou um copo e uma garrafa de água gelada em uma bandeja.

— O calor esta insuportável! – Falou Ramzy tomando o copo das mãos de Clarice.

— Como está?

— Estou bem. Porém, com muita dificuldade de acompanhar as aulas de algumas matérias. Jorge esteve aqui apanhou a encomenda, porém foi tão rápido que mal deu tempo de tomar café. – Respondeu Clarice.

— Ele já chegou em São Paulo e retornará dentro de alguns dias – Informou Ramzy

— E o trabalho ?

— Estou indo bem, apesar de ser bastante movimentado nos finais de semana, porém estou me saindo bem, e recebendo bastante gorjetas dos clientes. Esta acima das minhas expectativas e o gerente tem elogiado-me bastante – Finalizou Clarice com um sorriso.

Ele ouvia silenciosamente ao mesmo tempo que admirava a ingenuidade da jovem. Naquele instante despertou o instinto sexual, porém naquela fase não poderia tomar nenhuma iniciativa neste sentido. Levantou-se arregaçando as mangas da camisa desabotoando-a dirigiu-se à mesa onde encontravam-se os cadernos e livros.

— Quais as matérias que têm dificuldade? – Perguntou Ramzy

— Matemática e Física – Respondeu Clarice objetivamente.

— Nestas duas, realmente não posso te ajudar, porém pode complementar com aula com professor particular.

— Não tenho dinheiro suficiente para isto!

— Vou procurar algum professor conhecido que possa te ajudar. – Falou Ramzy caminhando em direção ao sofá retirando o cigarro do bolso acendendo enquanto olhava a fumaça sair pela janela. Ela o olhava em silêncio procurando uma explicação para as benesses recebidas daquele homem. Apesar de jovem, a ingenuidade tinha ficado para trás há muito tempo no seu passado. No íntimo, ela sabia o que todos queriam dela e aquela situação não poderia ser diferente.

De repente, Ramzy pediu para se aproximar, indicando o lado no sofá. Clarice levantou-se da mesa foi aproximando-se com desconfiança sentando ao lado. Ele ficou olhando para a janela alguns segundos e pegando em sua mão delicadamente começou a falar:

— Clarice, deve estar se perguntando o porque que estou lhe ajudando. Eu entendo o receio e a desconfiança. Porém, vou te confessar algo pessoal que acredito que entendera – Falou Ramzy retirando os óculos limpando com a camisa.

— Meus pais são imigrantes libaneses que vieram para o Brasil trazendo dois filhos pequenos de 5 e 8 anos com minha mãe grávida. Nasci em São Paulo e meus pais passaram enormes dificuldades financeiras e de adaptação. Meus irmãos e eu trabalhávamos no pequeno negócio do meu pai e ajudávamos nos afazeres de casa quando minha mãe foi acometida de tuberculose definhando a cada dia, até que não houve recursos para recuperá-la, falecendo em seguida. Meu pai entrou em depressão e um amigo libanês, vendo a situação que se encontrava o convidou para morar em Governador Valadares, em Minas Gerais. Meu pai conseguiu se recuperar ganhando bastante dinheiro com o comércio de tapetes. Porém, sentia-se sozinho e saudoso de sua terra, quando resolveu transferir a loja para meu irmão mais velho retornando ao Líbano levando minha irmã que veio a falecer vítima de um acidente de carro. Meu irmão foi meu responsável durante toda minha adolescência agindo como pai, orientando-me dando apoio nas minhas iniciativas, principalmente quando resolvi morar em São Paulo para estudar e trabalhar. Então, com muito esforço consegui concluir meus estudos e ingressar no curso de jornalismo.

No término do curso conheci uma jovem ficamos apaixonados e casamos. Ela engravidou e começou a ter problemas na gravidez e no dia do parto, perdeu o bebê, vindo falecer na ocasião. Depois de muitos anos, casei-me e tenho dois filhos. Meu irmão vendeu a loja e foi morar em Paris, onde vive até hoje e raramente vem nos visitar. Apesar da minha família, tenho saudade e vontade de revê-los, existindo dias que entro em depressão que nem o cotidiano com meu filhos, consigo superá-la. – Ramzy deu um parada acendendo um cigarro indo até à janela.

— Por isso entendo o que são as dificuldades da vida e o que é solidão. Ajudando as pessoas a se superarem faz-me sentir-me bem. – Concluiu Ramzy pausadamente sob os olhares atentos de Clarice que ouvia silenciosamente procurando identificar semelhanças em suas historias de vida, concluindo que os sentimentos de perda, saudade e solidão faziam parte da vida de ambos.

Por um breve momento permaneceram em silencio.

— Tenho que voltar ao trabalho. Irei providenciar alguém para dar-lhe aulas suplementares e da próxima vez, trarei um material para você conhecer a terra dos meus pais que sou ligado de corpo e alma. Na próxima folga do trabalho convido para um jantar. – Falou Ramzy enquanto Clarice concordava com o convite.

Então, tomou o paletó e a gravata aprontou-se dirigindo-se à porta. Clarice tomou suas mãos abraçando beijou no rosto aguardando na porta até deixar de ouvir seus passos nos degraus da escadaria.

CAPÍTULO 22

O setor de inteligência recebeu informações sobre um indivíduo suspeito de contrabandear armas para os guerrilheiros do Araguaia. O relatório era acompanhado de um retrato falado detalhando os aspectos físicos inclusive mencionando o sotaque estrangeiro, narrados por uma testemunha que havia fugido da base de operações dos guerrilheiros, indicando as tropas os locais exatos onde se encontravam, tendo um papel relevante na eliminação da guerrilha na região central. Estes relatos creditavam à CIA a hipótese da existência de uma possível formação de uma rede terrorista no Brasil com o comando baseado na Europa.

Imediatamente as informações foram repassadas para os outros organismos de segurança e informações em todas as esferas do governo. A cooperação teria que ser estreita entre os órgãos nacionais e serviços de inteligências de outros países que estariam cooperando, na caçada aos grupos terroristas, desde os assassinados dos atletas israelenses em Munich e outros atentados na Europa.

O governo militar não descartavam as possibilidades de atentados em linhas aéreas, aeroportos e lugares públicos em solo brasileiro. No entanto, o foco imediato era a guerrilha e a disseminação da ideologia comunista, apesar de muitas vezes fazerem vistas grossas para a esquerda oposicionista um ato contraditório no aspecto político.

No final do expediente um jovem alto, esguio e moreno se apresentou vestido com o uniforme de sargento da Marinha, na área reservada do serviço secreto. Identificou-se e com pouco tempo foi encaminhado ao gabinete do chefe da inteligência.

— Sargento Waldir se apresentando senhor – Falou o jovem batendo continência ao superior.

— A vontade sargento! Permissão para sentar-se! Imediatamente o oficial entregou em suas mãos uma pasta com o título CONFIDENCIAL – OPERAÇÃO CASCAVÉL. Waldir abriu a pasta e foi lendo as informações fixando o olhar bastante tempo para o retrato falado. O chefe pediu cópias do retrato que foram providenciadas recebendo-as em um grande envelope das mãos da secretária enquanto o chefe falava com a voz pausada.

— Você será o encarregado desta operação contando com novos colaboradores. Estes suspeitos deverão ser identificados e acompanhados até obtermos provas definitivas para prendermos. O sucesso desta missão estará em suas mãos. Confiamos na experiência e no seu trabalho. Alguma pergunta?

— Não senhor. Farei o melhor possível junto com a equipe para o cumprimento da missão – Falou Waldir levantando-se.

— Dispensado Sargento! – Falou o oficial com voz autoritária.

Waldir bateu continência saindo com o envelope na mão colocando-o na pasta junto aos livros da faculdade.

Na ida até o elevador seus pensamentos estavam voltados para as feições do retrato falado e a missão de capturá-lo sua missão. Aquele tipo estranho parecia ter saído de uma revista de quadrinhos sem alma e sem vida. Em algum momento iria confrontá-lo na realidade. Uma realidade onde o perigo e a morte caminhavam juntos. Inicialmente iria reunir-se com a nova equipe e traçar a estratégia de busca dos suspeitos. O sucesso da missão certamente iria favorecê-lo no pedido de transferência para outro órgão público após o término do curso universitário e que com tempo de serviço, poderia reformar-se para exercer uma atividade profissional na vida civil com um bom salário. Era seu sonho e de sua família.

Tinha enfrentado uma vida difícil na roça até a convocação ao serviço militar que com muita dificuldade conseguiu alcançar o posto de sargento.

O recrutamento ao serviço secreto abriu novos horizontes com treinamentos especializados e atividades que fugiam dos serviços rotineiros. Porém, havia colocado sua vida em risco em diversas oportunidades e na convivência com a sua família e amigos sentia-se solitário com suas dúvidas e projetos.

Ele tinha visto pessoas presas sem justificativas, ações violentas provocadas por falsas delações, torturas e mortes de cidadãos por divergirem do governo o qual participava. Um instrumento perigoso que não tinha amigos, somente inimigos.

Chegou em casa cumprimentando a esposa e filhos caminhando para o quarto acompanhado da filha menor e da esposa. Guardou a pasta e o quepe no armário, a farda que sua esposa foi logo colocando no cabide com muito zelo. Brincou um pouco com a filha e foi ao banheiro com a toalha sobre o ombro.

— Vou preparar o jantar! Não demore muito! – Falou a esposa.

Terminaram a refeição assediado pelas crianças que agarravam as suas pernas enquanto beijava a esposa abraçados indo para o elevador.

Na porta do prédio beijou a esposa e as crianças indo em direção ao fusca amarelo comprado anos atrás com muita dificuldade estacionado alguns metros do edifício.

A esposa e as crianças acenavam enquanto partia retribuindo os acenos com gestos de beijos e palavras carinhosas. Em pouco tempo estava no estacionamento do Conjunto Nacional onde esperava uma Kombi com alguns homens que o aguardava para o trabalho. Cumprimentou os agentes enquanto transmitia as instruções em seguida tomaram rumo à Taguatinga.

Estacionaram em um local em frente a um armazém que encontrava-se fechado quando Waldir sacou a pistola e o carregador da caixa metálica, colocando-a atrás da calça disfarçada por uma camisa larga que não combinava com seu corpo alto e magro. Um dos homens o acompanhou até as imediações do Bar do Felipe, onde havia estado semanas atrás em diligência.

No bar haviam algumas pessoas bebendo nas mesas que ficavam fora no alpendre coberto de madeira, iluminado por pequenas lâmpadas que desciam do teto por fios expostos. Os clientes conversavam e riam não se importando com a chegada do visitante. Waldir entrou cumprimentando o dono do bar que foi logo indicando uma mesa desocupada.

— Como vai o senhor? – Falou Felipe

— Tudo bem! E você? – Respondeu Waldir calmamente.

— Tem encontrado seus amigos?

— Não tenho visto há muito tempo. Eles apareceram por aqui? – Perguntou Waldir com ar de desinteresse.

— A última vez foi quando o senhor andou por aqui nunca mais soube noticias deles. Aqui é assim, tem cliente que frequenta todos os dias e de repente somem e passam muito tempo para voltar e as vezes nunca voltam. – Falou Felipe abrindo a cerveja e colocando o copo sobre a mesa, saindo em seguida para atender outro cliente que chegava.

Waldir observava as pessoas com o olhar distante. Não pertencia aquele universo de pessoas que se refugiavam na bebida dos seus problemas cotidianos. De repente, sua mente voltou para o rosto do retrato falado que não tinha nenhum traço de vida. Pensava no que se passava na cabeça daquele homem sem alma que não respeitava a vida humana, movidos por ideologias que semeavam o ódio matando inocentes pelo prazer de levar a discórdia e o medo nas sociedades. Aquilo era repugnante não queria que acontecesse em seu pais. Iria envidar todos os esforços para conseguir identificar e prender aquele homem.

Ficou por um momento observando Felipe procurando algum traço em seu rosto ou movimento que pudesse identificar o envolvimento com o suspeito. Pediu mais uma cerveja que foi atendido prontamente continuando bebendo, olhando em direção à porta na espera de entrar sua caça.

O tempo foi passando quando os últimos homens foram se retirando pagando suas contas quando Felipe o comunicou que estava na hora de fechar o estabelecimento. Levantou-se pedindo desculpas pagando a conta deixando gorjeta sobre a promessa de retorno em breve. Felipe agradeceu com um sorriso acompanhando até sua saída.

Caminhava pela rua mal iluminada com uma das mãos no bolso preparado para sacar a arma em qualquer eventualidade chegando na furgão destacou dois homens para manter estreita vigilância ao dono do bar com ordem de segui-lo, ao mesmo tempo que solicitava outra viatura para dar continuidade a tarefa.

Aguardou a chegada de outra viatura desejando sucesso na missão.

Capítulo 23

Ela tinha acabado de abrir o chuveiro quando a campainha tocou por duas vezes, abriu a porta do banheiro em voz alta pediu para aguardá-la alguns minutos.

Olhou pelo olho mágico enxergando a figura de Jorge. Abriu a porta ainda com a toalha enrolada sobre o corpo cumprimentando-o com um beijo timidamente, saindo em seguida com as mãos na toalha protegendo os seios ao banheiro, enquanto pedia uns minutos de espera.

Jorge sentou-se no sofá enquanto imaginando aquele corpo sem toalha mas que estava cedo para desfrutá-lo. Não poderia precipitar-se, pois o jogo ainda estava no inicio. Clarice chegou vestida numa bermuda azul que mostrava as belas coxas e pernas deixando Jorge paralisado por alguns segundos. A jovem percebendo o rosto de surpresa do amigo sentou na poltrona em sua frente provocativa.

— Como foi de viagem Jorge?

— Sem problemas! Peço desculpas pela última vez que estive aqui para apanhar a encomenda de Farid, estava atrasado nos meus compromissos e poderia perder o horário do vôo. – Falou Jorge com tranquilidade enquanto enfiava a mão no bolso da calça entregando um estojo comprido enrolado em papel de presente.

— Isto é pela acolhida e a minha falta de cortesia da última vez que estive aqui. – Disse Jorge enquanto Clarice desembrulhava o presente abrindo o estojo que continha um lindo relógio com uma pulseira dourada.

— Não precisava disto Jorge! Não sei como agradecê-lo, este apartamento não é meu e vocês me ajudaram bastante. – Clarice falava com emoção enquanto Jorge a observava suas reações.

— Mais uma vez peço desculpas, por não ficar mais tempo contigo, pois tenho afazeres no trabalho que estão atrasados. À propósito deverei viajar na próxima semana para visitar um cliente no Goiás provavelmente irei à Gurupi. Quer mandar alguma encomenda para seus pais?

— Deverei mandar algo ou escrever uma cartinha para eles. Você têm telefone que eu possa contatá-lo?

— Não tenho porém irei apanhá-la no Mug's. Farei isto com o maior prazer – Falou Jorge enquanto despedia-se caminhando em direção à porta.

Clarice instintivamente levantou-se abraçando-o agradecendo o presente. Fechou a porta olhando o relógio que acabara de ganhar colocando no braço sentando-se no sofá. Na sua mente desfilava um monte de dúvidas. Era consciente de sua beleza sabia por experiência o que os homens desejavam, porém Flavio tinha sido diferente compreensivo e respeitador tornando-se possessivo no momento que havia oferecido sua contribuição ao futuro de ambos mostrou a face do ciúme e da desconfiança. Aqueles homens não eram diferentes na sua avaliação. Foi quando pensou no rapaz que insistia em procurá-la no bar sentindo atração por ele porém no momento não queria nenhum tipo de relacionamento emocional ou sexual. Começou a pensar em procurar um novo local para morar, assim poderia quebrar o vínculo com os seus benfeitores gozando da liberdade no seu próprio ambiente precisava economizar dinheiro mais alguns meses para concretizar seus planos.

Abud chegou cedo na Asa Norte com alguns livros e cadernos na mão sentando-se em um batente na entrada da faculdade. Parecia um estudante à espera de algum companheiro de classe na realidade aguardava alguém com a descrição fornecida pelo o dono do bar em Taguatinga.

Faltavam alguns minutos para começar as aulas quando os estudantes começaram a entrar, então foi sentar-se em um dos bancos do corredor que dava acesso às inúmeras salas. Abriu um dos livros enquanto caminhava observando as salas, subindo e descendo escadarias.

Foi à cantina comprou refrigerante e pastel sentando-se à comer em um dos bancos aguardando o intervalo das aulas. Concluiu que a área não oferecia risco de ser incomodado devida a movimentação dos alunos podendo passar por um daqueles de idade madura que procuravam cursos noturnos representando à maioria dos alunos.

Percorreu o estacionamento dos carros, observando as entradas e saídas das ruas nas proximidades para qualquer eventualidade de fuga. Levantou os detalhes da área pois iria retornar por mais uns dias até identificar a vítima e matá-lo. Era um inimigo que deveria ser eliminado sem piedade em favor da causa palestina.

Clarice aguardava ansiosa por Ramzy que havia convidado à jantar na folga de trabalho. Estava vestida com uma calça preta, blusa de seda azul claro, usando como acessórios uma corrente no pescoço e o relógio recebido como presente. Uma combinação perfeita de beleza e jovialidade que sabia explorar muito bem o lado feminino fazendo transpirar os desejos masculinos. Aguardou alguns minutos na entrada do prédio quando Ramzy estacionou, descendo rápido ao mesmo tempo que dirigia-se a porta do carro para gentilmente abrí-la, cumprimentando com um beijo no rosto.

— Você está divina! Não parece nada com aquela Clarice da repartição – Elogiou Ramzy com ar surpreso.

— Obrigada! São seus olhos que falam não mereço tanto elogio. – Respondeu Clarice com um sorriso.

— Fico agradecido por ter aceito meu convite espero que tenha uma noite divertida. – Falou Ramzy acionando o carro olhando embasbacado para jovem.

No trajeto conversavam banalidades fazendo Clarice rir constantemente. De vez enquanto observava os carros trafegarem em velocidade no Eixo Monumental que dava-lhe uma sensação agradável, transmitida pelo cenário de modernidade dos blocos separados por grandes áreas com retornos e viadutos.

Ramzy de vez enquanto dirigia o olhar para a jovem tentando adivinhar seus pensamentos.

O carro diminuiu à velocidade ao chegar nas proximidades da ponte que ligava o Plano Piloto ao Lago Sul em direção ao Centro Comercial Gilberto Salomão enquanto Ramzy falava sobre à construção de Brasília, da artificialidade do Lago Paranoá enquanto Clarice demonstrava incredulidade e admiração com a visão da cidade iluminada.

Ele declarou o amor pela cidade na sua opinião, a melhor cidade brasileira para viver com tranquilidade. Ela ouvia atentamente imaginando que poderia reconstruir sua vida, formar-se, ter um bom emprego, casar-se e ter filhos. Exatamente o que pensava quando chegou ao lado de Flavio, porém tinha-se transformado em uma mulher sozinha lutando pelos seus sonhos.

O carro entrou no estacionamento do Centro Comercial um conjunto de lojas, restaurantes, bares e boates frequentados por jovens filhos de políticos, altos funcionários do governo e emergentes sociais que buscavam diversão, desde bebida à maconha, utilizada pelos 'filhos de papai' que sentiam-se impunes naquele território.

Os dois caminhavam devagar olhando as vitrines ou paravam observando o movimento dos jovens que passavam quase sempre olhando-a com admiração.

Ramzy demonstrava satisfação por estar ao lado de uma mulher que tinha idade de ser sua filha, porem no fundo dos seus pensamentos a considerava um objeto para seus planos. De repente, parou na vitrine de uma loja de roupas finas pedindo sugestão da jovem que sugeriu um lindo vestido preto que encontrava-se no manequim em sua frente.

— Jorge te deu o relógio de presente agora é a minha vez de presenteá-la! – Falou Ramzy sorrindo.

— Não precisa! Vocês tem sido gentis comigo e não tenho como retribuí-los – Clarice respondeu surpresa com a referência à Jorge começando a suspeitar que algo se passava entre aqueles homens que não era somente amizade.

— Em que ocasião irei vestir algo elegante? – Disfarçou Clarice com um sorriso.

— Quem sabe se não haverá ocasiões especiais? – Retrucou Ramzy tomando sua mão dando um leve aperto.

O restaurante Le Chef era famoso pela frequência de políticos e altos funcionários do governo pela boa comida, serviços, como também pelos preços exorbitantes.

Logo na entrada o casal foi cumprimentado pelo maître que sugerindo a área reservada onde poderiam conversar sem serem incomodados. Em poucos minutos o garçom apresentou os cardápios aguardando os pedidos. Ramzy tomou a iniciativa solicitando de entrada, uma garrafa de vinho chileno, completando os pedidos dos pratos enquanto Clarice o observava silenciosamente.

Ela sabia que o jogo era impressioná-la imaginando a qualquer momento receber o convite de ir para cama, porém estava preparada para descartá-lo da melhor forma possível. As escolhas do restaurante, mesa e comida tinha sido dele, a de fazer sexo era de sua conveniência.

— Clarice vou contar algo que não contei sobre meus pais na última vez que estive no apartamento consigo. Meus pais viviam na Palestina, nasceram e viveram até o dia que o exército de Israel invadiu, matando velhos, mulheres, crianças ocupando suas terras. Depois de muito tempo, como muitos palestinos que se refugiaram na Síria, Jordânia e em outros países árabes, conseguiram fugir para o Líbano e depois imigraram para o Brasil.

Meus pais antes de viajarem, pediram ao meu irmão mais velho envidasse todos os esforços para ajudar o sofrido povo palestino. Prometemos lutar até que fossem libertados dos malditos invasores. Finalmente pertencemos ao mesmo sangue. Meu irmão na França faz parte de uma organização que trata de prestar assistência humanitária aos refugiados e os que ainda se encontram sob o domínio do invasor. No mês passado, ligou de Paris, perguntando se eu poderia representar à Organização no Brasil, o que prontamente concordei. Logo mais começarei a trabalhar neste sentido. Gostaria que pudesse colaborar, pois preciso de alguém de confiança para ajudar-me. Será bem recompensada. Não se arrependerá. Sei que talvez esteja pensando que pretendo seduzi-la, gostaria de tranquilizá-la que mesmo sendo jovem, bonita e atraente não tenho intenção de conquistá-la. Falou Ramzy com o rosto sério, enquanto limpava os óculos com o lenço.

— Como posso ajudá-lo, com minha pouca experiência de trabalho? – Perguntou Clarice sentindo-se desconfortável.

— Nesta semana iniciarei à fase de organização, apenas gostaria que mantivesse segredo que é a parte principal da operação. Por isso, seu papel é importante, pois tenho certeza da sua absoluta confiança.

— Pode contar comigo! – Disse Clarice com segurança

Os dois começaram à comer e conversar banalidades, enquanto Clarice se esforçava para mostrar bons modos na mesa Ramzy tratava de fazer o oposto para deixar a jovem descontraída reforçando a preferência por comidas simples como um bom feijão à mineira.

Terminaram o jantar foram andando rumo ao carro despertando em algumas pessoas olhares e comentários maliciosos que eram interpretados por Ramzy fazendo Clarice rir. Entraram no carro e rumaram ao apartamento. Ao estacionar foi pedindo desculpas por não permanecer mais tempo despedindo-se com um beijo no rosto enquanto comunicava que dentro dias retornaria para dar melhores informações. Clarice agradeceu o jantar com um sorriso enquanto aguardava na porta do prédio sua saída.

Abriu a porta acendendo a luz da sala sentando-se no sofá tratando de tirar os sapatos que não estava acostumados à usar deixando bolhas nos pés. Ficou deitada olhando à janela como estivesse esperando uma luz que iluminasse e guiasse seus passos. Estava sentindo-se sozinha, desprotegida com receio do futuro quando sentiu que precisava de alguém que pudesse apoiá-la e torná-la feliz.

Novamente pensou em abandonar tudo voltar para seus pais sua vida provinciana porém não queria sentir-se derrotada. Começou a questionar sua concordância com relação à proposta de Ramzy. Não tinha nenhuma informação sobre a tal Organização que Ramzy havia mencionado e o pedido de permanecer em segredo as atividades deixava mais preocupada e cheia de dúvidas.

Abriu a geladeira tomando um copo de leite com açúcar dirigindo-se ao quarto para dormir. Teria que enfrentar outro dia de estudo, trabalho e aguardar os acontecimentos chegarem com tranquilidade.

CAPÍTULO 24

O jovem de calça jeans, blusão no estilo militar, cabelos compridos, bigode e sacola à tiracolo parecia ter saído de alguma fotografia tirada em uma das praias da Califórnia ou do Greenvillage, esperava à entrada dos estudantes para o início das aulas. Os olhos atrás das lentes redonda do óculos movimentavam-se em todas direções, atentos à qualquer manifestação de perigo apesar do disfarce confundir com a maioria dos jovens.

Havia passado dias de constante vigilância observando os alunos que dirigiam-se às salas de aulas sem conseguir identificar alguém com as características que dispunha.

Após o toque da sirene para o início das aulas haviam poucos alunos nos corredores, apenas funcionários que encontravam-se na ala administrativa quando resolveu ir ao estacionamento da faculdade.

Estava na calçada em frente ao prédio quando viu aproximar-se um fusca à procura de vaga. Imediatamente correu para o outro lado da rua procurando um local que pudesse observar melhor o recém-chegado enquanto o carro diminuía a velocidade parando em um local fora do estacionamento saindo rápido rumo à entrada da faculdade. Era alto, moreno, esguio, cabelos curtos portando uma pasta de couro na mão correspondendo a descrição. Imediatamente voltou-se em direção contrária observando-o até a entrada do prédio. As descrições correspondiam exatamente as fornecidas por Felipe, porém teria que obter mais informações sobre a vítima. Seus instintos prediziam que era o homem a quem procurava aguardando alguns minutos para aproximar-se do carro observando pelos vidros algo que pudesse ser-lhe útil em seus propósitos.

Saiu rápido à procura de um local que pudesse estacionar e segui-lo após o término da aula. Inclinou o encosto do banco aguardando o tempo passar enquanto desfilava na memória recordações de explosões, corpos mutilados, sangue de inocentes, vitimas de atentados de sua autoria. Era um prazer mórbido e insano. Não tinha medo da morte odiando as pessoas que amavam a vida e aquele era mais um que deveria ser eliminado.

A impaciência começava a dar sinais quando ouviu o som da sirene anunciando o final das aulas colocando-o em prontidão como início de uma caçada. Observava a saída dos estudantes e dos carros que saiam do estacionamento congestionando o trafego da estreita rua de duplo sentido. Precisava posicionar-se na direção oposta à saída do estacionamento de maneira que pudesse seguir a presa com facilidade o que fez com muita perícia.

Waldir conversava com um colega de classe à caminho do estacionamento quando pararam por um instante despedindo-se com um aperto de mão, enquanto o amigo atravessava à rua tomando rumo oposto.

Alguns metros Abud observava seus movimentos como um felino prestes atacar um animal indefeso. Waldir abriu a porta do carro e lentamente foi se incorporando ao trânsito, tomando rumo à Asa Norte, sem desconfiar que estava sendo seguido. Abud seguia a uma certa distância o fusca em velocidade quando percebeu a sinalização traseira e a redução da velocidade para entrada em um dos retornos de acesso as quadras habitadas por militares.

Diminuiu a marcha mantendo à distância para não ser descoberto quando o fusca parou em frente em dos primeiros edifícios da quadra. Waldir desceu do carro indo em direção à portaria do prédio pensando no banho no jantar preparado pela esposa após um longo dia de trabalho. Não imaginava que estava sendo seguido pelo terrorista que estava a procura. Abud aguardou alguns minutos saindo em velocidade do local que espreitava. Havia identificado a presa o passo seguinte era preparar a armadilha.

CAPÍTULO 25

Ramzy tocou a campainha sendo recepcionado pela jovem que o acompanhou até a sala sentando-se ao lado. Maldizendo o calor pediu um copo dágua gelada enquanto retirava o lenço do bolso para enxugar o rosto limpando as lentes dos óculos.

Estava preparado para mais uma performance teatral que teria obter sucesso. Retirou da pasta várias fotos passando às mãos de Clarice que a medida que olhava as imagens os olhos pareciam paralisar-se. Estava chocada com o que tinha visto e não tinha palavras à comentar. Eram imagens de corpos mutilados de crianças, velhos, mulheres amontoados em valas, cercas de arames farpados onde eram vistos prisioneiros desesperados agarrados as grades de ferro. Aquilo era o retrato do inferno. Ele tinha escolhido em livros e revistas fotos de prisioneiros judeus em campos de concentrações nazistas, tendo o cuidado de fazer as montagens fotográficas para não aparecer símbolos judaicos ou nazistas.

Clarice estava atônita com as fotos nas mãos quando ele dirigiu-se à cozinha trazendo dois copos de água gelada. E com a fisionomia triste, retirou o óculos onde se via o avermelhado dos olhos começando a falar:

— Este é o povo por quem luto. O povo palestino, dominado pelo estado de Israel que tomou as terras dos meus avós e pais. Esta é minha luta e quem estiver contra é nosso inimigo.

Como somos pequenos não contamos com o apoio das grandes nações que estão empenhadas em defender o capitalismo americano e judeu. Os jovens brasileiros estão amordaçados pela ditadura militar que está empenhada em lutar contra o comunismo, porém lutamos pelas crianças, velhos e mulheres para não serem massacrados pelo inimigo sionista e seus aliados. Por isso, somos uma organização clandestina que não conta com o reconhecimento de nenhum país. Existem palestinos em todos os recantos do mundo que desejam regressar para seus verdadeiros lares na Palestina, porém enquanto os invasores mantiverem no controle, não teremos condições de retornar as nossas casas. Gostaria que se engajasse em nossa causa. Sei que não têm nada em comum com nosso povo, porém nos dará uma grande contribuição sendo bem renumerada pelo seu trabalho. Gostaria de ter sua resposta. Não podemos perder tempo, em caso negativo continuaremos como bons amigos apenas te peço o direito de reserva de nossa conversa. Mantemos sigilosidade em tudo que fazemos. Finalizou Ramzy com seriedade.

— Como afirmei da última vez que nos encontramos, minha resposta é positiva. Pode contar comigo! – Falou Clarice categórica.

— Como toda organização zelamos pela disciplina, então não questionamos às ordens superiores. Apenas executamos sem discussão e com eficiência sem perda de tempo. O tempo – Falou Ramzy enquanto guardava as fotografias dirigindo-se à porta apressado despedindo-se com um beijo, saindo para encontrar-se com Abud.

O carro oficial entrou no estacionamento quando Ramzy solicitou ao motorista que o aguardasse enquanto ia almoçar com algumas autoridades. O motorista balançou a cabeça saindo para abrir a porta educadamente. Ele sempre recebia privilégios e presentes do chefe diferenciando dos seus colegas. Tirou o paletó afrouxando o nó da gravata ficou observando-o sair apressadamente em direção ao elevador.

Ramzy encontrou Abud parado em frente uma vitrine de roupas masculinas quando trocaram olhares saindo em silêncio à livraria que encontrava-se próxima.

Entraram separados dando a impressão daqueles leitores que não perdiam os últimos lançamentos de best-sellers. Encontraram-se no fundo da livraria, ambos com livros nas mãos comentavam sobre os autores sem demonstrar nenhuma intimidade entre si.

Naquele instante Ramzy comunicava a adesão da jovem a rede terrorista e a chegada de uma nova remessa de cocaína através de Farid. Abud ouvia silenciosamente com os olhos atentos no livro enquanto transmitia outra informação em voz quase inaudível:

— Encontrei nosso homem e hoje vou finalizá-lo. Quanto a cocaína receberei de Farid providenciando à entrega amanhã. – Falou Abud colocando o livro na prateleira saindo sem despedir-se.

Ramzy ainda demorou um bom período de tempo quando dirigiu-se à caixa da livraria com um livro de culinária na mão.

— Este livro vai ajudar-me na dieta estou muito magro. – Brincou ao mesmo tempo que recebia o troco e um sorriso da atendente. Entrou em uma lanchonete fazendo um suculento lanche, não esquecendo de comprar sanduíche e refrigerante para o motorista que o aguardava. Ao chegar no estacionamento encontrou o motorista dormindo que ao ser chamado assustou-se fazendo Ramzy rir enquanto entregava o pacote com lanche.

Capítulo 26

Abud parou em uma loja de cosméticos pedindo à vendedora sugestões para compra de um presente. A simpática vendedora foi apresentado os produtos que terminou na escolha de um batom de tonalidade vermelho-claro e um estojo de maquilagem.

Pagou em seguida e com um sorriso agradeceu tomando rumo à Estação Rodoviária. Preferia os lugares públicos por achar mais seguros com maiores chances de despistar possíveis seguidores.

Desta vez mudou o roteiro para Ceilândia, onde iria conversar com um dos traficantes de drogas para indicar um marginal que possuísse habilidade de dirigir qualquer veículo e disposição para o trabalho sujo. O traficante indicou o bandido que em troca de silêncio exigiu pagamento pela a informação. O homem foi localizado na periferia marcando um encontro para acerto do negócio.

Abud chegou no local na hora combinada. O homem magro e pequeno com fala nordestina o aguardava ansioso. Ele fazia qualquer negócio que lhe rendesse dinheiro, matava, traficava e roubava o que estivesse ao seu alcance. Um flagelo humano que naquele instante não sabia qual o trabalho à executar.

O encontro aconteceu e as condições foram rapidamente acertadas. Entraram no carro rumo à Asa Norte sem trocar palavras. Ao chegar próximo da faculdade onde Waldir estudava, Abud pediu para estacionar perto ao provável local do estacionamento da vítima. Então passou as mãos do pistoleiro um envelope com o valor do dinheiro combinado. O homem abriu o envelope ficando surpreendido com o valor acima do negociado. Olhou para o parceiro sinalizando satisfação com o polegar. O dinheiro era uma boa dose de motivação para um matador profissional.

— Seguiremos o carro até o final da Asa Norte, irei no carro com a pessoa, quando ele diminuir a marcha para entrar no retorno final, seguirá alguns metros estacionando, aguardando-me meu retorno. Combinado? Não poderá existir falhas – Falou Abud pausadamente com os olhos fixos no parceiro.

Os dois homens permaneciam silenciosos dentro do carro. O motorista fumava sem parar quando a sirene da faculdade tocou encerrando o período das aulas. Os estudantes saiam correndo em direção aos carros e paradas de ônibus parecendo estouro de boiada. Passaram alguns minutos quando Abud saiu com a sacola à tiracolo e um grosso caderno na mão em direção ao final da rua quando Waldir se aproximava do carro.

— Oi, amigo vai ao final da Asa Norte? Pode dar-me carona até próximo à SQN 214?

— Claro! Estou indo para lá! – Falou Waldir

O jovem entrou no carro cumprimentando e comentando sobre a escassez de ônibus coletivos. Waldir concordava com os comentários enquanto saia do congestionamento que sempre acontecia nos finais das aulas.

Entrou no Eixo Monumental sem perceber que estava sendo seguido, enquanto o jovem não parava de falar deixando-o com traços de irritação fazendo olhar constantemente pelo canto do olho.

Abud olhava pelo retrovisor lateral observando o carro que os seguia conforme suas instruções. Waldir se aproximava do final da Asa Norte quando comentou que residia nas proximidades e que não constituía problema dar carona outra vez. Abud ouviu demonstrando interesse agradecendo a gentileza. A medida que aproximava-se do local escolhido mais descontraído ficava. A proximidade da morte o estimulava dando-lhe prazer.

O crime tinha sido premeditado e o local escolhido com precisão. A área mal iluminada e erma facilitava qualquer ação ilícita sem ser vista. Abud apontou o local que iria descer enquanto o carro estacionava lentamente. Desceu agradecendo da janela ao mesmo tempo que sacava da sacola uma pistola com silenciador disparando várias vezes. Waldir foi pego de surpresa atingindo na cabeça e peito, caindo sobre o volante enquanto o sangue escorria sobre a camisa. Não deu tempo nem de expressar a dor da morte. O assassino guardou a pistola na sacola rapidamente abriu um pequeno saco plástico retirando o batom e o estojo de maquilagem jogando no piso do carro. Abriu a porta onde o corpo encontrava-se debruçado sobre o volante, abriu a braguilha colocando o pênis para fora em seguida saiu limpando com um pano as possíveis impressões digitais. Ele tinha pensado em todos os detalhes que deixaria a polícia confusa com os indícios de que o crime poderia ter sido motivado por assédio sexual ou algo semelhante. Guardou o pano, as luvas e arma na sacola subindo à plataforma em direção ao carro.

Imediatamente trocou de lugar com o motorista saindo em arrancada à L-2 Norte. Ao chegar no local destinado à eliminar o parceiro, sacou da pistola apontando para homem obrigando à descer e ajoelhar-se. Retirou o envelope do bolso da calça enquanto o marginal implorava pela vida quando recebeu o primeiro disparo na nuca e dois na costa caindo para a frente contorcendo-se enquanto o sangue espalhava-se pelo pescoço e costa. Retornou ao carro seguindo em direção ao apartamento de Clarice para aguardá-la do trabalho.

Abud cochilava dentro do carro quando ouviu o barulho de carro aproximando-se. Era a Kombi que conduzia os funcionários do Mug's. Aguardou a entrada da jovem no prédio esperando alguns minutos subindo as escadarias carregando uma sacola na mão. A campainha tocou deixando a jovem receosa em abrir a porta, devido a inconveniência do horário quando aproximou-se do olho mágico, enxergando a figura de Jorge irreconhecível pelo disfarce.

— Clarice, sou eu Jorge – falando baixo batendo levemente na porta.

Ela reconheceu a voz e imediatamente abriu a porta demonstrando surpresa.

— Não te reconheci! – Falou com ironia.

Automaticamente foi retirando a peruca, bigode e o óculos não dando atenção ao comentário da jovem que continuava surpresa sem entender o que se passava.

Ainda estava confusa quando pediu para que levasse a sacola que trazia para o quarto. Ao retornar o encontrou fumando apoiando os braços na janela. Estava silencioso parecendo que seus pensamentos estavam à milhares de quilômetros de distância. Clarice o observava sentindo medo e arrependimento simultâneo. Seus sentimentos prediziam que estava envolvida em algo perigoso não podendo continuar viver em um clima de medo e incertezas. Não era aquilo que desejava para sua vida. Abud jogou a bagana pela janela virando-se com um sorriso nos lábios foi falando:

— Acho que te assustei e sei como se sente, porém não tenha medo. São ossos do ofício! – Falou compassadamente.

— Amanhã deverá levar a sacola para nosso contato que encontra-se hospedado no Hotel Nacional, recebendo dele uma encomenda que devera guardar na bolsa. Anote o número do apartamento e ao chegar dirija-se à portaria identificando-se como Fátima. Vou deixar dinheiro para o taxi. Não terá problemas. Ficarei alguns dias no apartamento até minha próxima viagem. Não se preocupe não incomodarei. No momento, estou bastante cansado dormirei no sofá como da primeira vez – Esboçou um sorriso malicioso.

— Não tenho medo! Que horas posso deixar a encomenda?

— De preferência o mais cedo possível na parte da manhã. Sugiro que volte de ônibus e estarei a sua espera. Não se preocupe que dará tudo certo – Finalizou Jorge.

Ao amanhecer Clarice vestiu-se foi à cozinha preparar o café da manhã enquanto trocavam palavras amenas, buscando estabelecer um elo de confiança o que a deixava mais confusa. Terminaram a refeição ele retirou do bolso o porta-cédulas entregando o dinheiro para o transporte e eventualidades enquanto relembrava o retorno de ônibus.

Ela consultou o relógio foi ao quarto apanhar a sacola enquanto ele desejava sorte apertando a mão na saída.

Retornou ao sofá deitou-se aguardando à chegada de Ramzy para contar-lhe as boas notícias.

Não demorou muito quando Ramzy chegou no apartamento enquanto Abud foi logo relatando à maneira das execuções das vítimas e que após os assassinatos optou por esperar Clarice retornar do trabalho para não se expor as possibilidade de encontrar barreiras policiais no caminho. Ramzy ouviu atentamente os relatos e no término da explanação elogiou o parceiro pela eficiência no cumprimento da missão. Foi até à cozinha retirando uma garrafa de água gelada enchendo os copos erguendo o braço simulando um brinde:

— Morte aos inimigos! As vozes soaram uníssonas como se o mundo fosse aterrorizar-se submetendo as suas insanidades.

Ramzy já não se encontrava no apartamento quando Clarice retornou sendo recebida por Abud que não aparentava sinais de surpresa ou nervosismo.

— Foi tudo bem?

— Não houve problemas! Voltei de ônibus como instruiu-me. – Falou Clarice enquanto retirava da bolsa um pequeno embrulho passando às mãos de Abud.

— Isto é para você!

Clarice foi abrindo o embrulho enquanto os olhos pareciam saltar de órbita ao ver a quantidade de cédulas verdes que não tinha ideia dos seus valores. Colocou a mão na boca em sinal de surpresa:

— Quanto vale isto?

— O equivalente mais de um ano de trabalho. É seu e pode fazer o que quiser com ele. – Falou calmamente Abud.

O rosto de Clarice demonstrava alegria quando de repente ela o surpreendeu com um beijo no rosto agradecendo ao mesmo tempo que procurava informar-se sobre o câmbio da moeda.

Conversaram um pouco quando foi à cozinha preparar lanche para ambos. Seus receios dissiparam-se de repente então percebeu que estava mudando. Algo tinha ocorrido em sua mente e o dinheiro era um dos fatores da mudança.

CAPÍTULO 27

O telefone tocou na sala do chefe do serviço de inteligência da Marinha. Era uma voz feminina desesperada que mal conseguia expressar-se em virtude do choro contínuo. Era a esposa do sargento Waldir preocupada com o desaparecimento súbito do marido que não tinha regressado da faculdade.

O comandante tentava tranquilizá-la com justificativas pedindo manter a calma com a promessa que tomaria as providências necessárias. Ela demorou à tranquilizar-se apesar dos soluços agradeceu desligando o telefone. Todos estavam preocupado com a ausência de contato e imediatamente o chefe ordenou a equipe à localização do agente desaparecido.

No final da tarde foi informado por um dos homens que a Polícia havia encontrado um corpo dentro de um veículo estacionado no final da Asa Norte. A vítima tinha sido identificada como sendo um sargento da Marinha através da cédula de identidade e que estavam preparando um relatório à Marinha.

Houve uma tristeza geral entre os funcionários quando receberam o informe sobre a morte do sargento. O assassinato tinha indícios de crime passional, segundo os informes da polícia em seu relatório e que esperavam a conclusão da perícia forense. Imediatamente o chefe indicou um dos oficias para prestar apoio a família, acompanhar o inquérito policial e assumir o comando da Operação Cascavel.

O Ten. Guilherme era um oficial de destaque na unidade de inteligência. Um jovem que esperava oportunidade para demonstrar sua coragem e habilidades aprendidas nos cursos na prática. Era uma chance para sair da burocracia rotineira. Havia se destacado em diversas modalidades esportivas principalmente lutas marciais, exercícios de tiros com diversas armas, apesar da estatura mediana, angariava respeito, simpatia dos superiores e subordinados. Saudou o comandante com continência colocando o quepe na cabeça dirigiu-se a casa de Waldir para comunicar a esposa o trágico acontecimento. Aquela era uma missão desagradável que teria de cumprir principalmente por tratar-se de um amigo e companheiro de farda.

O carro oficial que o conduzia parou de frente ao edifício descendo com o quepe debaixo do braço. Ao subir o primeiro degrau da entrada parou por um instante respirando profundo tentando relaxar. Tomou o elevador dirigindo-se ao apartamento cabisbaixa sem saber como transmitir a triste notícia. Apertou a campainha tentando recuperar o controle quando a porta abriu e a jovem senhora com os cabelos presos por bobes ficou por um momento surpresa com a presença do amigo:

— Bom dia Adele! – Cumprimentou o jovem oficial.

— Bom dia Guilherme! Quais as novidades?

Ele caminhou até o pequeno sofá sem respondê-la e de cabeça baixa pediu para sentar-se ao seu lado. Ela passando as mãos no vestido dando sinais de nervosismo foi sentando lentamente:

— Aconteceu algum acidente com o Waldir? – Perguntou com a voz embargada.

Naquele instante ele imaginou a presença do amigo ficando em silencio sem ter coragem para contá-la.

— As crianças estão na escola? Perguntou em voz baixa. Ela começou a chorar instintivamente colocando as mãos no rosto.

— Waldir foi assassinado! – Falou secamente.

A jovem caiu em prantos não resistindo a notícia desmaiou nos braços do jovem tenente que a colocou no sofá dirigindo-se à cozinha trazendo um copo com água açucarada enquanto fazia tentativas de recuperá-la. Estava sozinho na ingrata missão. Ela ainda estava em estado de choque quando dirigiu-se ao elevador indo ao encontro do carro que o esperava, solicitando ao motorista que providenciasse o médico militar e uma assistente social.

Retornou ao elevador não encontrando no térreo, subiu correndo as escadarias que dava acesso ao apartamento, encontrando-a deitada ainda em estado de choque. Puxou uma cadeira para perto do sofá enquanto tentava recuperá-la.

Não sabia o que fazer dentro de algumas horas as crianças retornariam da escola ficando a situação mais delicada. Decorreu quase uma hora quando o médico chegou acompanhado da assistente social. O médico imediatamente tomou a pressão arterial, retirando em seguida uma cápsula de um vidro de tranquilizante fazendo-a engolir com um pouco de água.

Uma das vizinhas que tinha ouvido choros e movimentos de passos em direção do apartamento, tocou a campainha da porta que imediatamente foi aberta sendo informada do ocorrido, enquanto dirigia-se ao sofá tentando ajudar a amiga recuperar-se. Não demorou muito tempo quando ela começou à sinalizar recuperação. O médico pacientemente ao seu lado procurava tranquilizá-la com palavras de apoio, quando as crianças chegaram da escola conduzida por uma amiga e seu filho. O jovem tenente observava emocionado as crianças que choravam sendo amparadas pela vizinha que as conduziu para o quarto, tentando reconfortá-las. Depois de algum tempo Guilherme conseguiu manter contato com os familiares de Waldir que imediatamente deslicaram-se[253] ao apartamento. A situação foi se normalizando com a chegada dos familiares que apesar dos choros tentavam administrar a situação com palavras de conforto e apoio.

O tenente permaneceu até o final da tarde prestando assistência contando com o serviço social da Marinha, enquanto os familiares procuravam informar-se dos detalhes do assassinato. Porém as respostas eram sempre as mesmas em virtude do crime ter sido recente não podendo vazar informações sobre a verdadeira atividade do morto. Ele procurava manter-se junto da viúva tentando apoiá-la com palavras de conforto.

---

[253] Não entendi.

Ao entardecer começou a despedir-se dos familiares e da viúva reforçando à assistente social que fosse prestado à família todo o apoio necessário.

Então, colocou o quepe na cabeça dirigindo-se ao carro que o conduziu à residência. Aquele tinha sido um dos piores dias de sua vida desde a morte do seu pai o que fez vivenciar os momentos passados ao lado da mãe quando criança.

A situação fazia refletir sobre a fragilidade da vida que não têm contrato estabelecendo data e forma de morrer. Porém, iria empenhar-se nas investigações para descobrir o assassino e colocá-lo na cadeia. Ao aproximar-se de casa solicitou ao motorista que estacionasse algumas quadras preferindo caminhar enquanto tentava dissipar da mente o triste episódio.

CAPÍTULO 28

Ramzy aguardava na sala da secretária do Ministro à hora da audiência. Estava com o aspecto aparentando tristeza, estampada nos olhos avermelhados que dava impressão de ter chorado ou bebido bastante. Estava circunspecto quando a secretária comentou sobre o seu bom humor demorando alguns segundos à respondê-la, relatando a origem do problema.

A jovem ouviu a explicação em seguida desculpou-se pelo comentário feito. Era compreensivo a mudança do humor, o pai com câncer sem ajuda em um pais distante, sendo a única pessoa que poderia ajudá-lo até o último suspiro. Era uma atitude dignificante peculiar aos bons filhos que nunca abandonam os pais em nenhuma circunstância.

O telefone tocou atendido pela secretária que levantando-se dirigiu-se à porta do gabinete aguardando à entrada do visitante. Ramzy adentrou na enorme sala revestida de carpete azul permanecendo de pé aguardando educadamente à autorização de sentar-se.

O Ministro levantou-se esticando a mão para cumprimentá-lo ao mesmo tempo que indicava uma das poltronas que faziam os interlocutores sentirem-se inferiorizados em relação à mesa de trabalho. Um truque que usava para demonstrar poder e superioridade para compensar a baixa estatura.

Tinha sido contemplado com o cargo pela fidelidade e apoio às atividades do governo militar. Era um político experiente, originário de família de políticos, simpático, inteligente capaz de navegar nos mares turbulentos da corrupção e chegar no destino sem avarias. No campo educacional a experiência não passava do segundo grau até o dia que foi expulso do colégio por mal comportamento, passaporte para o pai prepará-lo para o ingresso na política partidária. Agora era uma respeitável autoridade do governo. Colocou o óculos de leitura abrindo a pasta que encontrava-se em sua frente, folheando-a lentamente balançando a cabeça em sinal de admiração pela experiência do servidor que destacava as participações em diversos grupos de trabalhos na área educacional. Terminou a leitura colocando o óculos sobre a mesa fazendo um gesto vago com as mãos:

— Seus argumentos para o pedido de licença não-renumerada por tempo indeterminado foi deferido por este ministério, apenas iremos lamentar sua ausência e agradecer à contribuição em todos estes anos pelo empenho e honradez administrativa. Irei estar presente na sua despedida. – Falou o Ministro que parecia discursar para uma platéia.

— Muito obrigado, senhor Ministro! Infelizmente não posso programar o retorno, pois ficarei com à família ao lado do meu pai até seu último suspiro.

— Você poderá contar comigo na sua reintegração ao serviço público gozando dos privilégios adquiridos. Leve esta pasta para a secretária e peça para providenciar em regime de urgência a portaria ministerial. – Em seguida o cumprimentou desejando boa sorte e breve regresso.

— Muito obrigado mais uma vez e não tenho como agradecê-lo, senhor Ministro. – Falou Ramzy com a voz emocionada saindo em direção à porta.

Entregou a pasta despedindo-se emocionado da secretária enquanto solicitava urgência no processo, pois pretendia viajar o mais rápido possível diante do quadro de saúde do pai. A secretaria despediu-se com um abraço prometendo rapidez no processo. Em saiu para despedir-se do seu amigo Coronel Murilo, chefe do DSI.

Em poucos instantes estava batendo na porta da área reservada sendo atendido através da escotilha por um jovem soldado encarregado da portaria que dava acesso à sala da secretária.

A funcionária pediu para esperar alguns minutos enquanto o coronel despachava com um dos subordinados. Novamente sua fisionomia entristeceu mantendo-se em silêncio, observando a secretária que atendia o telex concentrada nas mensagens que chegavam.

Demorou quase meia-hora para ser atendido quando houve permissão para entrar. O coronel abriu a porta recepcionando com um forte abraço pedindo desculpas pela demora ao mesmo tempo que o convidava à sentar-se:

— Que cara é essa amigo? Aconteceu algum problema? – Perguntou o coronel espantado com a fisionomia do amigo que sempre estava bem humorado.

— Foi diagnosticado um câncer pulmonar no meu pai, então fiz um ofício pedindo licença temporária para viajar ao Ministro. O problema é que ele não tem ninguém para cuidá-lo. Vou permanecer ao seu lado até expirar sua vida. – Respondeu com a voz dramatizada.

— Lamento muito. Espero que Deus o proteja e aguardaremos seu retorno.

— Espero que Deus nos ajude! A vida têm estas surpresas desagradáveis. Falando em surpresas ouvi um comentário na repartição sobre o assassinato de um sargento da Marinha que até o presente não descobriram o assassino que está livre deixando a família do morto em desespero. Deve ser coisa desses comunistas. Para você ver que a morte ceifa velhos e novos. – Falou Ramzy com um ar de tristeza.

— Concordo com você. E quanto ao assassino pagará pelo seu crime. Todos os órgãos de segurança estão no encalço desde filho da puta. Pelo que sabemos houve outro assassinato dentro da mesma área e conforme os resultados da testes da perícia as balas utilizadas eram do mesmo calibre usada no assassinato do sargento. Uma suspeita foi identificada através das impressões digitais contidas em objetos femininos, houve a hipótese de crime passional por tê-lo encontrado com a braguilha aberta. A suspeita tratava-se de uma vendedora de cosméticos que forneceu as características de um homem por ela atendido que se assemelhava com o retrato falado do terrorista fornecido pela inteligência do Exercito, que suspeita encontrar-se no Brasil. – O coronel após fazer o comentário convidou-o à tomar café na sala da secretária.

Ramzy ouvia demonstrando desinteresse agradecendo o convite com o polegar levantado e a fisionomia mais descontraída.

ENQUANTO bebia o café sua mente tramava os passos seguintes. Era uma cascavel deslizando silenciosamente em busca da presa picando mortalmente desaparecendo sem ser vista.

Despediu-se do amigo com um forte abraço enquanto acenava á secretaria que atendia no momento o telefone. Sempre cabisbaixo dirigiu-se a garagem dos carros oficiais onde o motorista o aguardava fumando escorado em uma coluna. Ao vê-lo entrou no carro rapidamente enquanto Ramzy indicava sua residência, o que fez o motorista perceber que algo havia ocorrido, porém não teve coragem de perguntá-lo.

O carro estacionou de frente à casa enquanto agradecia o motorista recomendando chegar uma hora antes da habitual. Tocou a campainha do portão logo atendido pela empregada que solícita o cumprimentou sorrindo.

Como um ato rotineiro perguntou pela a esposa e as crianças, sentando-se em um dos bancos do jardim desvencilhando do paletó arregaçando as mangas da camisa como de hábito. Ficou contemplando o jardim por um breve momento, acendeu o cigarro indo até a borda da piscina. A esposa ao vê-lo saiu para encontrá-lo sendo recebida com beijos e abraços enquanto os filhos corriam na direção com os braços abertos. Brincaram com as crianças bastante tempo, depois dirigiram-se à casa onde o almôç0 já estava posto na mesa da sala de jantar.

Após a refeição dirigiu-se ao escritório com a esposa para conversar, enquanto retirava da estante, uma garrafa de uísque colocando sobre a mesa de trabalho.

— Providencie os passaportes urgente para a viagem. Irei desfazer dos móveis, objetos da casa em seguida viajaremos para São Paulo e Paris como combinamos. – Falou Ramzy enquanto balançava o copo de uísque com gelo.

— Amanhã irei providenciar os passaportes e começar a preparar as malas. Quanto a Margarida irei conversar com uma amiga que está precisando de uma empregada confiável. Que Alá nos proteja! – Em seguida beijou o esposo indo ao encontro das crianças.

Ramzy observava na saída da esposa enquanto lembrava o início do relacionamento e a dedicação de ambos à causa palestina. Não era somente o amor que existia mas a cumplicidade que mantinham em todas as ações. Então, bebeu o resto do uísque indo telefonar. Do outro lado da linha Abud recebia as informações sobre o andamento das investigações em uma linguagem de conversação simples que disfarçava qualquer suspeita através de escuta telefônica.

Demorou alguns minutos quando vestiu o terno dirigindo-se a garagem saindo em direção ao Mug's Bar. Nada melhor do que apreciar a beleza de Clarice para relaxar o estado de tensão e preparar-se para o encontro com Abud para ouvir os relatos da operação.

As horas passaram quando chegou em casa abrindo o portão, sentando-se em um dos bancos do jardim, analisando as possibilidades de ter ocorrido ou causado algum acidente por efeito da bebida. Aquele tinha sido um dia de decisões significativas para família que teria que abandonar o ambiente que adoravam e o ciclo de amizades.

Pensava em Abud que poderia ter falhado na execução do plano assassino e que não havia comparecido ao encontro conforme combinado. Estava preocupado com seu projeto criminoso. De repente, lembrou-se do parceiro de noitada que tinha fornecido um número falso de telefone para descartá-lo. Lembrou-se da determinação do jovem de encontrar-se com Clarice, o que não era conveniente pois qualquer envolvimento amoroso poderia ameaçar seus planos. Ele sabia avaliar as pessoas e Fernando poderia representar perigo.

CAPÍTULO 29

A polícia acabava de elaborar os primeiros relatórios do assassinato quando o Ten. Guilherme chegou à delegacia da Asa Norte. Cumprimentou as pessoas presentes aguardando a chegada do delegado que sempre chegava atrasado para o expediente. O policial que encontrava-se de plantão percebendo a impaciência do jovem começou a puxar conversa:

— O sargento era muito estimado. Acabou de sair neste instante um dos seus companheiros da faculdade visivelmente emocionado, procurando notícias sobre o assassinato e a prisão do suspeito.

— Realmente cruzei com um rapaz na entrada. Lembra do nome dele?

— Não senhor! – Respondeu o policial no momento que entrava o delegado cumprimentando à todos ainda sonolento.

Aguardou alguns minutos entrando na sala do delegado identificando-se, ao mesmo tempo que elogiava a prisão do suspeito. Entregou a autorização da transferência do prisioneiro para o centro de interrogatórios do serviço secreto, ao mesmo tempo que despedia-se agradecendo a confidencialidade mantida sobre o assunto.

Ao chegar no centro de inteligência passou imediatamente o relatório policial as mãos do chefe que abrindo a pasta foi logo convocando os agentes envolvidos na equipe de buscas.

Os agentes continuava na vigilância do bar sem resultados. A noite, o tenente dirigiu-se à Taguatinga, manter contato com o possível suspeito. A conversa não seria cordial. A Kombi parou diante do bar descendo Guilherme e dois agentes. Felipe encontrava-se escorado no balcão quando Guilherme se aproximou falando com a voz firme:

— O senhor é o dono do bar?

— Sim senhor! – Respondeu Felipe.

O tenente apresentou a identificação, retirando imediatamente do bolso o retrato falado, enquanto um dos agentes dirigia-se a porta de saída e outro à entrada que dava acesso aos quartos da casa, ambos preparados para sacarem as armas.

— O senhor conhece este elemento? – Perguntou o tenente incisivo com o retrato na mão. Felipe olhou várias vezes procurando lembrar-se de alguém.

— Acho parecido com um cliente que andou por aqui algumas vezes, porém usava bigode e não tinha cabelos curto. Não sei o nome dele, porém, tinha um sotaque parecido com estrangeiro. Algumas vezes acompanhava um amigo chamado Julio que faz muito tempo que não anda por aqui. Até pedi até que procurasse um emprego para minha filha – Falou calmamente Felipe.

— Como é esse Julio?

— É gordo, educado parecendo vendedor destes que trabalham na praça.

— Tem carro? – perguntou Guilherme impaciente.

— Nunca vi com carro. A última vez que esteve aqui saiu dizendo que iria tomar o ônibus para Brasília. – Falou Felipe receoso.

— Feche a espelunca e vamos dar um passeio agora. Bote os cliente para fora. – Falou o tenente sacando à pistola.

— Pelo amor de Deus! Não tenho nada com eles apenas atendia como clientes. Não sei o que fazem ou fizeram. Lamentava Felipe enquanto a esposa chorava clamando a inocência do marido.

— Feche o bar e nos acompanhe! – Falou o tenente enquanto um dos agentes tomava-o pelo braço.

A sala de interrogatório era pequena contendo uma mesa e algumas cadeiras com pouca iluminação, então retiraram a carapuça de Felipe que demorou alguns segundos para adaptar-se a luminosidade. Estava confuso sem saber o que estava acontecendo. Era um simples trabalhador que nunca tinha tido problemas com a polícia nem com marginais e n'aquele momento estava algemado como um criminoso. Olhou os homens ao redor da mesa e o tenente que o havia aprisionado foi logo perguntando os motivos de sua prisão. A resposta veio logo em forma de bofetada que balançou a cabeça fazendo soltar um grito de dor.

— Desembucha filho da puta! Gritou um dos homens.

— Não sei de nada doutor! Apenas atendia no bar – Falou Felipe recebendo outras bofetadas.

Ele começou a tremer de raiva por não acreditarem na sua inocência. De repente, o tenente pediu aos agentes que saíssem da sala deixando-0 sozinho com o prisioneiro. Iria tentar convencê-lo sem truculências ou eventuais torturas.

— Felipe conte-me tudo que sabe sobre estas duas pessoas pelo bem de sua esposa e das crianças – Falou com a voz tranquila e firme.

— Doutor, eu conversava pouco com eles, nas poucas vezes que estiveram no bar mostravam-se educados deixando sempre uma pequena gorjeta. Eram diferentes da minha freguesia. Recordo-me que a última vez que estiveram no bar, apresentou-se um rapaz alto, magro fazendo perguntas sobre estas mesmas pessoas. Era universitário e respondi as mesmas coisas que estou lhe dizendo. Tenho diversas pessoas que podem testemunhar que estou contando a verdade. – Falou Felipe olhando nos olhos do seu interrogador.

O tenente ficou observando silenciosamente por alguns minutos o rosto estampado de medo daquele homem. Terminou as perguntas dirigindo-se a porta chamando um dos agentes para manter a vigilância do prisioneiro.

Havia decorrido algumas horas e Felipe dava sinais de desespero algemado nos pés e mãos quando um homem gordo entrou na sala fumando charuto aproximando-se do seu rosto dando uma baforada foi falando quase encostado no ouvido:

— Amigão! O rapaz alto e magro que chegou no seu bar perguntando sobre os homens que conhece, era um sargento da marinha que foi assassinado com dois tiros no peito e um na cabeça por um dos seus conhecidos. Era um pai de família como você. Agora comece a falar tudo que sabe e trate de botar a memória para funcionar. – Falou o homem em tom agressivo.

Felipe começou a clamar por sua inocência, ao mesmo tempo que pensava omitir as informações que poderia comprometê-lo, apesar das ações inconsequentes sem conhecimento dos motivos e de quem se tratava. Por outro lado, imaginava que delatando os fatos ocorridos poderia ser alvo de represálias contra ele ou sua família. Estava na corda bamba. Ficou alguns minutos em silencio começando a falar:

— No mesmo dia que chegou este rapaz que morreu, este homem do retrato bebeu um copo de cerveja com seu Julio saindo em seguida. Seu Julio bebeu mais duas ou três cervejas parecia calmo, ao sair pediu-me para guardar uma pequena mala com a promessa que iria voltar no outro dia de manha para pegá-la, pois iria encontrar com um cliente em Taguatinga não querendo chegar com a mala. Retornou no dia seguinte de manhã. Pegou a mala agradeceu e desde este dia nunca mais apareceu no bar. É só isso que sei, doutor! – Felipe falava com os olhos lagrimejando.

— Como é este Julio?

— É gordo, usa bigode, óculos de graus, estatura mediana e cabelos pretos que parecem serem tingidos. Tem uns 50 anos aproximadamente e sotaque de paulista.

— O que mais? – Falava o homem com os olhos que parecia vomitar raiva e ódio.

— Falei tudo que sei não tenho mais nada a falar, senhor – Felipe falava com a simplicidade da verdade.

O homem levantou-se bruscamente da cadeira fechando a porta saindo em silêncio deixando o agente em vigilância. Do outro lado da sala os agentes encontravam-se em volta do gravador comentando as gravações do interrogatório, as reações do prisioneiro através da janela de vidro simulada que não permitia a visão do outro lado da sala de interrogatórios.

Os agentes discutiam as hipóteses da participação do prisioneiro com os elementos suspeitos eram as mais diversas, foi quando o tenente solicitou o envio do relatório para apresentação ao comandante sugerindo aguardar os procedimento mantendo o prisioneiro em cárcere incomunicável até nova ordem. Levantou-se agradecendo a cooperação dos participantes saindo distribuindo apertos de mãos.

Entrou no carro indo direto à faculdade onde estudava o sargento assassinato. Chegando na faculdade não demorou à descobrir Fernando que encontrava-se em uma roda de estudantes quando o estranho se aproximou pedindo desculpas ao grupo solicitando uma conversar particular. Os dois dirigiram-se a saída do prédio quando Guilherme estendendo a mão se apresentou:

— Sou Guilherme, um dos investigadores do assassinato do sargento Waldir – Falou o jovem pausadamente.

— Muito prazer Fernando Bastos. O que posso ser útil?

— Você esteve na delegacia à procura de informações sobre o sargento? Certo?

— Certo. O Waldir era meu amigo e companheiro de classe desde que iniciamos o curso de administração.

— O Waldir saia com garotas? – Falou o tenente sem titubear.

— Que eu saiba era muito discreto acredito que não fazia o gênero de conquistador. Nunca soube de alguma garota que houvesse dado carona ou paquerar. Era muito tranquilo. Nós tínhamos um bom relacionamento sempre foi respeitoso e educado com todos. Falava muito da esposa e dos filhos. Por isso, tomei a liberdade de informar-me sobre as causas do assassinato, pois não houve divulgação nos jornais ou rádios quando fui à delegacia falaram-me que tratava-se de um assunto confidencial. Então, pensei na hipótese de algo ligado a atividades secretas ou coisas do gênero, uma vez que correu um boato na faculdade que era agente do governo. À propósito quando estive na delegacia você estava entrando fardado. Sou bom fisionomista. Estou certo ou errado? – Comentou Fernando sorrindo.

O tenente não respondeu. Em seguida forneceu um número de telefone solicitando sua colaboração, pedindo confidencialidade no assunto. Então apertou a mão despedindo-se saindo em rumo ao estacionamento. Guilherme teve uma excelente impressão do rapaz pela segurança demonstrada e o interesse de colaborar na investigação.

No caminho de casa procurava recompor os detalhes da investigação. A vendedora de cosméticos suspeita pelos objetos encontrados no carro tinha sido usada pelo assassino para confundir as investigações policiais. O fato dos objetos serem caros a fez lembrar do homem que havia comprado quando foi apresentado o retrato falado confirmando as características e o sotaque de estrangeiro. E agora Felipe tinha ajudado na identificação do outro possível suspeito. O outro elemento não existia nenhuma informação relevante a não ser gordo e ter sotaque paulista.

De manhã ao chegar no escritório Guilherme recebeu o laudo pericial confirmando que as balas encontradas nos corpos na Asa Norte, tinham sido disparadas por uma arma do mesmo calibre. Imediatamente entrou em contato com a polícia solicitando a identificação e informações sobre as atividades da vítima para estabelecer elos de ligações entre o assassino e sua vítimas.

CAPÍTULO 30

Abud começava a dar sinais de impaciência com a situação que se encontrava. Precisava retornar à Taguatinga recolher a caixa metálica que estava enterrada no quintal da casa com passaportes, identidades falsas, moedas estrangeiras e as roupas que havia deixado desde o dia do assassinato. Foi até a janela do apartamento acendeu o cigarro olhando o movimento distante dos carros que passavam no Eixo Monumental quando subitamente voltou-se para Clarice que encontrava-se concentrada nos estudos:

— Quando terminar de estudar pode acompanhar-me até Taguatinga?

— Claro Jorge! – Respondeu a jovem prontamente.

Não demorou muito dirigiu-se ao quarto para vestir-se enquanto ele tomava banho vestindo a mesma roupa que encontrava-se desde o dia que chegou no apartamento. A única diferença era a barba e óculos os quais modificavam sua imagem tornando irreconhecível.

Aquele homem era um enigma que às vezes mostrava-se delicado, simpático e outras o olhar transmitiam frieza e maldade. Desceram as escadas quando um casal com crianças aproximavam da entrada do prédio. Inesperadamente a tomou nos braços abraçando e beijando deixando-a surpresa com ação repentina. Saíram do prédio de mãos dadas entraram no carro saindo às pressas em direção à Taguatinga.

Ela continuava sem compreender os motivos dos beijos e abraços, sem nenhuma explicação, porém sentia cumplicidade na sua atitude apesar de ter sido apanhada de surpresa. Havia gostado do contato corporal, despertando no íntimo os desejos sexuais reprimidos. De vez enquanto o olhava sentindo algo estranho sem saber o que sentia por aquele homem, quando o carro foi diminuindo a marcha parando em uma banca de jornais descendo rápido para comprar jornais e cigarros.

— Às vezes temos que fazer coisas que as pessoas não gostam. Peço desculpas por minha atitude, porém nada melhor como representar um casal de amantes apaixonados. – Falou entrando no carro sob o olhar de Clarice que sorriu concordando enquanto ele continuava com o olhar fixo na estrada.

Ao chegar nas proximidades da casa diminuiu a velocidade indo até o final da estreita rua ladeada de pequenas casas, retornando devagar observando as possibilidades da casa estar sendo vigiada por policiais ou agentes do governo. Estacionou alguns metros orientando à jovem em caso de emergência o alertasse, através da buzina do carro. Desceu do carro olhando para os lados abrindo a porta da casa rapidamente. Ao entrar foi logo percebendo que não houve invasão, os objetos encontravam-se no mesmo lugar. Recolheu as roupas colocando na mala dirigindo-se ao quintal cavando com uma faca de cozinha o local onde encontrava-se a caixa metálica retirando-a sem dificuldades. Revisou as janelas e portas em seguida fechou a casa, demorando alguns segundos enquanto saia em passos rápidos.

Clarice aguardava nervosa, não tinha mais dúvidas das atividades clandestinas de Ramzy e Abud, apenas desconhecia o nível de periculosidade que representavam. Foi quando chegou apressado abrindo a porta traseira colocando a mala e a caixa metálica. Rapidamente acionou o carro rumando ao centro comercial mais próximo parando em um supermercado para comprar mantimentos retornando à Brasília.

Não haviam carros estacionados em frente ao prédio do apartamento quando desceu retirando as sacolas, mala e a caixa metálica que foram carregadas com ajuda de Clarice. Em poucos minutos os pertences encontravam-se na sala indo em seguida estacionar o carro em um local visível da janela do apartamento.

Ao retornar abriu o jornal começando a ler as manchetes deparando com a noticia da seção policial, sobre um perigoso marginal assassinado na Asa Norte, onde a polícia havia identificado o corpo presumindo que causa do assassinato seria briga entre traficantes de drogas. Imediatamente, fechou o jornal indo à cozinha onde Clarice se empenhava em guardar os mantimentos. Agradeceu a ajuda prestada dirigindo-se ao quarto desocupado com a mala e a caixa metálica retirando o conteúdo da caixa transferindo para uma sacola plástica escondendo-a no fundo falso da mala. Então retornou à cozinha sentando-se ao lado da mesa enquanto Clarice preparava o lanche para ambos.

— Tenho algumas roupas sujas para lavar. Poderá levá-las a lavanderia quando sair para o cursinho?

— Sem nenhum problema. – Respondeu enquanto servia o lanche na mesa.

— Vou precisar fazer uma cópia da chave do apartamento – Falou Jorge secamente.

— Infelizmente tenho que falar com Ramzy, pois ele não autorizou entregar a chave à ninguém. Você compreende?

— Ele deverá estar aqui amanhã e poderá pedir autorização – Falou Abud em tom sarcástico batendo levemente no ombro da jovem dando uma mordida no sanduíche.

Ela ficou constrangida com a resposta, sabia que não poderia demonstrar fragilidade como também manter-se em perene estado de alerta. Terminaram de lanchar quando de posse da mochila e da sacola de roupas sujas saiu acompanhada por Abud.

— Fique atenda as aulas e tenha um bom trabalho. Vou ficar preso até voltar – Sorriu enquanto Clarice colocava a chave na fechadura despedindo-se.

Retornou ao sofá abrindo o jornal que encontrava-se sobre a mesa começando a ler adormecendo em seguida. Ao acordar foi para o banheiro tomando um longo banho, abriu a mala retirando a gazua, colocou a peruca, o óculos e dirigiu-se a porta para abrí-la. Era um profissional que sabia lidar com diversas situações e abrir portas era uma atividade que era especialista. Em poucos minutos estava em direção ao Mug's para receber mais uma remessa de cocaína das mãos de Farid e informações do receptor sem perder tempo. A discrição e rapidez fazia parte do trabalho sujo.

Ao chegar Clarice o encontrou dormindo no sofá não conseguindo despertá-lo com a sua chegada. Silenciosamente apagou a luz da sala ficando alguns segundos observando Abud que dormia sem camisa. Por um instante pensou em levá-lo para cama fazer amor até cansar, depois dormir acordando ao seu lado. De repente seus instintos sexuais transformaram-se em medo, colocou a mochila sobre a mesa com cuidado de não acordá-lo dirigindo-se ao quarto sem perceber que ele apenas fingia dormir. Trocou de roupa preparou-se para dormir estava fatigada e somente o sono poderia recuperar suas energias.

Acordou no dia seguinte indo direto ao banheiro quando ouviu barulho na cozinha. Era Abud que preparava o café da manhã com muita disposição aguardando sua chegada. Ela o cumprimentou com um sorriso nos lábios sentando-se ao lado enquanto tomava o bule de café para servi-la.Havia preparado suco de laranja, ovos mexidos, sanduíches de presunto complementando com café e leite. Ficaram conversando sobre o dia a dia no trabalho aproveitando para pedir desculpas pelo incidente da chave e que tinha sido objeto de sua preocupação em mantê-lo confinado no apartamento. Ele esboçou um sorriso e apertando a mão elogiava a atitude responsável própria das pessoas de confiança.

— Vou precisar de você para uma nova entrega desta vez em Taguatinga, a pessoa que irá recebê-la esta hospedada aguardando até ao meio dia. Executará os mesmos procedimentos desta vez iremos sair juntos e ao retornar aguarde minha chegada, caso ocorra alguma eventualidade coloque este vaso na janela em sinal de alerta. Ok? – Falou Abud enquanto dirigia ao quarto trazendo uma sacola com roupas que camuflava os pacotes de cocaína embrulhadas em papéis de jornais.

Ele tomou a sacola caminhando de mãos dadas em direção do carro. Em poucos instantes despediam-se com um beijo deixando-a em frente à parada de ônibus. Não demorou muito quando tomou um taxi indicando ao motorista o endereço do hotel sob os olhares das pessoas que esperavam o coletivo.

O motorista através do retrovisor procurava puxar conversa enquanto ela permanecia em silêncio olhando o movimento dos carros avaliando o risco que estava correndo. Sabia o que estava transportando, apenas fingia ignorar da mesma forma que havia percebido a armadilha que haviam montado. Finalmente, não era tão ingênua como pensavam iria tirar vantagem até ter uma oportunidade de escapar da rede. Era um jogo perigoso onde não tinha mais o que perder.

Retornou ao apartamento aguardando à chegada de Abud. Ele chegou sorridente, logo desvencilhando do disfarce pois sabia que a operação tinha sido bem sucedida. Aguardou alguns minutos retirando do blusão, um envelope recheado de dólares passando às mãos de Clarice que fingindo surpresa agradecia sem parar. Foi até à geladeira abriu uma cerveja entregando-a na mão. Ele agradeceu pedindo para acompanhá-la o que educadamente rejeitou o convite. Tinha bons motivos para odiar bebida alcoólica não importando o teor. Manter-se distante das pessoas que se excediam era uma das últimas muralhas da sua fortaleza interior.

— Vou à Goiás na próxima semana. Trate de mandar alguma coisa para seus tios. Não gostaria de chegar com as mãos abanando. – Falou Abud enquanto bebia a cerveja no gargalo.

— Acho que vou pedir uns dias de folga para acompanhá-lo. Que tal? – Clarice falava enquanto apanhava o jornal do chão colocando sobre a mesa.

— Prefiro que viaje sozinha, de repente encontramos Flavio que ficará com ciúmes. – Falou Abud dando uma risada acompanhada por Clarice que colocava os livros na mochila preparando-se para sair.

Abud encontrava-se na janela fumando distraído quando virou-se no momento que ela vinha em sua direção para beijá-lo, desculpando-se pela a chave que não poderia entregá-lo. E foi caminhando em direção à porta acenando, enquanto ele esboçava um sorriso de cinismo e maldade.

CAPÍTULO 31

A sala estava repleta de autoridades da secretaria contando inclusive com próprio ministro que veio prestigiar a homenagem ao servidor que tinha dedicado inúmeros anos ao serviço público com dedicação e eficiência granjeando a simpatia de todos os colegas de repartição. Era um momento de tristeza onde os comentários sobre sua ausência era a tônica do momento. Ramzy estava ladeado da esposa e crianças que vieram participar do evento. Vários amigos se manifestaram elogiando o homenageado que se mantinha com a fisionomia triste dando as vezes um sorriso tímido.

O ministro foi o último a falar tecendo elogios desejando breve retorno daquele que até o presente tinha sido um modelo do servidor público. Ramzy agradeceu aos presentes de uma forma simples e emocionante. enquanto falava as lágrimas escorriam pelos olhos sob à vista da esposa que com os olhos lagrimejando era apoiada pela a secretaria que havia trabalhado desde que ele tinha assumido a chefia de expedientes. Entre salgadinhos, refrigerantes e bolos os amigos iam se despedindo, enquanto ele prometia em retornar logo que tivesse resolvido seu problema familiar. Após a saída do ministro as pessoas pouco a pouco iam se retirando para seus afazeres quando Ramzy mantendo a fisionomia triste, tomou a esposa pelo braço, despediu-se da secretária enquanto o motorista conduzia as caixas de objetos pessoais que se encontravam no gabinete. A secretária estava desolada desde o dia que recebeu a notícia do seu afastamento temporário. Relembrou o dia que recebeu a ligação internacional passando para o chefe que após o atendimento saiu da sala abalado comentando o estado de saúde do pai decidindo viajar para prestar assistência até o final da vida. Aquela era uma atitude que demonstrava o caráter que era possuidor e o exemplo do amor filial. Sentia-se feliz por ter tido o prazer de ter trabalhado com um homem dedicado ao trabalho, a família e ao amigos. Não se conteve e chorou até vê-lo entrar no elevador com a família.

O pôr do sol em Brasília é algo diferente que conjuga a aridez do cerrado, o esplendor do céu com a modernidade da arquitetura. Os dois homens atravessavam o túnel de pedestres conversando em árabe, enquanto as pessoas andavam apressadamente de um lado para outro. Ramzy acabara de comunicar seu afastamento do serviço público prestando as últimas instruções. Dentro de duas semanas embarcaria para Paris sem data prevista para retorno ao mesmo tempo que comunicava a participação de Farid no comando das operações. Abud ouvia atentamente as orientações recebendo um envelope para ser entregue à Clarice, concluindo com a advertência de mantê-la sob vigilância.

— A polícia descobriu a identidade do marginal assassinado podendo chegar fácil ao contato na Ceilândia. Mate-o antes que a polícia comece a investigá-lo, mas use um método diferente para não levantar mais suspeitas. Entregue o envelope com o pagamento à Clarice depois da entrega da remessa que chegará amanhã. Farid fornecerá as informações. Após a entrega da cocaína comunique-a que viajei pôr um tempo indeterminado. Aguardarei a data do embarque em um hotel com a família em São Paulo. Manterei contato com Farid para repassá-lo as instruções através de Clarice. — Ramzy abraçou o amigo que mantinha-se silencioso despedindo com um longo abraço saindo em direção contrária.

Um homem observava sentado na calçada vestido bermuda, boné, camisa aberta no peito tendo na mão uma sacola de plástico e na outra uma garrafa de cachaça, observava o movimento no bar da esquina, frequentado por marginais que se misturavam com trabalhadores da construção civil. De vez enquanto se movimentava indo de um canto à outro, mas sempre parando em locais que poderia ter a visão da entrada do bar. Zoião, o chefe do tráfico de drogas na área, saia acompanhado de dois marginais e uma mulher quando começou a segui-los atravessando a rua em passos cambaleante como um bêbado. O trio não demonstrava a mínima preocupação com o pobre diabo que caminhava alguns metros atrás. As ruas mal iluminadas estavam vazias. As famílias recolhiam-se cedo com medo dos marginais que atuavam na periferia com pouca atuação policial.

De repente, o homem se despediu do casal desaparecendo numa viela, enquanto Zoião e a companheira paravam ao lado de um muro num beco escuro começando a trocar beijos, enquanto desabotoava a braguilha ela procurava envolvê-lo com as pernas. Silenciosamente o homem aproximou-se com a faca em punho aproveitando os movimentos do ato sexual para esfaqueá-los. Foi rápido e preciso. Os gemidos de prazer se misturaram com a dor, quando Zoião recebeu a primeira facada na costa outra na garganta tombando em seguida. A mulher paralisada não teve tempo de gritar recebendo um golpe fatal na carótida e no peito descoberto. Em um movimento brusco retirou a faca colocando no saco plástico saindo correndo em rumo ao carro estacionado nas proximidade.

Em poucos minutos estava na saída da Ceilândia em direção à Brasília.

Na margem do Paranoá desvencilhou-se do saco contendo a faca suja de sangue jogando na água. Não havia deixado rastro ou impressões digitais. Entrou no carro imaginando as hipóteses que a polícia escolheria para resolver o caso e as possibilidades da demanda do tempo para a solução do crime. Concluiu que a hipótese de briga entre traficantes seria a mais cômoda, pois quem sairia ganhando era a polícia com a eliminação de bandidos e Zoião era um deles.

Ao chegar no apartamento tomou um banho demorado, vestiu um short preparou um lanche rápido indo para o sofá dormir mais uma vez no sofá.

CAPÍTULO 32

O vendedor entregou a documentação, a chave do carro com um aperto de mão e sorriso nos lábios, não parando de elogiar a compra realizada. Um procedimento típico dos vendedores. Fernando entrou no carro saindo do pátio devagar satisfeito por ter realizado um dos seus sonhos de consumo depois de longos anos de trabalho. Era um Chevrolet Opala 69 com quase cinco anos de uso, porém bem conservado. Estava radiante com a aquisição poderia ir para o trabalho, à faculdade, voltar para casa mais cedo, sem ter que enfrentar as filas e empurrões dos ônibus lotados. Passou no posto de gasolina, encheu o tanque saindo ansioso para surpreender o amigo que possuía um antigo fusca 66. Telefonou para o chefe confirmando sua chegada para o expediente da tarde, em seguida ligou para Elisete convidando-a para almoçar. Estava empolgado com a compra precisando extravasar seu contentamento. Entrou no apartamento rápido começando à despir-se na sala, indo direto tomar banho, indo ao encontro de Elisete que o aguardava na entrada da repartição. Chegou no local do encontro buzinando surpreendendo-a com o carro. Ela com um sorriso foi logo parabenizando pela compra do veículo.

— Puxa! Gostei do carango! Você merece! – falou Elisete sorrindo.

— Porra! Depois de quanto tempo...é acho que mereço.

— Onde vamos almoçar? – Perguntou Elisete enquanto ajeitava o cabelo desalinhado pelo vento da janela do carro.

— O que sugere? Hoje é por minha conta sem divisão de despesas. – Riu enquanto fazia posse no volante.

— Estar em sua companhia é melhor que qualquer almoço. Infelizmente, hoje foi a despedida de um chefão da repartição, amigo da minha chefe e tive que acompanhá-la. Tinha muita comida.Pudera o ministro estava presente! – Falou com ar de deboche.

— O ministro?

— Sim e todos os puxa-sacos ao lado. O cara era prestigiado. Todos falavam muito bem dele. À propósito sua esposa estava presente com os filhos. Ela é nova e bonita e ele barrigudo, careça, porém muito simpático.

— Então vamos fazer um lanche tenho que trabalhar no segundo expediente.

— Ok. Vamos combinar o final de semana? – Falou Elisete enquanto mordia o sanduíche.

— Certo. Combinaremos na faculdade.

Terminaram o lanche alegres e descontraídos. Fernando sentia uma imensa alegria pela compra do carro. No entanto no caminho do trabalho foi tomando consciência que não poderia exagerar nas despesas planejava jantar ou almoçar com Clarice que há muito tempo não via. Era uma obsessão que mantinha não sabendo classificar se o que sentia era desejo ou amor. Sabia apenas que algo o impulsionava à procurá-la.

Clarice mantinha-se em silêncio dentro da Kombi com o embrulho no colo enquanto os poucos funcionários comentavam sobre o dia de trabalho. Seus pensamentos estavam distantes, aguardando ansiosa à chegada no apartamento. A situação estava tornando-se cada vez mais perigosa. Avaliava as possibilidades de fuga, porém o medo chegava primeiro para desestimular seus propósitos. Estava tão absorta como problema que não percebeu a Kombi entrando nas proximidades da quadra onde residia.

Despediu-se dos colegas com a encomenda entre os braços dirigindo-se à entrada do prédio, subindo a escadaria em passos rápidos. Estava constrangida em saber que tinha um homem que a qualquer momento poderia agredi-la ou forçá-la à fazer sexo, porém sua intuição indicava que poderia ocorrer a qualquer momento. Sobrava-lhe apenas uma opção. Teria que aguardar os acontecimentos participando do jogo com tranquilidade.

Entrou no apartamento sem acender a luz da sala, andando nas pontas dos pés, colocou a mochila sobre à mesa, dirigindo-se ao quarto com a encomenda. Trocou de roupa colocando um baby-doll que deixava transparecer os belos contornos do corpo e descalça caminhou até a cozinha. Abriu a geladeira retirando uma garrafa de suco, sentou-se sobre uma das pernas enquanto a outra apoiava-se em outra cadeira. Não demorou muito quando ouviu o movimento de Abud, levantando-se do sofá. Ela deu um sorriso aguardando a chegada fingindo surpresa.

— Oi, Tudo bem?

— Tudo bem? E você? Respondeu Clarice com um sorriso.

Então ele tomou um copo servindo-se do suco enquanto ela retirava a perna sobre a cadeira cruzando-a em uma atitude provocante. Puxou a cadeira sentando-se ao lado enquanto os olhos brilhavam em direção as torneadas pernas. Por um momento ficou extasiado com a beleza da jovem que fingia não perceber o olhar de volúpia.

— Trouxe a encomenda de Farid e guardei no quarto.

— Amanhã irei providenciar a entrega. – Falou Abud sem tirar o olhos das pernas da jovem.

— Muito obrigado. Caso precise irei deixá-la.

— Não será necessário. Estive com Ramzy e ele entregou-me as cópias da chaves do apartamento. Não precisa preocupar-se.

— Ok. Estava preocupada em deixá-lo sem as chaves.

Clarice levantou-se em direção à geladeira para guardar a garrafa de suco enquanto ele olhava fixamente suas ancas tentando controlar-se.

— Vou dormir estou muito cansada. Tenha uma boa noite! – Falou Clarice passando quase roçando as nádegas na sua costa.

Ele levantou-se num ímpeto largando o copo sobre a mesa agarrando os ombros da jovem trazendo para si, beijando-a sofregamente na boca enquanto as mãos deslizavam pela costa apalpando com força as nádegas. Ela não oferecia resistência retribuindo os carinhos com as mãos envolvidas no pescoço. De repente, começou a retirar as mãos afastando-o. Surpreendido com a reação, foi recompondo-se desajeitadamente sem esboçar reação.

— Jorge não estou preparada para ter outro homem no momento, ainda estou abalada com o meu noivado. Te peco desculpas. – Falou com a voz soluçando.

— Eu compreendendo e devo desculpar-me, porém sinto algo por você mas também não posso envolver-me. Foi um impulso de um homem solitário que perdeu a cabeça diante de uma mulher bonita. – Falou Jorge enquanto apertava a mão da jovem desejando boa noite, retornando para o sofá.

Ela sabia que ambos estavam mentindo porém tinham tempo para continuarem jogando.

Ao amanhecer tomaram café quando ele pediu a encomenda, saindo rápido acompanhado até a porta onde despediram-se trocando beijos desejando-lhe boa sorte.

Fechou o apartamento indo direto para o quarto retirando da caixa escondida todo dinheiro economizado. Ainda precisava mais para iniciar seu plano de fuga.

Ao retornar do trabalho encontrou Jorge acordado na sala acompanhado de cascos de cervejas sobre a mesa e pontas de cigarros no cinzeiro. Ela o cumprimentou colocando a mochila sobre a mesa sentando-se ao seu lado.

— Teve algum problema?

— Não. Ramzy pediu desculpas por não poder despedir-se de você. Ele vai passar algum tempo fora do Brasil, depois retornará logo que solucione seu problema familiar. Pediu-me para deixar este envelope consigo como parte do seu pagamento. – Abud falava enquanto passava o envelope às mãos de Clarice.

— Puxa! É muito dinheiro! – Falou Clarice surpresa.

— Amanhã viajarei à São Paulo, não sei quanto tempo demorarei, no entanto Farid ficará no controle, transmitindo as instruções necessárias. Existem outras pessoas que estarão perto de você, portanto todo cuidado é pouco, esta é uma advertência desnecessária, porém tenho que reforçá-la. Farid não brinca em serviço. – Falou Jorge Abud enquanto bebia o último gole da cerveja.

— Não precisa preocupar-se estarei te esperando aguardando às ordens do seu Farid. Lamento não ter despedido-me de Ramzy. Vou sentir sua falta. Ele é muito espontâneo espero que não demore muito. – Falou Clarice enquanto tomava as mãos de Jorge agradecendo o dinheiro olhando para o envelope com satisfação.

— E como fica a Organização na ausência dele? Falou-me que eu iria trabalhar direto com ele, como uma espécie de secretária. – Falou Clarice receosa com a pergunta.

— Vai continuar do mesmo jeito. Ele retornará para continuar a ação política e coordenar à arrecadação de fundos. Vou deixar que te explique melhor quando retornar. Espero que seja o mais rápido possível. – Jorge levantou-se tomando os cascos de cervejas colocando-os sobre a mesa, jogando as pontas de cigarros na lixeira. Lavou as mãos na pia da cozinha dando um beijo na testa desejando-lhe uma noite de sonhos.

A família aguardava ansiosa à hora da chamada de embarque, enquanto as crianças corriam de um lado para o outro sob a vigilância dos pais. Tudo parecia absolutamente normal quando um jovem de terno azul, porte atlético com uma pasta executiva na mão, aproximou-se do casal, pedindo licença para sentar-se no espaço vago do banco. As crianças percebendo a presença do estranho correram para sentaram-se ao lado dos pais, fazendo o jovem afastar-se até a extremidade do banco. Tamara tomou as crianças sobre o colo pedindo desculpas ao estranho pelo incômodo o qual retribuiu com um sorriso.

Ramzy continuava fumando observando o movimento dos passageiros com seus carrinhos de bagagens em direção aos boxes das companhias aéreas. De repente, o jovem levou a mão à boca pigarreando algumas vezes, o que fez Tamara afastar uma das crianças colocando a bolsa aberta ao seu lado. O pequeno embrulho foi colocado na bolsa de uma maneira rápida e imperceptível.

O jovem levantou-se misturando-se com os passageiros. A fita cassete com o invólucro de músicas infantis continha as transações financeiras do tráfico de drogas que seria repassada a Organização da Libertação da Palestina.

Ramzy continuava fumando aguardando tranquilamente à chamada de embarque. Dentro de alguns dias estaria se reunindo com os lideres das organizações terroristas discutindo as atuações na Europa e América Latina.

CAPÍTULO 33-

Ele entrou na sala do tribunal judaico aparentando calma e segurança. Sentou diante dos três rabinos com a fisionomia tranquila olhando fixamente para os interlocutores. Estava preparado à responder as perguntas que fossem formuladas, havia apresentado a documentação exigida sobre sua genealogia estudado a Torá, história e leis judaicas procurando cumprir os rituais e obrigações religiosas, além da circuncisão.

As perguntas eram feitas para eliminar e desestimular o candidato. A medida que os interlocutores olhavam entre si em concordância, mais sentia-se próximo de um veredito favorável. Finalmente, houve a aprovação da corte rabínica recebendo orientações para os próximos passos ritualísticos necessários. Após cumprir os rituais assistidos pelo Rabino Yaakov, foi parabenizado pela determinação ao longo de todo o processo de conversão ao judaísmo. Apesar dos obstáculos encontrados sendo muitas vezes desestimulado a prosseguir dos seus intentos pelo próprio rabino.

Finalmente, Fernando Bastos adotou o nome de Yaakov Bastos. O nome Yaakov em hebraico era uma homenagem ao rabino que o acompanhou confiando em seus propósitos. Ao termino dos rituais saiu da sinagoga com a sensação que tinha penetrado em outro mundo. Era mais uma vitória alcançada em sua vida.

Embarcou no avião sem os receios habituais da viagem. Sentia-se seguro e tranquilo. Chegando no apartamento encontrou o amigo que o esperava, então abraçaram-se em seguida tornou-se alvo das brincadeiras do amigo ao vê-lo de kipá. Teria que conviver com brincadeiras e comentários preconceituosos. Aquela era uma das etapas importantes de sua vida. Uma opção religiosa que atendia seus anseios espirituais.

Chegou cedo na empresa antes da chegada dos colegas começando a trabalhar. Os primeiros funcionários foram chegando cumprimentando-o olhando curiosos para o kipa em sua cabeça fazendo comentários jocosos os quais respondia sempre com bom humor. Com tempo cessariam as brincadeiras dos colegas porém teria que lidar com os preconceitos dos desconhecidos. Estava preparado para enfrentá-los. Aquela tinha sido a decisão mais importante em sua vida e estava satisfeito por tê-la tomado.

Os olhares de curiosidades se voltavam enquanto caminhava pelo corredor em direção à sala de aula como se nada estivesse acontecendo ao seu redor. As vezes, sentia a sensação que estava nadando contra a maré da ignorância. No intervalo da aula, os amigos reunidos em torno dele indagavam sobre judaísmo e as razões da sua escolha. As perguntas eram de diversas matizes que variavam da ignorância histórica à religiosa quase sempre infundamentadas[254]. As perguntas era respondidas com uma boa doce de humor sem polemizar ou ironizar o despreparo dos colegas sobre o tema. A certeza que durante muito tempo iria responder as mesmas perguntas e conviver com os mesmos preconceitos tornava-o fortalecido.

Pouco a pouco o grupo de estudantes foi se desfazendo retornando aos lugares na sala de aula. Fernando tinha sido alvo das atenções dos colegas e professores. No término das aulas Elisete o esperava saindo de mãos dadas comentando sobre o impacto causado da novidade sobre os colegas.

---

[254] infundadas?

— Puxa vida! Não esperava que um simples kipá provocasse tanta celeuma. Vou usar um boné. – Riu Fernando

— As pessoas foram surpreendidas da mesma forma que me surpreendi quando você falou a primeira vez com o rabino. Na verdade, achava que tinha esquecido da ideia porque nunca comentava a respeito. Pensava que tinha desistido. – Elisete falava em tom sério.

— Não desisto do que quero. – Falou Fernando secamente enquanto entrava no carro rumo ao apartamento de Elisete.

Ficaram alguns minutos conversando dentro do carro entre beijos e abraços. Ela abriu a porta despedindo-se marcando um novo encontro.

— Shalom! – Falou Fernando acenando com a mão enquanto Elisete respondia a saudação hebraica beijando as pontas dos dedos sorrindo.

Ao dar a partida no carro lembrou-se das obrigações das rezas vespertinas. Sentiu naquele momento uma enorme satisfação em saber que fazia parte do Povo Escolhido.

CAPÍTULO 34

O escritório estava movimentado com as pessoas se deslocando de um lado para outro ao som do barulho da máquina de telex que não parava, enquanto o operador levantava-se constantemente levando as mensagens que chegavam ao chefe da secção de inteligência.

Guilherme estava concentrado na leitura do interrogatório de Felipe, concluindo que um dos suspeitos que havia estado no bar em Taguatinga era o mesmo do retrato falado, conforme as características confrontadas com as informações da vendedora de cosméticos. Ele não tinha dúvidas que o assassino havia tramado a morte de Waldir para evitar ser descoberto e que Felipe havia fornecido inocentemente as informações sobre a vítima ao astucioso assassino. Estava no inicio das investigações e sua mente não tinha ideia de como tinha sido armada a emboscada do sargento.

Faltavam minutos para o almoço quando chegou a informação da polícia que o marginal assassinado era foragido da polícia da Paraíba, acusado de assassinatos, roubo de carros e trafico de drogas que segundo o informe o marginal operava na Ceilândia.

Guilherme sabia apenas que as duas execuções tinham sido perpetradas pela mesma arma por um profissional frio inteligente capaz de premeditar todos os detalhes sem deixar pistas. Imediatamente solicitou os agentes da equipe para levantar informações nos principais pontos de consumo e distribuição de drogas da cidade-satélite com a missão de identificar os contatos do bandido assassinado e área de atuação solicitando rapidez nas ações.

Após a saída da equipe saiu para almoçar em casa com sua mãe um hábito que mantinha somente interrompido em casos extremos. Apesar dos seus trinta anos não tinha nenhuma disposição para casar, mesmo recebendo estímulos da mãe que o adorava.

Abriu a porta foi logo recepcionado pela cadela pintcha que não parava de latir dando pequenos saltos de alegria. Cumprimentou a mãe com um beijo indo para o quarto despir-se para o banho costumeiro. Terminou o banho ligou a televisão enquanto esperava a mãe servir o almoço. Sentaram-se à mesa enquanto recitava uma oração de agradecimento repetida pelo filho. Terminada a refeição tomaram café saíram para fumar e conversar no pequeno alpendre da casa até chegar a hora de ir para o escritório.

Aquela rotina o fazia feliz e disposto a enfrentar as dificuldades do trabalho. Era responsável pela caçada de um dos terroristas mais procurados do mundo. Estava convicto que o duplo assassinato tinha sido de sua autoria. Precisava de mais evidências e encontrá-lo. O envolvimento com o marginal dava indícios que não tratava-se de um único elemento operando sem apoio.

Recortou uma cartolina em diversos pedaços foi até o flanelógrafo escrevendo perguntas e resumos de informações ao lado dos retratos falados. As informações eram poucas e as perguntas muitas, porém era a fase inicial. Telefonou para o desenhista da polícia para providenciar as alterações no retrato falado fornecido pelo serviço de inteligência do exército.

A cela era um cubículo com uma pequena abertura para entrada de ar, beliche, vaso sanitário e uma pia. Felipe estava incomunicável quase uma semana. Estava abatido e deprimido nada lembrando o alegre contador de 'causos' mineiro quando ouviu seu nome chamado pelo policial.

— Levanta! Tem visita.

Levantou-se claudicando apoiando-se nas grades quando os agentes aproximaram-se pedindo o policial para abrir a cela. O policial colocou as algemas escoltando-o até uma sala onde encontrava-se agentes e policiais. Felipe reconheceu o tenente que o havia prendido começando a chorar declarando inocência. Um dos agentes indicou uma cadeira para sentar-se enquanto outro sentava-se ao lado com uma prancheta, papéis e material de desenho.

— Vai falando as características do Julio para o desenhista. Ele vai preparar o retrato falado e você vai colaborar. Se prestar informações falsas vai ficar prisioneiro até o dia que mandarmos para o inferno. Portanto, fale a verdade! – Falou o tenente sentando-se em frente com a voz enérgica.

O trabalho começou com os traços rápidos do desenhista que formulava as perguntas enquanto fazia as alterações a medida que Felipe fornecia as características. Guilherme saiu da sala diversas vezes para conversar com outros oficiais. Estava convicto da inocência do suspeito que logo que terminasse o retrato falado seria libertado ficando sob vigilância.

Ao terminar o trabalho o desenhista chamou o tenente apresentando os retratos com as possíveis alterações faciais. Felipe estava atônito com a semelhança. Imediatamente, Guilherme pediu que fosse providenciado cópias de cada retrato pedindo ao policial retirar as algemas do suspeito quando Felipe descontrolou-se começando novamente a chorar. O tenente pediu aos policiais que o levasse para a casa com orientação de mantê-lo em vigilância enquanto recebia as cópias em diversos envelopes repartindo entre os agentes.

Chegando no escritório tratou de colocar os retratos no flanelógrafo ficando observando-os por alguns minutos os desenhos como estivessem vidas.

No dia seguinte foi comunicado por um dos agentes que o marginal morto trabalhava para um dos chefes do tráfico assassinado recentemente com sua amante por golpes de faca enquanto mantinham relações sexuais em um beco escuro perto de um ponto de distribuição de drogas. Era a informação que faltava para Guilherme deduzir que o assassino tinha feito uma queima de arquivos liquidando as pessoas que provavelmente o conhecia dentro do tráfico. O envolvimento com o tráfico levava a deduzir que fazia parte de uma rede mais abrangente. Sem perder tempo pediu para repassar os retratos à todos os órgãos de segurança do país.

No final da tarde os agentes da Operação Cascavel foram chegando. Eram jovens recrutados entre os melhores das corporações da Marinha e estavam extremamente motivados. Guilherme os atendia de uma forma cortês enquanto exigia os relatórios das atividades de campo.

Levantou da mesa indo ao flanelógrafo que encontrava-se na parede explicando o andamento das investigações e hipóteses surgidas com as novas informações. Após a explanação o grupo retirou-se e ele voltou ao seu lugar de trabalho.

O relatório da Polícia Federal com o a relação de passageiros era conclusivo informando apenas o nome falso utilizado pelo passageiro sem comentários adicionais. Guilherme escreveu o nome falso do suspeito em um pedaço de cartolina pregando no flanelógrafo.Qualquer informação seria objeto de análise no decurso das investigações.

CAPÍTULO 35

O final de mês era estafante na empresa. Os funcionários desdobravam-se para atender à clientela, apresentar demonstrativos e folha de pagamentos, enquanto Meira e Fernando eram constantemente acionados para solucionar problemas com clientes que não paravam de reclamar do atendimento. A situação ficava mais complicada com a presença dos vendedores pressionando a liberação dos créditos enquanto os gerentes trocavam farpas entre si pelo telefone.

Os funcionários não viam a hora de encerrar o expediente que sempre culminava com a reunião mensal de avaliação dos resultados. Meira de posse dos relatórios comentava a performance da equipe exigindo melhores números terminando com ameaças de demissões que nunca ocorriam. A filial era bem cotada perante à diretoria da empresa e todos entendiam seu comportamento habitual. Encerrou a reunião apressado dirigindo-se à sala, recolhendo o paletó da cadeira despedindo-se de Fernando com um tapa no ombro. Fernando riu pois conhecia o motivo da pressa.

Não demorou muito Carlos telefonou convidando-o à sair pois havia tempo que não se encontravam.

— Aguarde-me na entrada da faculdade. – Falou Fernando ajeitando a bolsa com os livros.

— Convide a Ana, amiga de Elisete. Perdi o telefone dela. A baixinha é muito gostosa!

— No intervalo da aula vou procurar Elisete e convidá-la.

— Certo. Estarei te esperando.

A campainha tocou sinalizando o intervalo das aulas quando Fernando saiu para procurar Elisete na sala. Os dois se abraçaram saindo de mãos dadas como namorados.

— Ficou bem de boné.É um bom disfarce para um judeu.

— Concordo com você assim não ficarei dando explicações. Vamos convidar Ana? Iremos nos encontrar com Carlos.

— Irei convidá-la agora. Onde será o encontro? – Perguntou Elisete.

— Na entrada da faculdade. Estamos combinado?

— Combinado. – Falou Elisete enquanto beijava Fernando saindo à procura da amiga.

Carlos subia os últimos degraus da entrada do prédio quando a campainha tocou encerrando as aulas. Aguardou alguns minutos quando viu as garotas com o amigo se aproximarem. Os dois se abraçaram conversando alguns minutos enquanto Ana mantinha-se silenciosa ao lado de Elisete.

— Vamos não temos tempo à perder. – Falou Fernando retirando o chaveiro do bolso apontando para o estacionamento.

— Comprou um carango? Eta! O homem é forte! – Falou Carlos rindo parabenizando o amigo.

— Onde vamos? – Perguntou Elisete.

— Sugiro o Mug's. Lá tivemos boas recordações. – Falou Carlos piscando o olho para Ana que continuava em silêncio.

— Então vamos, porém o senhor não vai ficar olhando o tempo todo para aquela piranha dos olhos azuis. – Falou Elisete com o dedo em riste apontando para Fernando.

— Não se preocupe meu bem. Meus olhos estarão sempre voltados para os seus. – Falou Fernando rindo enquanto entrava no carro.

Final de semana e mês lotavam os bares de jovens que haviam recebidos os salários não vendo a hora de gastá-los, mesmo que ficassem apertados financeiramente o resto do mês.

Os casais desceram do carro saindo de mãos dadas em direção ao bar conversando quando uma das garçonetes os conduziu à mesa que acabava de desocupar. A espera de mesa nos finais de semana era a pior parte do programa.

ENQUANTO sentavam os olhos de Fernando giravam como um periscópio à procura de Clarice que não encontrava-se no ambiente. A garçonete aproximou-se com o bloco de pedidos enquanto as jovens decidiam o que queriam.O clima era descontraído mas Carlos insistia em falar sobre a religião judaica com Fernando causando um certo constrangimento nas respostas pois julgava o ambiente inadequado para discutir o assunto.

— Porra! Vocês não têm outros assuntos pra conversar. – Falou Elisete puxando Fernando pelo braço enquanto chamava o outro casal para dançar

— Porque não? – Levantou-se Carlos tomando a mão da companheira tímida.

O discotecário revezava os ritmos num entra e sai de casais na pista de dança. Elisete gostava de músicas românticas para dançar colada com o parceiro.

— Não suporto rock vamos aguardar música para dançar agarradinho. – Comentou sorrindo enquanto fazia gestos balançando o corpo.

Os casais retornaram à mesa trocando beijos dando pausa apenas para tomar uns goles de bebida recomeçando os carinhos. Carlos tinha colocado o copo na boca quando viu Clarice entrar com um pacote nas mãos acompanhada de um homem alto e gordo parando na porta observando alguns minutos o movimento do bar. Clarice dirigiu-se ao balcão acompanhada pelo gerente descendo a escadaria que dava acesso ao subsolo voltando vestida no avental de trabalho.

O homem jogou a ponta do cigarro no chão retirando-se. Era Farid, o dono da casa. Ao vê-lo sair Carlos discretamente cutucou a perna do amigo logo compreendendo o sinal. Fernando por um momento ficou desconsertado com a atitude do amigo virando-se discretamente em direção ao balcão de atendimento. Ao vê-la surgiu uma sequência de recordações desde o encontro com Ramzy até primeira vez que trocaram palavras combinando um encontro que nunca ocorreu. Carlos continuava beijando abraçando Ana sem preocupar-se com o que ocorria em sua volta quando começou a tocar músicas românticas saindo os pares apressados à pista de dança.

— Vamos nessa? – Falou Elisete convidando Fernando.

O casal entrou na pista envolvendo-se com a música em abraços e beijos demorados sussurrando palavras carinhosas nos ouvidos. Fernando não descuidava de olhar para Clarice que movimentava-se com rapidez no atendimento dos clientes. Ele foi conduzindo-a nos passos da dança em direção à jovem que aproximava-se com a bandeja ficando frente à frente trocando piscadas de olhos enquanto sorria mostrando os dentes que brilhavam na luz negra.

Terminou a música sentaram-se sob protestos da companheira que insistia em continuar. Ao sair da pista percebeu que Clarice conversava com a garçonete que atendia sua mesa colocando algo no bolso do avental. Elisete conversava animadamente com Carlos e Ana quando a garçonete se aproximou por trás do casal. Carlos deu um leve toque na perna de Fernando que voltou-se acompanhado pelo olhar de Elisete.

— Estão bem servidos? – Era a voz de Clarice.

— Traga-me um prato de tira-gosto e mais duas cervejas. Por favor! – Respondeu Fernando que não conseguia esconder a satisfação quando a jovem retirou do bolso do avental o bloco de pedido fazendo anotações.

— Fernando vou perguntar a esta piranha se ela trabalhou na secretaria. Tenho certeza que a vi conversando com o cara que fui na despedida com a minha chefe. Não tenho dúvida que era a própria. – Falou Elisete demonstrando ciúmes enquanto Fernando sorria cinicamente do comentário.

Elisete mantinha o tempo todo abraçada com Fernando e de vez enquanto lançava olhares à Clarice como protegendo-o da investida da jovem. Clarice chegou com a bandeja para servi-los e ao terminar foi se retirando sorrindo colocando-se a disposição da mesa.

— Você trabalhou na secretaria de educação? – Perguntou Elisete fingindo amabilidade.

— Não. Este é meu primeiro trabalho em Brasília. Sou do interior do Goiás. – Respondeu a garçonete olhando fixamente para Elisete enquanto desculpava-se saindo em seguida para atender outro cliente.

— Você viu os olhos da inocente? Tenho certeza que era ela no item de memória fisionômica sou muito boa. – Elisete falava olhando para Fernando que continuava fingindo que não era seu interesse.

A situação não estava agradável para o casal. Fernando mostrava-se irritado com a demonstração de ciúmes quando levantou o braço pedindo a conta.

— Já quer ir embora? – perguntou Carlos

— Quero. Amanhã tenho que trabalhar e não posso exceder-me no álcool porque estou dirigindo. Respondeu Fernando ajeitando o boné na cabeça.

— Você quer ir agora Carlos? Podemos tomar um taxi. Que tal? – Falou Elisete em tom sarcástico.

Carlos não sabia o que fazer então sugeriu ao amigo aguardar um pouco para saírem juntos. Fernando aceitou a proposta e levantando-se foi até a porta de saída. Estava acendendo um cigarro quando Elisete chegou desculpando-se agarrando em sua mão convidando a retornar à mesa. Ele a olhou fixamente pedindo para aguardar alguns minutos. Estava irritado com o ciúme demonstrado pela companheira. Clarice observava tudo que se passava entre o casal ao lado do balcão aproveitou a oportunidade aproximando-se discretamente de Fernando jogando um bilhete dobrado em sua direção, o que fez esperar alguns segundos para apanhá-lo retornando à companhia dos amigos.

— Tudo bem agora? – Perguntou Carlos

— Não esquentem! – Respondeu Fernando olhando para Elisete.

O clima não parecia o mesmo entre os amigos.Carlos continuava aos beijos com Ana enquanto Elisete tentava contornar a situação com Fernando que se mantinha em silêncio quando a conta foi apresentada por Clarice. Ele agradeceu enquanto Carlos fazia a divisão da conta entre os casais chamando para o pagamento da conta

— Muito obrigado. Fomos bem atendidos brevemente voltaremos. – Falou Fernando enquanto piscava o olho para garçonete que sorria afastando-se com a bandeja.

Os casais saíram em direção ao carro mais descontraído porém Fernando se mantinha calado. Aos poucos os casais se desfizeram indo cada um para suas casas quando Elisete sugeriu irem para um motel.

— Desculpe-me mais prefiro ir para casa. Vamos deixar isto para uma próxima oportunidade....se houver.

— Peço desculpas mais uma vez não vamos brigar mais pelo que aconteceu. – Elisete falava com a voz triste enquanto descia do carro despedindo-se com um beijo enquanto Fernando aceitava as desculpas com um sorriso. Ao chegar no apartamento encontrou o amigo dormindo então dirigiu-se ao quarto tirando do bolso o bilhete começando a despir-se vestindo em seguida o pijama. Sentou na cama abrindo o bilhete devagar como num sorteio lendo várias vezes sem acreditar no que estava escrito. Finalmente iriam encontrar-se restava apenas aguardar o dia tão esperado.

CAPÍTULO 36

O homem moreno e corpulento abriu a porta do taxi para Clarice entrar com o pacote indicando em seguida o endereço ao motorista. Desceram do taxi enquanto o homem que acompanhava aguardava do lado de fora do hotel. Entregou rapidamente a encomenda sem trocar palavras retornando ao taxi dessa vez sem a presença do indivíduo mal encarado.

Retornou ao apartamento sentindo a ausência de Abud que encontrava-se viajando sem comentar o destino ou data de retorno. Ela sentia aliviada com a ausência do parceiro, ao mesmo tempo preocupada em saber que Farid havia indicado um homem para acompanhá-la, concluindo que poderia estar sendo vigiada. Pensou por diversas vezes procurar Flavio para ajudá-la, porém o seu orgulho falava mais alto. A situação estava se tornando complicada e cada vez mais envolvida com o trafico de drogas, sentindo que suas chances de escapar diminuíam a medida que o tempo passava. Estava encurralada porém teria que buscar uma saída urgente, pois sua vida estava correndo risco. A aproximava a hora de ir para o cursinho. Entrou no quarto despiu-se e foi para o banheiro ficando um longo tempo debaixo da água que escorria pelo corpo enquanto pensava nas possibilidades de uma eventual fuga. Aprontou-se rapidamente em seguida foi a cozinha preparar um lanche rápido. No meio da refeição a campainha tocou duas vezes levantou-se apressadamente dirigindo-se à porta olhando através do olho mágico. Era Farid que tocava. Abriu a porta cumprimentando.

— Bom dia seu Farid!

— Bom dia Clarice! Esta de saída? Podemos conversar um minuto?

— Claro! Estou de saída para o cursinho. – Falou Clarice apontando o sofá convidando à sentar-se.

— Não vou perder seu tempo. Irei promover uma festa em uma granja em Goiânia para autoridades e gostaria que fosse uma das garotas para trabalhar como recepcionistas dos convidados. – Falou Farid enquanto deslizava o olhar no corpo da jovem.

— Agradeço o convite porém não tenho roupa adequada para sair à noite e não tenho dinheiro para comprar roupas finas.

— Quanto as roupas vou deixar dinheiro suficiente para a compra conforme o seu gosto preferencialmente de grifes. Você é linda e ficará mais ainda com roupas finas. Qual é sua resposta?

— Concordo.

Farid abriu a carteira entregando uma soma considerável ao mesmo tempo que pedia para ficar com o troco marcando o dia e a hora que o motorista iria buscá-la.

— Vou lhe dar carona até o cursinho. Não chegue atrasada e trate de providenciar urgente as roupas. – Farid falava enquanto ela fechava a porta do apartamento.

Faltava alguns minutos para o encontro marcado Fernando andava de um lado para o outro. Acendeu um cigarro olhando para todos os lados. Imaginava o sorriso e os belos olhos azuis cumprimentando enquanto saia para algum restaurante ou cinema. Havia passado a hora do encontro ficando mais ansioso. Olhou para o relógio e Clarice não chegava havia saído mais cedo do trabalho e se aproximava a hora de retornar. Ele passou a mão sobre o rosto e soltou um palavrão. Clarice não compareceu. No retorno ao trabalho começou a pensar no que poderia tê-la feito desistir. Porém, não iria desistir algo teria acontecido para que não tivesse comparecido ao encontro. Ficou pensando nos comentários de Elisete e no homem que havia mencionado que poderia ser seu amante ou esposo. Lembrou-se das respostas e do seu rosto ao ser arguida. Algo estava errado e ele iria saber as razões que levou a faltar ao encontro. Não gostava de fazer papel de idiota. Começou a trabalhar tentando apagar da mente a decepção do encontro. Aproximava o final do expediente quando ligou para Elisete.

— Oi, Elisete! Tudo bem?

— Tudo bem e você? Vai a faculdade hoje?

— Não sei. Estou com muito trabalho para terminar e tenho apenas a primeira aula. Sabe o nome da pessoa que participaste da cerimônia de despedida na secretaria?

— Não me lembro mas posso informar-me e responder dentro de alguns minutos. Espera no telefone?

— Aguardo.

Em poucos minutos veio a resposta de Elisete que aproveitou para marcar um encontro na faculdade caso fosse para aula. Fernando agradeceu marcou para o dia seguinte. Iria ficar na empresa até atualizar os trabalhos pendentes. Estava atônito com a resposta amiga. O nome do chefe que havia se despedido era Ramzy e as características eram as mesma do pseudo jornalista freelance. Duas horas depois ele saiu da empresa com todo trabalho atualizado. Estacionou o carro na vaga do prédio que morava e foi direto para um barzinho que ficava na esquina da quadra comercial. Sentou-se pediu ao garçom uma caipirinha que foi atendido rapidamente quando começou a lembrar de Ramzy desestimulando um encontro com Clarice após o expediente, em seguida convidando-o a beber em outro lugar. Ele havia mentido e tudo leva a crer que Elisete tinha razão. Estava decidido em continuar em busca das explicações para os fatos. Voltou para o apartamento encontrando o amigo que estava sentado no sofá ouvindo musica quando começaram a conversar até que o sono se aproximou de Resende retirando-se para o quarto. Fernando ainda ficou na sala alguns minutos preparando-se para dormir. Abriu a Bíblia Hebraica e começou a ler até o sono chegar.

A granja era um lugar afastado da cidade e ficava em lugar aprazível arrodeada por um grande muro que protegia toda a propriedade. A mansão de arquitetura moderna embelezada por jardins de flores variadas parecia cenário de Hollywood. Um recanto maravilhoso. Farid de calça de linho branco, camisa amarela com mangas compridas semiaberta no peito aguardava com um copo de uísque os convidados. Na entrada do vasto salão as garotas conversavam na espera dos ilustres convidados. Todas lindíssimas e bem vestidas. Pouco a pouco foram chegando os ilustres convidados nos seus carros pretos com chapas brancas. Eram senadores, deputados federais e um governador nordestino. As garotas sorriam na entrada dos visitantes conduzindo-os ao salão. Os convidados trocavam abraços e apertos de mãos com Farid enquanto uma pequena orquestra animava o ambiente. Farid chamou uma das garotas que foi logo sentando no seu colo sem nenhuma inibição, enquanto as outras se aproximavam dos convidados agarrando-se aos pescoços ou sentando-se nos colos. Clarice não sabia o que fazer diante da situação estava surpresa diante do que via.

O mais velho do grupo era um senador conhecido pela suas aventuras amorosas e negociatas. Uma velha raposa política. Aproximou-se de Clarice com um copo de uísque entregando em sua mão, enquanto elogiava sua beleza. Educadamente Clarice rejeitou a bebida enquanto o velho senador tomando-a pela mão convidou-a a sentar-se ao seu lado. Farid fingia que não observava. O ambiente estava cada vez mais descontraído e as garotas mais desinibidas. Farid o primeiro a levar sua acompanhante para dançar em seguida os casais foram acompanhando. Clarice continuava sentada ao lado do senador que pela idade não mostrava motivação para a dança.

— Você é de onde minha filha?

— Sou do Goiás.

— Mora quanto tempo em Brasília?

— Alguns meses e trabalho com seu Farid. – Respondeu Clarice timidamente.

— Você é muito bonita. Tenho um emprego para você no meu gabinete. – Falou o senador em seu ouvido.

— No momento não posso pois trabalho com seu Farid e ele têm sido muito bom para mim.

— Vou falar com o Farid para lhe liberar. – Falou o senador enquanto alisava sua mão.

O clima estava animado entre gargalhas, beijos e abraços que não cessavam. Foi quando uma das garotas começou a fazer strip-tease acompanhada pela orquestra, sendo aplaudida pelo grupo. Imediatamente as outras garotas foram tirando a roupa sendo apalpadas e beijadas pelo corpo inteiro por seus parceiros. Os homens de cuecas mostravam suas barrigas sendo acariciados pelo seu poder e dinheiro. A bacanal tinha começado. O senador tomou Clarice pelas mãos foi saindo em direção um dos quartos da mansão. Sentou-se em uma das poltronas começando a conversar com Clarice que tentava estender cada vez mais a conversa. Demoraram bastante tempo conversando enquanto tentava impressioná-la com seu charme ultrapassado. A idade não permitia usar a agressividade tinha que demonstrar uma certa diplomacia para a conquistar. Era a estratégia que usava na política. De repente começou a elogiar a beleza e o corpo escultural da jovem pedindo para mostrá-lo enquanto sorria mostrando a dentadura suposta que o fazia parecer uma figura caricata. Não tinha opção, pois se resistisse as consequências poderiam ser piores. Começou a tirar o vestido ficando de soutien e calcinha, foi se aproximando devagar sob o olhar do velho que parecia devorá-la. Cercou-se de sua cabeça começando alisar os cabelos passando carinhosamente os dedos em seu rosto, desabotoando a camisa e a calca, enquanto ele procurava envolvê-la em seus braços. Ela foi ajoelhando-se retirando o pênis da cueca, agarrando firme, começou a movimentá-lo à princípio devagar acelerando o ritmo apertando com força cada vez mais rápido enquanto pedia para parar mais ela aumentava o ritmo obrigando-o a dar fortes empurrões e batê-la em sua cabeça.

— Para! Para! – gritava o senador se contorcendo de dor.

Ela agarrou pela cabeça com força foi beijando na boca quase deixando sem respirar enquanto ele agarrava pelos punhos para soltar-se. Ela gritava fingindo de histérica tentando abraçá-lo enquanto ele tentava se esquivar.

— Você é louca! louca! – Gritava dentro do quarto enquanto caminhava com as roupas em direção ao salão.

Ao chegar no salão todos estavam nos quartos apenas os serviçais trabalhando na limpeza e na cozinha. A orquestra já tinha ido embora e o silêncio reinava. Não demorou para vestir-se e chamar o motorista. Clarice da janela observava o carro partir imaginando a raiva que o velho deveria estar. Deu um sorriso ficando a imaginar as consequências.

Ao amanhecer os casais foram saindo dos quartos. Farid os aguardava com as trocas de amabilidades e promessa de um novo encontro se reiteravam enquanto despediam-se com abraços e sorrisos em direção aos carros que os aguardavam. Estavam prontos mais uma vez para prestar os bons serviços aos contribuintes que pagavam seus salários e orgias. As garotas estavam prontas para ser levadas aos seus endereços e algumas para o aeroporto embarcando aos seus destinos. Clarice foi se aproximando do grupo de jovens enquanto Farid agradecia cada uma entregando os envelopes contendo o pagamento pelos serviços prestados.

— Tudo bem Clarice? E o senador?

— Tudo bem. Não demorou muito.... parecia cansado. – Ela sorriu enquanto Farid dava instruções ao motorista para deixá-la em seu endereço.

Sentou no sofá relembrando tudo que tinha visto e passado poucas horas atrás começando a chorar. Não iria enveredar na prostituição preferia correr o risco de fugir e ser morta. Foi quando lembrou-se do encontro com Fernando. Ela precisava de alguém para apoiá-la e havido desperdiçado uma oportunidade. As poucas vezes que se viram sentiu-se atraída pelo seu jeito que transmitia segurança e a forma que ele a olhava. Não deixaria fugir outra oportunidade mesmo sabendo que correria perigo.

O Shabat é um dia sagrado para o judeu observante. Fernando obteve autorização da diretoria da faculdade para não frequentar as aulas das sextas-feiras devido o horário do shabat que se estende até da tarde da sexta até o inicio da noite do sábado. Não teve problema em conseguir a autorização uma vez que no final do mês terminaria o curso. Esperou o término do shabat e preparou-se para sair com seu amigo Resende. Desceram para o estacionamento quando Fernando sugeriu saírem um único carro. A preferência caiu sobre o carro de Resende que era mais econômico em combustível. Entraram no fusca saindo em velocidade em direção ao Conjunto Nacional. Ficaram bastante tempo passeando olhando as vitrines das lojas e livrarias quando Resende sugeriu tomar um chope gelado.

— Porque não vamos no Mug's? Você não conhece....é gostoso. – Falou Fernando tentando convencer o amigo.

— Ok. Vamos lá!

Deram algumas voltas percorrendo as lojas sob protestos de Fernando ao amigo consumista por excelência. Entraram no carro direto para o Mug's. Os sábados não tinha o movimento das sextas porém sempre bem frequentado. Sentaram-se e chamaram a garçonete que foi logo apresentando o cardápio. Fernando pediu uma caipirinha e o amigo uma cerveja acompanhada de tira-gostos. enquanto Resende tecia elogios ao ambiente Fernando dirigia seus olhares para Clarice que encontrava-se atendendo a clientela no fundo da casa. A garçonete chegou com a bandeja e começou a servir colocando os pratos na mesa. Fernando esperou colocar o copo de caipirinha sobre a mesa e foi logo perguntando a garçonete:

— Como chama o nome do proprietário da casa? Frequento a bastante tempo e não sei o nome do dono. – Falou sorrindo.

— É o seu Farid. Mais quase não anda por aqui e quando vem segue direto para o escritório e não demora muito. O gerente é que toma conta de tudo.

— Muito obrigado. Gosto muito daqui e sempre trago meus amigos.

— Já te vi diversas vezes e a última troquei com Clarice para atendê-lo – Falou sorrindo enquanto caminhava para o balcão.

Resende não parava de comentar sobre duas garotas que acabavam de chegar desacompanhadas. Não perdeu tempo em poucos minutos estava sentado com as garotas, enquanto fazia sinal para o amigo para aproximar-se da mesa. Fernando tomou o resto da caipirinha chamando a garçonete pedindo outra. Clarice ao vê-lo ficou preocupada procurando despistar seu nervosismo. Estava com receio que Fernando fosse para tomar satisfações sobre o encontro que havia marcado. A garçonete se aproximava com a caipirinha quando tirou do bolso do avental uma pequena folha de papel dobrada jogando no chão. Ele olhou para os lados apanhando rapidamente e colocando no bolso foi em direção a mesa do amigo. Resende apresentou as garotas enquanto pedia a garçonete a transferência das despesas para a nova mesa. A garçonete chegou para atende-los enquanto Fernando pedia um pedaço de papel e caneta escrevendo uma mensagem com número de telefone.

As garotas pediram Campari enquanto Fernando e Resende mantinham suas bebidas preferidas. Resende procurava diverti-las ao máximo contando piadas e fatos engraçados que as faziam rir. Fernando se mantinha distante apenas ria algumas vezes para não contrariar o amigo. A garçonete chegou com as bebidas e as garotas já foram fazendo um novo pedido. Ele tomou uns goles da caipirinha e saiu em direção ao banheiro ao encontrar a garçonete que os servia entregou o bilhete discretamente. Ela rapidamente colocou no bolso do avental saindo para o balcão. Fernando entrou no banheiro e foi logo lendo o bilhete. Releu e rasgou colocando os pedaços no vaso sanitário. O bilhete havia deixado confuso ela queria o encontro porém era perigoso para ambos. Chegou na mesa onde os três riam e ele continuava como se estivesse em outro mundo.

— O que você tem? – Perguntou uma das garotas.

— Estou em período de menstruação. – Respondeu Fernando rindo.

— Você é tão calado!

— Estou pensando na minha prova final na segunda. Vou formar-me no final do mês e tenho apenas amanhã para estudar.

— Não te preocupe amanhã é outro dia. – Aconselhou uma das garotas enquanto piscava o olho entornando o copo de Campari.

— É verdade. Vou seguir seu conselho. – Falou Fernando sorrindo.

Mal terminou de falar quando se aproximaram dois rapazes cumprimentando as garotas que sem nenhuma cerimônia saíram de mãos dadas para dançar. Resende passou a mão na cabeça careca olhando para Fernando riu chamando a garçonete.

— Vou pagar nossas despesas a das garotas é problema delas e deles. Não sou otário. – Falou Resende enquanto a garçonete fazia o cálculo da conta.

ENQUANTO saiam ele olhou discretamente para dentro do salão viu Clarice acompanhando com o olhar enquanto Resende continuava irritado com as garotas.

CAPÍTULO 37

O interfone tocou na mesa de Guilherme. Imediatamente dirigiu-se a sala do chefe que o chamava para entregar a mensagem que acabava de receber. Ele foi lendo enquanto o chefe comentava o conteúdo expressando preocupação. A CIA acabava de confirmar a atuação de uma rede terrorista operando no Brasil com o comando em Paris. Eles não tinham mais duvidas do que os elementos suspeitos pertenciam a organização terrorista que não estavam operando isolados no território nacional. Necessitavam de ações eficazes e não tinham tempo à perder para estabelecer o cerco. As equipes de agentes se movimentavam rápido em busca de informações porém não obtinham os resultados esperados.

Fernando estava de pé abrindo uma gaveta do arquivo metálico quando a recepcionista comunicou a presença de uma pessoa que o esperava na antessala.

— Peça para aguardar um minuto. Por favor!

Terminou de concluir a tarefa quando abriu a porta da antessala cumprimentando o visitante que o aguardava.

— Bom dia! Não esperava revê-lo. – Falou Fernando enquanto estendia a mão ao visitante.

— Bom dia! Podemos conversar em outro lugar?

— Um instante que vou comunicar o gerente a minha ausência. Um momento!

Meira estava ocupado atendendo um cliente quando Fernando aproximou-se comunicando a ausência por alguns minutos recebendo de imediato autorização. O horário era inconveniente para ausência de funcionários. Ele agradeceu a autorização com promessa de retornar o mais rápido possível. Dirigiu-se a saída da empresa acompanhado pelo visitante enquanto pedia desculpas pela a exiguidade do tempo. Guilherme não tinha tempo a perder e foi direto ao assunto.

— Tenho em mãos um retrato falado e gostaria de saber se viu este individuo rondando a faculdade ou adjacências. – Falou Guilherme enquanto tirava da pasta as copias do retrato com varias alterações.

Fernando olhou uma a uma parando alguns segundos para observar detalhes procurando na memória alguém que tivesse visto com aquelas características.

— Fica difícil identificar em função da quantidade de alunos com características semelhante. – Respondeu Fernando enquanto balançava a cabeça em sinal negativo.

— Este é o provável assassino do sargento seu amigo. – falou Guilherme com convicção.

Havia tempo que não pensava no assassinato do amigo e de repente ressurgiu na lembrança alguns fatos coincidentes na época da morte de Waldir mas que cabia associar ao crime. Lembrou-se do encontro de Ramzy no Mug's e do bilhete de Clarice alertando sobre o de perigo que ambos poderiam sofrer num possível encontro.

— Poderemos marcar um encontro hoje para conversarmos? – Falou Guilherme enquanto guardava os retratos na pasta.

— Claro! Pode marcar o local. Estarei a sua disposição.

O encontro foi marcado no intervalo do almoço na entrada de um prédio de um banco público. Guilherme aguardava ansioso devido o pouco tempo que teria de almoço com mãe. Fernando chegou cumprimentando indo direto ao estacionamento. Encostou-se em um dos carros enquanto Fernando começava a falar:

— Estive diversas vezes em um barzinho tentando aproximar-se de uma garçonete, que diga-se de passagem linda. Um dia antes da morte de Waldir, estava com um amigo quando conheci um homem que dizendo-se jornalista. Na ocasião deu-me o número de telefone para nos encontrar e diversas vezes tentei telefonar, pesquisei em jornais artigos em seu nome nada encontrando. Uma das vezes fui com uma amiga que afirmou que a garçonete tinha sido vista em sua repartição conversando com um homem que por coincidência tinha o mesmo nome do jornalista. Recordo-me que quando o encontrei esperava alguém para contratar como seu assistente. E mais, a garçonete mentiu sobre o trabalho na repartição e que desconhecia o homem que havia se encontrado. Ontem marcou um encontro e não compareceu. A noite fui procurá-la quando recebi um bilhete desestimulando um novo encontro pedindo para nos afastar que estaríamos correndo perigo de vida. Achei estranho o nome do proprietário e o suposto jornalista terem nomes árabes – Fernando deu uma pausa enquanto Guilherme registrava algumas anotações com a testa franzida.

— Vamos analisar suas informações. Parece-me mais da alçada policial uma vez que existe potencialmente perigo de vida. Mais alguma coisa?

— Não. Caso tenha algo interessante voltarei a comunicá-lo. – Houve o aperto de mãos de despedida enquanto Guilherme apontava o dedo indicador em sua direção sorrindo.

O pitincha ladrava desesperadamente quando se aproximou alguns metros da porta. Sua mãe já havia posta a mesa quando chegou beijando-a na teste. Cumpriu os hábitos costumeiros após o almoço ligou a televisão deitando-se no sofá colocando a cabeça no colo da mãe. Era filho único de uma viúva que trabalhava em uma repartição pública servindo café e fazendo limpeza há bastante tempo. Ele sentia-se responsável por ela e dos proventos da casa. Vinha fazendo isto a bastante tempo desde que começou a trabalhar substituindo o pai que faleceu em um desastre automobilístico. Como sempre deu carona para a mãe até a repartição dirigindo-se ao trabalho. No caminho começou a pensar em tudo que Fernando havia dito tentando associar as informações ao assassinato do sargento seu amigo. Chegou na repartição pedindo um dos funcionários para preparar um dossiê sobre Fernando com urgência. Ele tinha que ter certeza da confiabilidade da fonte e que não poderia descartar qualquer possibilidade que ligasse ao crime e os suspeitos procurados.

Dias depois encontrava-se o dossiê sobre a mesa. Ele lia tomando anotações que as considerava relevantes em uma pequena caderneta. Era um hábito que mantinha desde a escola primária. Nunca esquecia os detalhes dos fatos. Entrou na sala do chefe levando o dossiê na mão, sentando-se começando a relatar as informações resultadas contato com Fernando. Entregou o dossiê ao chefe que foi lendo fazendo alguns comentários.

— Este rapaz trabalhou em informações na DSI/MIC demitindo-se alegando buscar oportunidades no setor privado. Falou o chefe fazendo cara de reprovação.

— O senhor acha que poderemos expor uma nova situação e recrutá-lo? Ele mostrou-se determinado em descobrir as causas e os prováveis assassinos do Waldir. Pessoalmente, achei muito seguro nas suas ponderações se enquadra no nosso perfil. E estamos precisando de elementos para trabalhar na Operação Cascavel. Complementou Guilherme tentando persuadir o chefe.

— Ok. Faça a tentativa.

Ele agradeceu foi sentar-se e abrindo a caderneta de anotações começou a escrever e recortar pedaços de cartolina para expor no flanelógrafo. O círculo de informações fechava-se porém estava longe do ponto central.

A alegria reinava no corredor debaixo da gritaria dos alunos no último dia de aula do curso de administração faltando apenas a diplomação que seria realizada em poucos dias para coroar os esforços durante os anos de estudos. Fernando estava feliz por ter conseguido aprovação com médias excelentes em todas as matérias e estava livre do compromisso da noite. Poderia dedicar-se aos estudos judaicos descansar algum tempo recuperando as energias despendidas nos últimos anos da faculdade. Distribuía sua felicidade com seus colegas de classe. Foi quando pensou em Waldir que por muito tempo sentava-se ao seu lado e que poderia ter realizado seu sonho. Os alunos estavam animados organizando o encontro em um restaurante para comemoração do último dia do curso. Elisete ao lado não desgrudava do braço de amigo beijando e acariciando sua cabeça. Ele foi despedindo dos amigos prometendo encontrar-se no local programado. Na saída do prédio ficou surpreendido com a presença de Guilherme que sorrindo o cumprimentou como formando ao mesmo tempo que estendia a mão para Elisete que retribuiu o aperto de mão.

— Você tem alguns minutos para conversarmos em particular?

— Claro. – Respondeu Fernando enquanto pedia licença para falar com o amigo em particular.

Os dois dirigiram-se alguns metros para não serem interrompidos quando Guilherme falou objetivamente sobre a possibilidade de recrutá-lo para o serviço de inteligência informando as condições e o treinamento exigido para o inicio do trabalho.

— Agradeceu o convite mais gostaria de pensar na proposta. Prometo que darei uma resposta o mais breve possível – Falou Fernando enquanto retornava à roda de amigos.

Guilherme agradeceu a resposta e retornando ao lugar que Elisete encontrava-se a cumprimentou com um aperto de mão saindo em direção do estacionamento.

— Quem é este rapaz?

— É um amigo formado em administração que veio dar umas dicas de emprego na empresa multinacional que trabalha.

— Interessante! – Falou Elisete enquanto o beijava no rosto.

CAPÍTULO 38

Os homens entraram correndo no bistrô com medo do frio parisiense que fazia as pessoas andarem mais rápido do que de costume. Retiraram os sobretudos, luvas e chapéus sentaram-se próximo a vidraça que podiam enxergar o movimento da rua, inclusive da loja de tapetes que da esquina. Conversavam em tom discreto enquanto comiam quando um deles sacou do paletó papel e caneta começando a descrever o plano de ação sempre com os olhares dirigidos à rua. O que aparentava ser o mais velho pagou a conta retirando-se enquanto o outro permanecia fumando saboreando o café. De repente, o homem retornou dando um leve toque na vidraça o que fez sair rapidamente vestindo o sobretudo e calçando as luvas.

Poucos metros da loja uma furgão de serviços de mudanças estava estacionada. O motorista e dois auxiliares de macacões com logotipos da empresa aguardavam ansiosos à ordem de transportar a mercadoria. Rapidamente os homens do bistrô atravessaram a rua entrando na loja de tapetes retirando as armas apontando para o homem de barrete, que surpreso esbravejava em árabe, eNQUANTO o outro entrava no escritório com a arma na mão. O de barrete ameaçou sacar o revólver da gaveta do balcão quando recebeu dois tiros certeiros sem tempo de pegar a arma.

Em pouco segundos entraram no escritório encontrando a caça sem esboçar reação. Os homens enquanto apontava as armas procurava-o acalmar falando em árabe. Estava indefeso quando recebeu um potente soco no estômago e uma coronhada na cabeça desmaiando em seguida. Imediatamente o amordaçaram enquanto o grupo da furgão descia rapidamente enrolando o sequestrado em um tapete. A operação foi rápida e eficiente. Em minutos estavam a caminho de Villieres-le-Bel na periferia de Paris.

A neve cobrindo as árvores dava um aspecto bucólico à paisagem rural. Os sequestradores desceram da furgão debaixo do frio intenso retirando o pesado tapete levando para dentro da casa. Desenrolaram com cuidado para não machucar o corpo em seguida libertaram os pés conduzindo-o encapuzado para um quarto no fundo da casa onde foi encarcerado até a chegada dos interrogadores. O grupo reunido na lareira aguardava os outros companheiros esfregando as mãos na lareira. Pouco mais de meia hora chegaram diretos se aquecerem na lareira. Um deles foi à cozinha trazendo xícaras de chá quente enquanto bebiam e conversavam sobre o estado do prisioneiro. Os recém-chegados levando cadeiras dirigiram-se ao quarto onde encontrava-se o prisioneiro. Sentaram-se ao lado da cama começando o interrogatório.

— Qual é o seu nome?

— Jean Clementi – Respondeu o prisioneiro.

— Qual é o seu nome verdadeiro?

— Jean Clementi

— Não é Jean Clementi. Vou falar em alguns nomes para lembrá-lo: Tamara, Nadja e Rachid. São pessoas do seu relacionamento?

Por um momento o homem não respondeu apenas notava-se nervosismo pelo movimento das pernas quando retiraram o capuz seus olhos estava lagrimejando. O mundo desabara em sua cabeça sua mulher e seus filhos eram intocáveis. Então sentiu que tinha perdido a batalha.

— Quem são os contatos no Brasil e em Paris? E onde se encontram? Vamos lá! Sua mulher e filhos serão poupados se falar a verdade. – Falou um dos interrogadores em árabe.

Ele não tinha mais forças e implorando pelos filhos revelou os contatos e detalhes das operações que comandava no Brasil e suas ligações com outros grupos terroristas. Toda a conversação era gravada e a medida que as perguntas eram feitas os interrogadores ficavam surpresos com os métodos e a extensão da rede. O interrogatório tinha sido cansativo e minucioso nos detalhes. Eles tinham cumprido a missão com eficiência.

— Vamos abandonar o local e retornar à Paris. – Falou o chefe da operação um homem moreno de cabelos grisalhos.

Imediatamente começaram limpar as impressões digitais e indícios de suas presenças enquanto retiravam os pertences da casa. A neve era um empecilho que fazia os carros moverem-se lentamente. Já haviam percorrido vários quilômetros quando a furgão diminuiu a velocidade sinalizando parada. Os homens levaram o prisioneiro para fora da estrada até uma pequena elevação coberta de neve. Desceram cuidadosamente o pequeno monte sem perder tempo afastaram-se do prisioneiro disparando suas armas na cabeça encapuzada deixando o corpo ensanguentado estendido na neve. Ramzy tinha sido liquidado sem compaixão. A Policia francesa iria levar algum tempo para descobrir o cadáver e criar suposições sobre o assassinato.

Os homens chegaram separados no Aeroporto foram dirigindo-se aos check-out das companhias, dois tomaram destino à Berlim, dois à Tel-Aviv e um ao Brasil.

Os tentáculos do Mossad estavam se estendendo implacável a procura dos inimigos.

Um jovem de chapéu, sobretudo calça preta portando uma valise à tiracolo aguardava com o carrinho de bagagens a mala chegar pela esteira. Era alto, magro de barba com duas pequenas tranças sobre as orelhas. O típico judeu ortodoxo. Colocou a mala sobre o carrinho dirigindo-se ao box de estrangeiros para exame de passaporte pela Policia Federal brasileira. O passaporte foi apresentado a autoridade em poucos minutos tinha recebido o carimbo autorizando a entrada de estrangeiros. Um casal de judeus o aguardava na área de desembarque. Ao vê-lo cumprimentaram-se saindo rumo ao estacionamento conversando em hebraico.

A medida que se afastava do aeroporto mais ficava surpreso com a pujança da cidade. São Paulo havia surpreendido pelo seu aspecto metropolitano. Ele conhecia o futebol, o samba e o português não era estranho. Tinha nascido no Uruguai seus pais haviam residido em uma cidade fronteiriça sempre passando férias nas praias brasileiras. Ia completar quinze anos quando resolveram imigrar para Israel com medo da ditadura militar nunca mais retornando ao Uruguai. O casal o conduziu para um hotel no Bom Retiro, o bairro judeu demorando na portaria o suficiente para o preenchimento da ficha do hotel e trocar algumas gentilezas quando os homens se despediram com um aperto de mão. A viagem tinha sido cansativa devido as horas de vôo precisando repousar, os últimos dias tinha sido tensos e logo mais teria que mergulhar na nova missão.

A aeromoça anunciava o vôo panorâmico sobre o Rio de Janeiro enquanto os passageiros aproximavam-se das janelas contemplando as belezas da Cidade Maravilhosa. O aeroporto estava lotado quando saiu com o carrinho conduzindo a mala até o ponto de taxi sob os olhares de curiosos que observavam suas vestes e tranças aloiradas que substituíam as costeletas. O motorista abriu o porta-malas solicitando o endereço com um olhar curioso.

— Por favor! Leve-me ao Renaissainse no Leblon – Falou em português surpreendendo o motorista que o observava através do retrovisor procurando conversar com o passageiro que demonstrava simpatia e bom humor nas respostas.

Despediu-se agradecendo ao taxista indo direto à recepção do hotel. Não demorou muito estava confortavelmente instalado no quarto sem sobretudo, paletó, chapéu e as tranças falsas. Ligou a televisão abrindo o frigobar retirou uma pequena garrafa de uísque bebendo quase de único gole acendendo um cigarro. Há quatros anos tinha terminado o exército posteriormente recrutado pelo Mossad em função do bom desempenho na Guerra dos 6 Dias e facilidade de sair-se bem de situações difíceis, aliado ao conhecimento de línguas, inclusive o português. Tinha sido bem preparado e gostava do que fazia.

Os dois dias no hotel se restringiu a poucas saídas para comprar cigarros em uma banca de revistas perto do hotel quase sempre despertando a curiosidade dos transeuntes. Estava encostado sobre a janela apreciando a paisagem e o movimento das pessoas e das ondas do mar quando o telefone interrompeu a contemplação. A portaria comunicava que um visitante o esperava no lobby. Não demorou muito descendo com a mala e sacola à tiracolo para fechar a conta saindo com o visitante.

A casa na Zona Sul destacava-se na vizinhança quando abriu a garagem estacionando o carro. Conversaram bastante na sala quando o anfitrião tomando pelo braço a mala e a sacola saíram rumo ao cômodo de visitas. Apresentou-se na sala de roupa de bermuda, camiseta e boné havia apagado a imagem do judeu ortodoxo. Sentaram-se a mesa enquanto o rabino rezava as bênçãos logo começaram a comer. No término da refeição rezaram a prece de agradecimento e foram sentar-se no sofá. A esposa serviu café em seguida saíram para fumar.

— Liguei para uma pessoa em Brasília que poderá lhe ajudar. Não comentei o objetivo da visita. Ao chegar entre em contato com ele é de confiança podendo ser útil em sua missão. – Falou o rabino enquanto expelia a fumaça do cigarro.

— Irei contatá-lo imediatamente ao chegar.

— A maleta de trabalho encontra-se comigo e vou entregá-lo logo mais.

Conversaram bastante tempo no alpendre onde foi fornecido o perfil do contato enquanto o homem ouvia atentamente. Faltavam poucas horas para a partida quando começou a fazer os preparativos. Tomou banho fez a barba retirou da 'maleta de trabalho' a pistola com silenciador e munições colocando-as no fundo da mala. Estava preparado para viajar. Em poucos minutos encontrava-se na estação rodoviária. Ao chegar não demoraram despedir-se enquanto dirigia-se ao ponto de ônibus com destino à Brasília.

CAPÍTULO 39

A data do vestibular aproximava-se e encontrava dificuldades de acompanhar as aulas. Tinha poucas horas da manhã para estudar. Já não sentia a motivação quando iniciou o trabalho tinha uma visão realista da situação que estava envolvida. Entrou na Kombi sem ânimo para conversar com os colegas de trabalho. Estava deprimida e insegura. Cada dia que passava mais tinha consciência que estava dentro de um circulo difícil de escapar. Suas forças definhavam-se não encontrando solução para o problema. Pensou em Flavio, buscar apoio dos pais, fugir para bem longe ou procurar Fernando. Não sabia realmente o que fazer. A Kombi foi se aproximando do prédio quando começou a despedir-se dos colegas de trabalho. Abriu a porta do apartamento encontrando Abud que fazia dias que andava sumido. Ela o cumprimentou friamente colocando a sacola sobre a mesa. Não sentia clima ou satisfação de encontrar-se em casa aquele homem não despertava nenhum interesse, senão repulsa como os outros.

— Tudo bem Clarice?

— Tudo bem e você?

— Estive em São Paulo e irei na próxima semana ao Pará.

— Já comeu? – Perguntou Clarice secamente.

— Não precisa se preocupar comi bastante.

— Então, boa noite estou muito cansada e vou dormir – Falou Clarice enquanto fechava a porta do quarto.

Trocou de roupa preparou-se para dormir. Estava sentindo fome porém não queria conversar. Apagou a luz deitando-se ficando acordada relembrando os últimos acontecimentos que havia passado. Lembrava de Farid, a orgia, o senador decrépito pensava em fugir o mais rápido possível. A presença de Abud tornava a situação mais difícil para empreender a fuga.

Possuía o dinheiro suficiente porém teria que esperar o vestibular. De repente, ouviu um leve toque na porta. Era a voz de Jorge pedindo para abrir a porta.

— Por favor Clarice quero falar com você.

— Jorge não sinto-me bem e preciso dormir. Vamos falar amanhã. – Falou com a voz de choro.

— Não vou insistir porém amanhã conversaremos. – Falou Jorge com a voz irritada.

Ouviu os passos se afastarem da porta e o medo foi diminuindo porém continuava apreensiva em saber qual seria o objeto da conversa. Tinha uma ideia do que se tratava. Aquilo era uma forma sutil de pressão psicológica. Eles precisavam dela para cobrir as atividades até o dia que não fosse mais útil então seria

eliminada. A hipótese de revelar a policia iria complicar mais ainda sua vida e caso fosse descoberta com certeza seus dias de vida estariam contados.

Foi a primeira vez que não conseguia levantar-se cedo ficando bom tempo sentada na cama sem coragem de levantar-se. Espreguiçou-se foi ao banheiro retornando ao quarto indo à cozinha preparar a refeição quando a campainha tocou e Jorge levantou-se olhando pelo olho mágico. Parou um segundo abrindo a porta para Farid que o cumprimentou começando a falar em árabe demonstrando irritação.

Clarice ouvia da cozinha a conversa dos homens em voz alta como estivessem se agredido. Ela começou a sentir medo. Sabia que algo havia ocorrido. Terminou a refeição foi lavar as louças quando ouviu a voz irritada de Farid chamando-a:

— Clarice venha aqui!

Ela foi se aproximando sob o olhar severo de Farid demonstrando medo pelo movimentos das mãos e a alteração das feições.

— Pois não seu Farid.

— O que pensa quem é? Melhor do que aquelas putas que você conheceu? Recebi um telefonema do senador que comentou o que fez com ele. Não foi bom para mim. – Farid demonstrava raiva e descontrole.

— Fiz o que ele pediu seu Farid.

— Não fez o que ele queria e não o tratou como deveria.

Partiu em direção da jovem apertando os braços com força sacudindo-a jogando-a no sofá enquanto falava em árabe com Abud que permanecia calado balançando a cabeça sinalizando concordância.

— Não tente fazer jogo comigo. No final do mês estaremos fazendo outra festinha e você será a estrela da casa para meus convidados. Entendeu?

— Entendi seu Farid. – falou Clarice enquanto enxugava as lágrimas dos olhos com as mãos.

Saíram do apartamento sem trocar palavras quando Jorge retornou com uma caixa deixando em um dos quartos desocupados fechando à chave.

Clarice ainda encontrava-se com as mãos cobrindo o rosto quando Jorge se aproximou tentando tranquilizá-la alisando seus cabelos. Ele a desejava e não queria usar violência, porém estava no limite dos desejos. Não aguentaria por muito tempo. Foi até à cozinha trazendo um copo dágua entregando em suas mãos enquanto recebia os agradecimentos pelo apoio e arrependimento do que tinha feito. Tudo era humilhante demais para suportar.

— Amanhã fará mais uma entrega da mercadoria. Desta vez se hospedará no hotel por um dia entregando no quarto que a pessoa estará hospedado. Peça a refeição no quarto não saia em hipótese alguma somente depois da entrega e fechar a conta do hotel. – Falou Jorge enquanto passava a mão em sua cabeça.

Ela voltou para o quarto começando a chorar pela a humilhação recebida. Foi até a caixa de sapatos escondida onde guardava o dinheiro percebendo que tinha sido mexida. Contou o dinheiro deixando-a no mesmo lugar que Jorge havia bisbilhotado seus pertences. Era uma prisioneira que tentaria escapar. Permaneceu no quarto até o horário de saída para o cursinho apanhou a mochila indo à parada de ônibus quando percebeu que alguém a seguia. Parou de repente para ajeitar os cadarços do tênis percebendo quando o homem parou repentinamente disfarçando continuando a segui-la. Ela continuou como se nada estivesse acontecendo andando normalmente sem demonstrar receio.

Os passageiros começaram a entrar quando ela percebeu que o homem que a seguia tinha sido o último passageiro. Desceu na parada próxima onde funcionava o cursinho mas o homem seguiu viagem. Sentiu-se aliviada porém a imagem do seguidor poderia identificar em qualquer parte do mundo. No intervalo das aulas saiu em direção a uma das lojas próxima quando percebeu o homem parado no final do quarteirão. Um frio desceu pela espinha. Saiu da loja sem demonstrar que tinha percebido seu seguidor retornando ao cursinho cabisbaixa. A Kombi que conduzia os funcionários ao trabalho parou alguns metros da entrada do prédio quando entrou cumprimentando os companheiros. O homem já não se encontrava nas proximidades. Então, sorriu olhando para a janela pois já tinha um plano para despistá-lo.

O motorista retirou a mala enquanto o porteiro a conduzia à portaria. Preencheu a ficha de hóspedes recebendo a chave acompanhada pelo porteiro que conduzia a mala até o quarto. Agradeceu ao jovem retirando algumas moedas dando de gorjeta. Descalçou-se esparramando na cama quando lembrou das instruções de Abud. Estava submergida em um mundo marginal tateando em busca de um caminho que levasse de volta à liberdade. Demorou bastante olhando para o teto confusa em seus pensamentos quando lembrou-se de Fernando. Olhou para o telefone do criado mudo de repente saltou da cama procurando a bolsa retirando o bilhete que mantinha escondido dentro do estojo de maquilagem. Ficou alguns segundos com o papel da mão quando resolveu telefonar. Levantou o telefone do gancho e percebeu que estava nervosa porém era a oportunidade de buscar apoio de alguém mesmo sabendo que estaria correndo perigo de vida. Nervosamente indicou o número do telefone à telefonista demorando alguns segundos para ser atendida.

— Alô? Gostaria de falar com Fernando.

— Quem queria falar com ele?

— Diga que é Clarice. – Por um momento percebeu que sua mão tremia.

— Alô! É Clarice? Como você está? – respondeu Fernando sem acreditar.

— Fernando estou em perigo mas por favor não conte nada à polícia. Não sei se terei tempo para explicar o que esta acontecendo.

— Conte-me o que está ocorrendo. – Falou Fernando preocupado enquanto sentava-se acendendo um cigarro.

Clarice foi acalmando-se a medida que relatava os acontecimentos. Fernando ouvia anotando seu endereço e do cursinho.No fim do relato pediu que não tomasse nenhuma decisão de fuga mantendo a calma. Não consegui terminar de falar quando desligou. Aguardou o intervalo de almoço quando começou a refletir sobre a situação perigosa que se encontrava Clarice e que qualquer deslize poderia ser fatal. Teria que pensar em uma forma de ajudá-la e o primeiro inicial seria identificar o perigo.

Colocou a bandeja sobre o frigobar sentando-se na cama relembrando o diálogo com Fernando. Começou a imaginar a possibilidade de escuta pela telefonista ou a descrição da despesa com telefone no pagamento da conta. Porém, tinha certeza que tinha dado o primeiro passo para liberdade. A noite chegara ainda não tinha recebido o telefonema combinado do receptador que estaria no hotel o que a deixava mais tensa.

Era quase dez horas da noite quando o telefone tocou instruindo o número do quarto e as precauções que deveria tomar para a entrega da cocaína. Calçou os sapatos tomando a mala batendo na porta sendo atendida por um homem sem camisa acompanhado por uma mulher que encontrava-se na cama coberta por um lençol. Sentia-se um pouco aliviada. Rapidamente foi retirando os pacotes enquanto o homem colocava-os em outra mala substituindo os pacotes os quais ignorava o conteúdo. O homem entregou um maço de cédulas como pagamento pelos serviços despachando-a sem despedir-se. Retornou com a mala para o quarto, trancando a porta caindo na cama soluçando. Tomou o elevador fechando a conta do hotel tendo o cuidado de observar se constava o valor da ligação telefônica que a fez respirar aliviada.

Tomou o taxi direto ao apartamento. Tinha tomado uma decisão que aquela seria a última entrega. Não iria afundar na lama da promiscuidade.

CAPÍTULO 40

O jovem tomou o taxi em frente ao hotel rumando ao Conjunto Nacional. A medida que se aproximava mais ficava admirado com a modernidade da cidade construída para ser a capital do país. Não tinha visto nada igual. Pagou o taxi dirigindo-se à entrada do shopping comprando fichas para o telefone público aguardando na fila sua vez enquanto observa a vista da Esplanada dos Ministérios. Chegou sua vez procurando ser o mais breve possível.

— Bom dia! Aqui quem fala é Haim, amigo do Yaakov Pinto – Falou em um português com sotaque estrangeiro.

— Bom dia! Tudo bem? Fez boa viagem? – Respondeu Fernando com a voz de satisfação.

— Quando poderemos nos encontrar?

— Estou saindo para o almoço dentro de alguns minutos. Onde você está?

— Estou na entrada do Conjunto Nacional. Estou de bermuda bege e camisa azul com uma sacola à tiracolo.

— Espere-me mais alguns minutos e nos encontraremos.

— Ok. Não vai lhe atrapalhar?

— Claro que não. Será um prazer em conhecê-lo e recepcioná-lo em sua visita à Brasília. – Falou Fernando enquanto Haim desligava o telefone agradecendo com um sorriso nos lábios confirmava o que seus pais comentavam sobre a hospitalidade brasileira.

Fernando ordenou a mesa cheia de papéis colocou o boné sobre o kipá saindo para encontrar-se com o visitante o que fazia encher de curiosidade. Gostava de conversar com pessoas que pudessem aumentar seus conhecimentos e aquela era uma oportunidade, principalmente sendo israelense.

Saiu do estacionamento subterrâneo indo direto para o elevador não tinha ideia do aspecto físico do visitante, apenas sabia que era jovem e que estava de passeio no Brasil. Iria tentar ser o mais receptivo possível para fazer jus as recomendações do rabino o que nutria grande admiração. Estava parado alguns minutos tentando identificar o jovem de bermuda, quando uma voz por trás o surpreendeu.

— Olá! Sou Haim, o amigo do Yaakov.

— Caramba! Que surpresa! – Falou Fernando sorrindo enquanto apertavam-se as mãos.

— Foi fácil! Yaakov me deu tuas características e como ficou parado observando resolvi surpreendê-lo.

— Vamos almoçar pois terei que retornar ao trabalho. A noite irei te pegar no hotel para darmos um passeio. Aqui não temos comida kasher terá que se contentar com saladas, frango ou peixe de escama. – Falou Fernando aludindo as lei alimentares judaica.

— Não te preocupe não sou ortodoxo. Prefiro um bom churrasco gaúcho. – sorriu Haim enquanto tentava esconder o sotaque pronunciado.

— Vamos para uma churrascaria rodízio. Espero que goste da carne e que o churrasqueiro seja gaúcho. – Ambos riram enquanto entravam no carro em direção à Asa Sul.

A conversa era agradável apesar de algumas palavras nada similares com o espanhol interromperem o ritmo da conversa Os dois conseguiam entender-se enquanto Haim falava sobre sua origem uruguaia, a imigração para Israel e o modo de vida em kibutz, onde seus pais viviam e que fazia parte da sua adolescência até a convocação para o exército de Israel. Fernando admirava a capacidade de trabalho de uma nação com menos de trinta anos sobrevivido a guerras cercada de inimigos que queriam sua destruição.

— Haim infelizmente tenho que voltar ao trabalho. Onde você quer ficar? – Falou Fernando enquanto chamava o garçom pedindo a conta.

— Vou para o hotel e a noite te aguardo. – Falou Haim pedindo para pagar a conta o que Fernando não concordou.

— Você é meu convidado. Deixe para a próxima ocasião. – brincou Fernando enquanto pagava a conta ao garçom.

Chegaram ao hotel combinaram o horário que deveria apanhá-lo enquanto despedia-se com um aperto de mão relembrando a hora do encontro.

Ao chegar no trabalho com quinze minutos de atraso Meira o esperava na sala demonstrando irritação ao vê-lo foi logo censurando:

— Que está havendo nestes dias está chegando sempre atrasado? Algum problema?

— Não está havendo nenhum problema. Fui encontrar-me com um amigo que chegou do Rio de Janeiro. – Falou Fernando rispidamente.

— Tenho notado um ar de preocupação que ainda não tinha visto em todos estes anos. Que está acontecendo?

— Não é nada. Peço desculpas pelo o atraso.

— Por que não se abre para o amigo? – Falou Meira enquanto passava uma pilha de documentos para serem analisados.

— Depois conversaremos sobre o assunto. – Recebeu os documentos enquanto entrava na sala de trabalho.

Por um momento sentiu raiva de Meira que queria ajudá-lo como também pensava em contar tudo que estava acontecendo. O telefonema de Clarice tinha deixado preocupado ser tomar nenhuma providência que pudesse ajudá-la. Era uma decisão difícil de tomar poderia trazê-lo mais problemas, porém havia se comprometido em livrá-la da situação que se encontrava. Iria ao Mug's tentar descobrir algo checando as informações de Clarice eram verdadeiras, pois poderia ser uma trama e não queria envolver pessoas em jogo sujo. Pensou em telefonar para Guilherme porém as informações não eram suficientes para desencadear uma ação repreensiva por organismos de segurança ou de âmbito policial.

No final do expediente foi até a sala do gerente pensando em discutir o problema, porém chegando na porta o cumprimentou pedindo desculpas pelo incidente do atraso.

— Tudo bem! Não ocorreu nada.

— Boa noite! Despediu-se indo para o apartamento trocar de roupa ir para o encontro marcado sem atraso.

Chegou exatamente no horário combinado encontrando Haim na portaria do hotel que o esperava, desta vez sem bermuda vestindo calça jeans, camisa branca e jaqueta preta. Trazia na mão um embrulho que ao entrar no carro entregou imediatamente à Fernando.

— É um presente do rabino Yaakov. Fernando recebeu o presente desembrulhando com a fisionomia surpresa.

— Muito obrigado! Não tenho palavras para agradecer.

O presente era um lindo castiçal dourado símbolo do Estado de Israel acompanhado de um bilhete do rabino com palavras amáveis onde aproveitava para reiterar o pedido de apoio ao visitante. Fernando foi embrulhando o presente guardando-o no banco traseiro com cuidado.

O roteiro de visitas parecia ter sido cuidadosamente programado por um experiente guia turístico. Fernando explicava fatos da construção de Brasília desde o sonho de Dom Bosco que predizia que entre os paralelos 15 e 20 do hemisfério sul surgiria uma civilização de riqueza e prosperidade até Juscelino Kubitschek, Lucio Costa e Oscar Niemeyer protagonistas da história da cidade. A visão da Esplanada dos Ministérios, Catedral, Praça dos 3 Poderes, Palácio da Alvorada faziam o visitante constantemente elogiar fazendo perguntas que eram respondidas com segurança e conhecimento do assunto. Finalizou indo conhecer o lago artificial do Paranoá fechando a noite de visitas aos pontos principais da cidade. Haim não cessava de elogiar a cidade e agradecer o passeio.

— Quais outras cidades brasileiras você pretende visitar?

— Estou pensando em visitar Salvador dizem que é muito bonita e alegre.

— Realmente é uma boa opção. Também sugiro Fortaleza, minha terra natal que têm as praias mais bonitas do Brasil. – Falou Fernando sorrindo externando todo o seu bairrismo.

— Quanto tempo permanecerá em Brasília? – Perguntou Fernando percebendo o embaraço de Haim na resposta.

— Permanecerei alguns dias para conhecer melhor a cidade depois escolherei o melhor roteiro.

— Enquanto não escolhe o roteiro vou te levar para um barzinho para tomarmos caipirinha ou cerveja. – Fernando riu acompanhado por Haim.

— Por que não?

Chegaram ao Conjunto Gilberto Salomão, conhecido ponto de encontro dos jovens abastados da cidade onde noites eram movimentadas e os barzinhos sempre lotados com jovens que ladeavam as calçadas encostados nos carros fazendo pose para as garotas que passavam de minissaias. Haim e Fernando não paravam de olhar fazendo comentários sobre a beleza das garotas enquanto caminhavam em direção a um dos bares próximos. Sentaram-se sendo atendido pelo o garçom que aguardava o pedido calmamente.

— O que prefere beber? – Perguntou Haim enquanto olhava o cardápio passando para as mãos de Fernando.

— Prefiro uma cerveja gelada e você?

— Também.

Fernando pensava em dividir seu problema com o companheiro, porém ficava em dúvida se deveria fazê-lo ou deixar para outra oportunidade.

— Você é casado?

— Não. Não tenho compromisso com ninguém. – Respondeu Haim enquanto devolvia a pergunta.

— E você?

— Também não tenho compromisso terminei o curso universitário recentemente porém penso em constituir família como todo mundo.

— Ainda temos muito tempo para pensar nisto. – Falou Haim sorrindo enquanto o garçom se aproximava colocando a cervejas e os copos na mesa.

— Estou vivenciando um problema sério com uma garota e não sei como resolvê-lo. Esta garota está correndo risco de vida suponho que esteja envolvida com alguma quadrilha de traficantes ou algo parecido. Ela é garçonete de um bar. Lindíssima. O que me preocupa é que tempo atrás estive com um amigo no bar que trabalha quando conheci uma pessoa que dizia-se jornalista. Até ai tudo bem. Acontece que recentemente, descobri que o proprietário do bar e o suposto jornalista têm nomes árabes. Depois de algum tempo, associei o nome com uma pessoa que havia se desligado da repartição para viver no exterior. As características físicas são da mesma pessoa. Recebi um telefonema que estava em um hotel para uma entrega de encomenda que possivelmente seria droga alertando do perigo que estava passando. Ela não queria envolvimento com a policia com medo de prejudicá-la. – Fernando falava em tom de desabafo enquanto Haim ouvia atentamente.

— Como sabe que os nomes são árabes?

— Um chama-se Ramzy, filho de libaneses e outro Farid, o dono do bar que não conheço. São nomes árabes? – Fernando falou com a fisionomia séria.

— Que tal irmos neste bar? Gostaria de conhecer a garota.

— Podemos ir porém ela pediu-me para não entrar em contato pois suspeita que está sendo vigiada.

— Não têm problema não vamos falar com ela apenas observar se esta sendo vigiada. Não vamos nos precipitar ou esboçar qualquer atitude que provoque desconfiança de nossa parte. – Falou Haim sempre misturando espanhol com português.

— Acho que não deve ir. Não gostaria de trazer aborrecimentos devemos nos distrair – Falou Fernando pedindo mais uma cerveja e a conta.

— Não busco problemas mas percebi que você está preocupado. Quem sabe podermos trocar ideias buscando uma solução. – Haim falava tentando apoiar o amigo.

No caminho os dois conversavam assuntos diversos desde a política brasileira até o tricampeonato mundial de futebol. Haim ouvia atento os comentários perplexo com o paradoxo de um povo que vivia dentro de um ditadura militar mas estava sempre alegre. Era incompreensível para um estrangeiro.

Estacionaram alguns metros enquanto Fernando observava qualquer movimento suspeito. Os dias de semana não eram movimentados quanto as sextas-feiras. Não tiveram dificuldades de encontrar mesa sendo atendidos rapidamente.

— Provou na nossa caipirinha? – Perguntou Fernando enquanto a garçonete aguardava o pedido.

— Não. Gostaria de prová-la.

— Traga duas caipirinhas no capricho. – A garçonete saiu rápida enquanto Haim observava o seu gingado.

— As mulheres israelis têm peito mas.....não têm bunda. – Comentou Haim sorrindo enquanto Fernando ria sentindo uma ponta de orgulho da beleza da mulher brasileira.

Haim deu um pequeno gole na caipirinha enquanto comentava sua aprovação acompanhada das explicações da preparação do drink genuinamente brasileiro.

Fernando parecia inquieto ao ver Clarice entrar no balcão de atendimento vindo do subsolo parada no balcão à espera das solicitações dos clientes. Um movimento discreto com o dedo indicava a direção da mesa onde encontrava-se Clarice. Haim demorou um pouco para voltar-se onde encontrava-se a jovem.

— Muito bonita! Merece a preocupação. Onde fica o toalete? Falou Haim batendo no braço do amigo que apontava a direção saindo rumo contrário onde encontrava-se Clarice.

— Pode indicar-me o toalete? Ela o olhou por um momento percebendo o sotaque estrangeiro indicou prontamente o local.

Não demorou retornando à Clarice agradecendo caminhando em direção da mesa quando percebeu a presença de Fernando.

— Amigo, ela têm os olhos lindos e o corpo de fazer inveja qualquer atriz de cinema. – Comentou Haim tomando um gole da caipirinha sob o olhar surpreso de Fernando.

— O que pensa em fazer para ajudá-la? – Perguntou Haim empolgado.

— Não tenho ideia como posso fazer.

Haim sugeriu outra caipirinha que teve aceitação imediata do companheiro. Clarice começou a ficar inquieta indo para um lado e para outro do balcão. Percebeu sua inquietação tomando de um guardanapo escreveu uma mensagem indo para o toalete. Andou alguns passos quando Clarice percebeu que estava no mesmo local onde havia deixado sua última mensagem. Fernando a olhou jogando o papel no chão entrando no toalete. Ao retornar olhou para o chão nada encontrando.

Haim observava os movimentos de Fernando e Clarice discretamente. Ao retornar acendeu um cigarro tomando um gole de caipirinha acompanhado pelo o amigo.

— Ela recolheu o bilhete. Parece que está mais tranquila. – observou Haim enquanto tomava o último gole da caipirinha.

— Vamos embora? Amanhã tenho trabalho caso queira nos encontraremos outra vez. Aguardo seu telefonema. – Falou Fernando enquanto pagava a despesa sob protesto de Haim.

— Concordo, porém não pagará mais despesas. – falou Haim sorrindo.

— Você é meu convidado isto é um costume brasileiro. – Os dois riram saindo em direção ao carro enquanto Clarice de longe observava a saída dos amigos.

CAPÍTULO 41

O operador do telex estava tomando café quando a máquina começou a disparar largou a xícara sobre a mesa saindo para operá-la. Era uma mensagem codificada do SNI de conteúdo sigiloso. Imediatamente, retirou a mensagem a fita envelopando colocando o lacre encaminhando à chefia do setor. A mensagem foi decodificada, enquanto Guilherme permanecia sentado observando o rosto do chefe que a medida que lia sua testa enrugava demonstrando surpresa no conteúdo. A mensagem aludia as informações recebidas da Policia Federal que uma quadrilha de traficantes internacionais com ligações a grupos terroristas estariam operando no porto de Santos e um dos chefes havia sido assassinado em Paris, possivelmente por traficantes ligado à Máfia Córsega. A policia francesa havia identificado a vítima portadora de identidade e passaporte falsos procedente do Brasil. A Polícia Federal estava investigando as listas de passageiros com destino à Paris mostrando o retrato falado aos passageiros do vôo São Paulo /Brasília. Era um processo investigativo demorado onde o sucesso da operação dependeria de uma estreita colaboração com os órgãos de segurança brasileiro. Guilherme anotava todos os detalhes enquanto o chefe lia a mensagem.

— Como está o trabalho de campo?

— Estamos mantendo agentes nos aeroportos em todos os estados e equipes em Taguatinga percorrendo pensões, hotéis e bares em busca de informações. A última que tivemos foi da policia sobre uma casa abandonada nos arredores de Taguatinga que estava sendo usada por malfeitores, segundo uma moradora da vizinhança, o homem que residia tinha características semelhantes a um dos retratos falado. Estamos tentando localizar o proprietário para interrogatório. – Depois da explicações Guilherme pediu licença retirando-se da sala. Pediu à assistente uma xícara de café quando lembrou do último encontro com Fernando. Retirou da gaveta o bloco de anotações percorrendo as páginas sobre o encontro. Ele havia mencionado nomes envolvidos no caso da garçonete que havia esquecido de anotar por achar o caso de âmbito policial, todavia havia cometido uma falha e teria que consertá-la o mais rápido possível. Tirou o telefone do gancho ligando à Fernando.

— Bom dia, Fernando. É Guilherme. Tem um minutinho para falar?

— Claro! O que deseja?

— Gostaria de marcar um encontro. Têm tempo para hoje?

— Guilherme, infelizmente estou com um amigo de passagem por Brasília e nesta semana estarei acompanhando-o no meu tempo livre. Poderemos marcar para a próxima semana?

— Nosso contato requer urgência porém esperarei seu telefonema. Caso tenha algum tempo de sobra ainda nesta semana telefone-me que irei te encontrar em qualquer lugar e horário. – Guilherme despediu-se desligando o telefone.

Fernando começou a imaginar o que seria de urgente para provocar um encontro, uma vez que havia contado os fatos os quais sugeriu procurar a polícia por tratar-se de uma ameaça de vida. Algo de estranho estava ocorrendo para envolver um serviço de inteligência. A noite iria encontrar-se com Haim sobrando tempo iria procurá-lo, de uma certa forma havia ficado decepcionado com o descaso de Guilherme.

O turista entrou na agência de carros de aluguéis apresentando a documentação e caução exigida cumprindo a burocracia de praxe. Recebeu as chaves do carro seguindo em direção ao hotel solicitando a telefonista uma ligação telefônica.

— Olá, fernando! É Haim.

— Como você está? As caipirinhas te fizeram mal? – Falou Fernando sorrindo.

— Peço desculpas tenho que fazer uma ligação telefônica para meus pais e terei que fazê-la a noite devido o fuso horário. Poderemos marcar para amanhã?

— Não têm problema. Amanhã ligarei para saber a hora que devo apanhá-lo.

— Ok. Shalom!

— Shalom! – Respondeu Fernando enquanto caminhava para o relógio de ponto.

Queria chegar cedo pois o dia tinha sido estafante querendo aproveitar para recuperar as noites mal dormidas. Chegou no apartamento foi logo para o banheiro. Terminou o banho fez uma refeição leve preparou-se para dormir quando lembrou-se de Guilherme e do encontro. Iria deixar para próxima oportunidade. Então, fechou a luz do quarto encerrando o dia.

Ao passar em frente ao Mug's, diminuiu a velocidade enquanto o motorista observava o movimento. Era quase meia-noite havendo poucos clientes no bar.

Estacionou no final do quarteirão observando o encerramento da casa. Não demorou os funcionários saíram em direção à Kombi estacionada do outro lado da rua enquanto observava todo o movimento pelo retrovisor. Começaram a baixar as portas e cadeados os dois rapazes entraram na Kombi ocupando os lugares. A Kombi começou a movimentar-se enquanto Haim a seguia pelos retornos e viadutos sem perdê-la de vista. Finalmente, a Kombi entrou no Eixo Monumental em direção a Asa Norte. Aproximava-se a entrada para as últimas quadras quando a Kombi diminuiu a velocidade parando por completo. Clarice desceu despedindo-se dos companheiros de trabalho enquanto ele observava alguns metros. Rapidamente, desceu do carro olhando para os lados correndo em direção de Clarice que encontrava-se na entrada do prédio.

— Clarice! Sou amigo do Fernando. – Falou colocando o dedo na boca pedindo silêncio.

— Você esta acompanhada? Falou com sotaque estrangeiro.

— Sim. – Respondeu Clarice assustada com o intruso.

— Não tenho tempo à perder.Qual o nome da pessoa? Confie em mim! – Haim falava em voz baixa olhando para os lados.

— Jorge Abud

— Amanhã às 10 horas chame-o para comprar algo no shopping ou em qualquer lugar procure ficar o máximo de tempo com ele. Entendeu? – Haim procurava falar com calma para ser entendido.

— Vamos te ajudar! – Saiu rápido em direção ao carro enquanto Clarice parecia não acreditar no que estava acontecendo.

Ele chegou no restaurante para tomar o café da manhã observando a fila do self-service. Serviu-se de frutas, suco de laranja, queijo de coalho e café com leite levando para a mesa quando aproximou-se uma jovem aparentando uns trinta anos, morena, cabelos curtos pedindo licença para sentar-se. Haim com um sorriso indicou a cadeira vaga.

— Por favor, sente-se.

— Obrigada. Respondeu a morena.

— Está a passeio ? – Perguntou Haim tentando esconder o sotaque.

— Vou fazer um curso na Caixa Econômica. Sou nordestina e você?

— Sou uruguaio e estou a passeio. Esta é a primeira vez que venho a Brasília. – Falou Haim sob o olhar curioso da jovem.

— Eu também

— Então poderemos sair a noite? – A morena deu sorriso enquanto observava o olhar em direção ao decote.

— Vamos deixar para o final de semana. – Respondeu Haim com um sorriso diante do convite.

Conversaram algum tempo sem apresentações quando Haim tomou a iniciativa após o término da refeição.

— Meu nome é Ariel e o seu?

— Marluce. – Respondeu a morena estendendo a mão enquanto Haim justificava sua saída apressada dirigindo-se ao elevador. Trocou de roupa retirando da mala a mini-câmera apanhou as chaves do carro rumou à Asa Norte aguardar à saída de Clarice e seu acompanhante. Um pouco antes da hora combinada, estavam na entrada do prédio. Haim começou a fotografá-los esperando o retorno do casal que vinham de um pequeno supermercado carregando sacolas de mantimentos na mão como um recém casal. Reiniciou imediatamente a sessão de fotos com o cuidado de não ser observado por algum transeunte. Ao perceber a entrada do casal no prédio dirigiu-se à um quiosque para comprar cigarros, percebendo um local que poderia observar melhor a entrada do prédio sem ser notado.

Estavam focado na missão de capturar um dos mais perigosos terroristas se possível destruir suas conexões. O Mossad sabia que o braço terrorista de Iesser Arafat estava operando na América Latina, utilizando recursos financeiros com as vendas de armas para financiar suas atividades e que o Brasil estava empenhado na luta contra o comunismo parecendo que outras questões irrelevantes ao governo brasileiro.

A vitória contra a guerrilha desmontou a possibilidade do tráfico de armas para as FARCs e guerrilheiros do Araguaia, agora a obtenção de recursos era através do tráfico de drogas da Bolívia via Brasil com destino à Europa e Estados Unidos. Isto o governo brasileiro não iria permitir a rota das drogas no seu território.

Haim tinha fumado a metade do maço de cigarros estando ansioso para entrar em ação finalmente havia encontrado Muhamad Tufick ou Jorge Abud. As fotografias seriam meramente componentes do dossiê da operação. Jean Clementi ou Ramzy não tinha mentido. Considerou o envolvimento de Clarice, um aspecto do problema que seria resolvido em uma segunda etapa do plano e ambos seriam úteis na participação da captura ou eliminação do terrorista, porem o item confiabilidade teria que ser avaliado.

A jovem saiu do prédio em passos rápidos sendo seguida por um homem que acompanhava à uma certa distância. Haim ligou o carro aguardando estacionado alguns metros da parada de ônibus permanecendo alerta à chegada de Clarice e do homem que a seguia.

As pessoas se acotovelavam na porta de entrada do ônibus quando Clarice entrou e em seguida seu seguidor. Haim seguia o ônibus diminuindo a marcha nas paradas observando os passageiros que desciam em permanente atenção com o trafego e as paradas sucessivas de ônibus quando Clarice desceu à caminho do cursinho. O suspeito não havia descido continuando a viagem. Na parada seguinte o homem desceu tomando à direção do caminho de Clarice. Imediatamente, Haim entrou na quadra estacionando sem perder o homem de vista, saindo em seu encalço não tendo a mínima dificuldade de despistá-lo ou de aniquilá-lo se fosse necessário. Haim observava algum tempo o homem parado na esquina com o olhar voltado para o prédio onde Clarice estudava. De repente, sentou-se na grama debaixo de uma árvore retirou um pocket-book começando a ler. Por um momento deu vontade de rir do amadorismo do vigilante. Não teve nenhuma dificuldade de entrar no prédio aproveitando o relaxamento da vigilância. Percorreu as salas procurando Clarice quando a localizou sentada fazendo anotações ao lado de um jovem no final da sala. Sinalizou da porta diversas vezes até que foi visto quanto pediu licença ao professor saindo em direção à Haim.

Os dois dirigiram-se ao fundo do corredor debaixo da curiosidade de alguns alunos que chegavam atrasados para as aulas. Clarice não perdeu tempo foi colocando toda a situação com detalhes, enquanto Haim escutava atentamente interrompendo apenas nas poucas palavras que não conseguia entender. Dentro da sacola à tiracolo um minúsculo gravador acionado gravava toda a conversa. A sirene tocou iniciando o intervalo das aulas despediu-se misturando-se com os alunos que saiam em direção aos quiosques e casas de merenda. Ao enxergar o vigilante que continuava lendo debaixo da sombra da árvore, sorriu saindo em direção a quadra onde encontrava-se estacionado o carro.

No caminho Clarice parecia renovada ao conversar com os colegas de trabalho bastante humorada. A sensação de saber que Fernando e o estrangeiro estavam apoiando-a, fazia sentir-se segura e esperançosa. Iria preparar-se para a fuga mesmo sabendo do risco que corria com Abud dentro de casa. Ela sabia o que ele queria explorando o ponto fraco do inimigo. Entrou no apartamento encontrando-o lendo um jornal.

— Boa noite! Tudo bem com você? – Clarice sorria enquanto colocava a mochila sobre a mesa.

— Tudo bem! E você?

— Estou bem. Somente um pouco cansada. Quer comer algo?

— Aceito um sanduíche – Respondeu Abud.

— Vou preparar para você.

Em poucos minutos preparou o lanche e a mesa chamando-o para refeição enquanto sentava ao seu lado agradecendo dando uma mordida no sanduíche.

— Estou sentindo você melhor do que ontem. O que se passou?

— Realmente, não me senti bem com o que Farid falou da minha pessoa agredindo-me fisicamente. Finalmente, não esperava esta atitude da parte dele. – Falou Clarice em voz baixa.

— Você também não poderia ter feito o que fez com o senador – Abud falava com a boca cheia não dando importância a justificativa da jovem.

— Não sou prostituta! E Ramzy não me falou que isto fazia parte do meu trabalho. – Clarice expressava raiva enquanto saia para lavar as mãos.

— Farid estava com raiva porque o senador mantém vínculos de negócios com ele. Irei falar com ele sobre a festa para não convocá-la. Não sei se conseguirei...dissuadi-lo. – Abud falava demonstrando preocupação.

Clarice sentou-se no sofá aguardando Abud que acabava de entrar no banheiro voltando janela fumar enquanto olhava em direção à jovem que fingia não percebê-lo.

— Você queria falar comigo? Estou as suas ordens. – Falou Clarice enquanto colocava as mãos sobre os joelhos cruzados.

— Estou gostando de você – Falou Abud enquanto jogava a ponta de cigarro pela janela.

— Respondi da última vez que não estava preparada para envolver-me. Não iria para cama com um homem pensando em outro. Seria falta de respeito para mim e para o outro. – Clarice foi categórica sobre a declaração tomando-o de surpresa.

— Quero você e não costumo implorar. – Abud estava irritado com a resposta de Clarice.

— Você me quer? Então vamos para cama e ficará satisfeito. Porque não haverá uma próxima vez e debaixo da terra você não me procurará. Clarice não sabia como tinha encontrado força para desafiá-lo.

Abud por um momento pensou em usar a violência contendo-se ao lembrar-se de Ramzy. enquanto pedia desculpas Clarice envolveu-o com um abraço repetindo que não estava preparada para uma relação enquanto beijava no rosto alisando os cabelos. Ela tinha conseguido minar sua resistência porém não sabia até quando iria durar. Conversaram alguns minutos deu um beijo no rosto levantou-se e foi dormir. Pela primeira vez pensou em Fernando fazendo amor acordando ao seu lado. Era uma sublimação do seu sofrimento.

Haim encontrava-se no lobby do hotel aguardando a chegada do amigo pensando no contato com Clarice que havia mudado o planejamento de suas ações. A situação era extremamente delicada requerendo ousadia e cuidados para não provocar um 'imbróglio' diplomático e envolvimento com os órgãos de segurança. Olhou para o relógio conferindo as horas quando viu Fernando aproximar-se da entrada com um sorriso no rosto cumprimentando-o.

— Cheguei atrasado?

— Apenas alguns minutos. – Falou Haim enquanto apertava a mão do amigo sorrindo.

— Estou à sua disposição. Peço desculpa antecipada por ter contado sobre o problema da garçonete. Você foi uma válvula de escape. Não vamos conversar mais sobre o tema.

— Não se preocupe. Sua companhia está sendo muito agradável o rabino não errou nas suas informações. – Haim deu um tapinha no ombro de Fernando enquanto entrava no carro.

— Gostaria de conhecer Goiânia? É a capital de Goiás, uma cidade simpática com mulheres lindíssimas.

— Vamos deixar para o final de semana. Conheci uma garota no hotel muito simpática. O que acha de sairmos juntos?

— Ótimo. Tenho uma amiga que certamente gostaria da ideia. Vamos acertar o final de semana. E agora que pretende fazer?

— Vamos tomar umas caipirinhas e conversarmos em algum bar que não seja aquele da garçonete de olhos azuis. – Riu Haim enquanto Fernando concordava com a sugestão.

Haim estava encantado com a visão de Brasília a noite não parando de elogiá-la até o Conjunto Nacional. As escadas rolantes constantemente cheias davam uma ideia da movimentação noturna no shopping decorado de motivos natalinos. A proximidade do Natal e Ano Novo tornavam as pessoas mais alegres e esperançosas. Haim lembrava-se quando criança observando os amigos cristãos com presentes e casas enfeitadas com motivos natalinos. Ele tinha a festa de Hanuká e não sentia muita diferença.

— Vamos tomar uma cerveja. – Convidou apontando para uma choparia próxima onde famílias e casais bebiam alegremente em um clima de festa.

Os dois sentaram-se observando as pessoas conversarem descontraidamente. Naquele instante Haim comparava o calor dos latinos com a frieza dos europeus. Ele adorava esta descontração.

O garçom trouxe as canecas de chope colocando-os sobre a mesa enquanto tomavam em suas mãos para brindarem. A sensação que Haim sentia era que Fernando era seu amigo de muito tempo.

— Você pensa em algum dia conhecer Israel? – Falou Haim enquanto acendia o cigarro.

— Penso sim. Porém tenho que ter paciência pois preciso afirmar-me profissionalmente, casar-me e depois...quem sabe?

— Não queria tocar no assunto tão pessoal porque está preocupado com Clarice? Gosta dela? – Perguntou Haim de repente.

— Realmente não sei porque estou envolvido com o problema. Ela me atrai e também não sei a causa. – Falou Fernando querendo evadir-se do assunto.

— Ela mora com alguém?

— Não me falou à respeito. Todas as vezes que estive no bar não vi ninguém se aproximar dela e vice-versa. É possível até que seja refém de alguém que a mantém em casa. – Falou Fernando enquanto tomava um gole do chope.

— Porque não procura levá-la para seu apartamento?

— Pensei nisto. Porém moro com um amigo há bastante tempo e não sei se ele concordaria, pois trata-se de um apartamento funcional que não permite sublocação, inclusive minha permanência é ilegal. Além de correr risco não sei a extensão do problema suponho que deva ser algo perigoso e não tenho como protegê-la. Recebi uma proposta para trabalhar em um órgão de inteligência de um oficial da Marinha, pensei em contar-lhe a situação de Clarice, porém achei o momento inadequado. Haim ouvia tudo em silêncio enquanto o gravador no bolso gravava toda conversa.

— Porque não aceita a proposta?

— Vou te confessar algo que não contei para ninguém. Trabalhei para um órgão ligado ao SNI, o serviço de informações do governo. Tive o treinamento necessário em operações de campo, análise de informações, porém chegou um momento que entrei em conflito pessoal por não concordar com a política do governo militar. Pedi demissão alegando que desejava trabalhar na iniciativa privada. Ainda hoje tenho problemas com isto, pois anualmente apresento-me à uma unidade do SNI para prestar depoimento do que fiz ou deixei de fazer. – Fernando falava em tom de ressentimento.

— Lembrei-me agora do jornalista que fez referência. Qual é o nome dele mesmo?

— Ramzy – Respondeu Fernando permanecendo em silêncio enquanto terminava de tomar o último gole do chope.

Os dois mudaram o assunto quando Haim olhou para o relógio propondo irem embora. No hotel despediram-se marcando encontro para o final de semana.

Ao chegar no apartamento sentiu falta do amigo que havia entrado de férias retornando após as festividades de fim de ano. Abriu a geladeira tomou um copo de água deitando-se no sofá relembrando as conversas com Haim, concluindo que havia se precipitado no relato dos seus problemas à alguém que mal conhecia porém sentiu-se aliviado pelo desabafo.

Os funcionários estavam reunidos na cozinha para o habitual cafezinho quando Meira aproximou-se com um jornal na mão.

— E ai chefe, quais são as novidades? – Perguntou Fernando enquanto bebericava uma xícara de café.

— Cara, a Polícia Federal desbaratou uma quadrilha de traficantes de drogas em São Paulo com conexão internacional. Segundo o artigo o chefe era um brasileiro que morava na França que comandava a quadrilha no Brasil. – falou Meira mostrando o artigo à Fernando tomando em suas mãos começando a ler.

— Puxa, segundo o artigo a Federal está investigando figurões ligados ao crime organizado em São Paulo e Brasília. Isto deve envolver peixes graúdos do governo.

— É bem provável. Sempre têm um filho da puta destes envolvidos em falcatruas. – Falou Meira enquanto recebia o jornal das mãos de Fernando.

— Vamos trabalhar! Hoje é daqueles dias de sufoco. – Os funcionários foram saindo, enquanto Meira e Fernando dirigiam-se às suas salas.

No final do expediente Fernando ligou para Elisete combinando o final de semana, em seguida para Guilherme marcando um encontro para o início da noite no apartamento. Fernando tratou de ajeitar a bagunça que imperava no apartamento. Foi até ao supermercado comprar cervejas e refrigerantes, na hipótese do visitante não beber bebidas alcoólicas. Fez uma faxina na sala como há a tempo não faziam, colocando o castiçal que ganhou de presente do rabino na prateleira da estante como adorno. Tomou um banho vestiu a bermuda esperando Guilherme.

Estava ansioso para saber o motivo da urgência do encontro. Iria ouvi-lo e se houvesse oportunidade relataria o último contato telefônico com Clarice. Foi até a cozinha ver as horas no relógio de parede, acendeu um cigarro quando a campainha tocou.

Guilherme entrou cumprimentando-o com um aperto de mão enquanto Fernando apontava o sofá para sentar.

— Pode ficar a vontade. Estamos sozinhos, meu amigo com quem divido o apartamento encontra-se de férias retornando no inicio do ano novo.

— Ok. Poderemos conversar com tranquilidade.

— Aceita uma cerveja? Ou refrigerante?

— Refrigerante. Não bebo e não fumo. – Guilherme falava em tom de reprovação, porém com um sorriso irônico nos lábios.

— Eu bebo e fumo – retrucou Fernando enquanto caminhava em direção à cozinha.

Abriu a cerveja e o refrigerante pôs os copos e um prato de salgadinhos na bandeja colocando-a sobre a mesa de centro.

— Estou às suas ordens! – Falou Fernando enquanto servia Guilherme.

— Quais os nomes que você mencionou na nossa última conversa? Esqueci de anotá-los. – Falou Guilherme sem perder tempo

— Ramzy e Farid. Ramzy é o suposto jornalista e Farid, o proprietário do bar.

Guilherme ouviu a resposta em silêncio enquanto fazia anotações retirava da jaqueta os retratos falados.

— Fernando fixou os olhos nos retratos por alguns segundos sem acreditar no que via.

— Este é Ramzy apesar de algumas modificações. Tenho certeza.

Guilherme guardou os retrato bebeu um pouco do refrigerante enquanto Fernando o observava.

Finalmente do que se trata? Têm alguma conexão com o assassinato do Waldir?

Guilherme ficou calado alguns segundos.

— Este é um caso confidencial e estamos no inicio das investigações. Não posso adiantar muita coisa. Porém agradeço a colaboração que foi muito útil. Aproveito para comunicar que estamos interessados em recrutá-lo. Depende exclusivamente da sua resposta. – Falou Guilherme apanhando um dos salgadinhos.

— Tenho uma proposta para fazê-lo. Posso propor?

— Claro, estou aqui para ouvi-lo. – beliscou o salgadinho enquanto Fernando tomava um gole da cerveja.

— Recebi um telefonema recente de Clarice, a garçonete que te mencionei. Ela está correndo risco de vida. E como, você mostrou-me o retrato do Ramzy acredito que deva existir alguma ligação entre eles. Deduzo isto agora, porque lembro-me que uma vez fui procurá-la e uma das garçonetes informou-me que ele havia estado no bar permanecendo pouco tempo, saindo acompanhado de Clarice que retornou com um embrulho na mão. Suponho que estão envolvidos com tráfico de drogas. Hoje mesmo, li em dos jornais que a Policia Federal desmantelou uma quadrilha que operava no Porto de Santos, chefiada por um brasileiro em Paris e com uma possível extensão da rede em Brasília. O negócio que tenho à propor é simples: Quero colaborar na investigação é uma questão pessoal. Preciso apenas do seu apoio. O resto deixe comigo. Quanto ao recrutamento conversaremos em outra oportunidade. – Falou Fernando enquanto Guilherme permanecia em silêncio.

— Você contará com meu apoio guardando confidencialidade no assunto, as ações de riscos serão dos órgãos competentes para a execução. Combinado? – Guilherme estendeu a mão levantando-se em direção a porta.

— Boa Noite! Pode ligar a qualquer momento do dia ou da noite.

— Muito obrigado! Pode deixar comigo.

Fernando fechou a porta sentou-se no sofá e terminou de tomar o copo de cerveja. Sua intuição estava certa havia algo de estranho em Ramzy.

CAPÍTULO 42

O calor estava escaldante apesar dos prognósticos de chuva para a semana. Fernando abriu a porta do carro e foi logo baixando os vidros. Esperou alguns minutos sair o mormaço parecendo um forno de cozinha. Entrou no carro em direção à repartição onde trabalhava Elisete. Ao chegar na portaria perguntou uma das recepcionistas se conheciam o senhor Ramzy.

— Claro. Todo mundo na repartição o conhece. Porém, encontra-se de licença. – Falou a recepcionista enquanto solicitava sua identidade.

— Gostaria de falar com sua secretária. Qual o andar? – Perguntou Fernando enquanto entregava a identidade recebendo o crachá de visitante.

A recepcionista informou o andar minutos estava na porta da sala onde trabalhava Ramzy.

— Bom dia! É a secretária do Dr. Ramzy? – Perguntou Fernando com timidez.

— Fui secretária dele. O que o senhor deseja? – Respondeu a secretária enquanto colocava alguns objetos na bolsa preparando-se para o intervalo do almoço.

— O Dr. Ramzy fez um plano de investimentos e perdi a proposta de renovação que constava os dados pessoais, endereço e telefone. Quando conversamos, ele falou que trabalhava aqui na repartição, então procurei localizá-lo na portaria o seu gabinete de trabalho.

— Ele encontra-se de licença no exterior e já faz algum tempo. – A secretária respondeu secamente.

— A senhora poderia ajudar-me? Precisava preencher a ficha de renovação constando nome, endereço e telefone pois me habilitaria à concorrer os prêmios de vendas. Poderia fornecer o nome completo? – Fernando retirou um pequeno caderno de anotações enquanto a secretária excitava em fornecer a informação. De repente, Fernando observou sobre a mesa um porta-retratos onde Ramzy encontrava-se ladeado com a secretária e outras pessoas provavelmente em sua despedida.

— Este da foto com a senhora é o Dr. Ramzy. Não é? Sempre simpático. – falou Fernando enquanto aguardava a secretária fechar as gavetas da mesa sem dar atenção ao comentário. De repente, ela levantou-se caminhando à sala do chefe.

— Ramzy Chader. – Falou sem dar-lhe atenção abriu a porta do gabinete não olhando para atrás, demonstrando a peculiar arrogância de algumas secretárias de executivos.

Fernando chegou na portaria retirou a identidade devolvendo o crachá, agradeceu e aproveitou para perguntar o nome do motorista do Dr. Ramzy. Não perdeu tempo, desceu ao subsolo da garagem, encontrando-o conversando com outros colegas quando foi abordado por Fernando que contou a mesma estória da secretária sendo bem sucedido. Em poucos minutos tinha o endereço de Ramzy Chader.

Retornou à empresa com uma satisfação que estava estampada em suas feições. Restava saber o elo de ligação entre Ramzy e Clarice e os fatos expostos sem citações de nomes. Os fatos evidenciavam o envolvimento de drogas e que estava sendo refém de alguma organização criminosa. Guilherme tinha mais informações porém as considerava confidenciais não podendo participá-lo. Tinha deixado bem claro sua posição. No entanto, não iria receber no momento as informações recente somente no momento oportuno.

Haim chegou cedo no seu posto de observação municiado de sanduíches, garrafas de suco e água mineral. A 'campana' estava montada. Iria aguardar a saída de Abud, seguir seus movimentos e fotografar os possíveis contatos. A vigilância era uma das atividades que o deixava ansioso para entrar em ação, porém sabia que estava diante de um inimigo perigoso e que qualquer erro poderia ser fatal para sua missão solitária.

Clarice iria sair dentro de alguns minutos, quando Haim identificou o homem que a seguia, entrar na padaria retornando com um pequeno embrulho, olhando constantemente para o relógio de pulso.

A rotina era a mesma o que facilitava o acompanhamento e a sessão de fotos tiradas por Haim dentro do carro, porém o alvo era outro.

O encontro com Farid estava programado dentro de meia-hora, iria receber instruções junto com a nova remessa de cocaína com destino à São Paulo. Desta vez, por precaução iria de carro. Não queria correr risco com outro tipo de transporte. Os pacotes seriam transportados dentro dos forros das portas e dos bancos. Abriu a mala retirou a peruca colocou os óculos escuro saindo em direção ao carro.

A câmara fotográfica disparava sem cessar em direção à Abud em seguida, saindo em seu encalço a uma certa distância. O Opala verde entrou no primeiro retorno em direção à Asa Sul, enquanto Haim diminuía a velocidade ao aproximar-se da entrada que dava acesso ao Mug's.

Respirou aliviado ao confirmar a conexão entre Abud e o proprietário do bar. Estacionou na quadra posicionando-se em um local para observação da entrada do escritório no fundo do bar.

Em menos de meia-hora Abud saía com dois enormes pacotes depositando no porta-malas do carro saindo em disparada. Haim não tinha concluído a missão iria aguardar a saída do proprietário do bar.

Farid telefonou para o gerente transmitindo instruções retirando as chaves do bolso fechando o escritório entrando no carro sem perceber que estava sendo fotografado.

Haim esperou alguns minutos e foi procurar um telefone público nas proximidades.

— Alô, Fernando podemos nos encontrar? – O sotaque de Haim era inconfundível.

— Claro! Marque a hora. – respondeu Fernando.

Conversaram alguns minutos marcando a hora e o local do encontro. Haim despediu-se deu uma volta pela quadra rumando para o hotel.

Fernando fez um lanche no Conjunto Nacional seguindo para o hotel. Estava atrasado para o encontro porém tinha como justificar o final da semana na empresa era de muito trabalho e cheio de problemas. Encontrou Haim conversando animadamente com uma bela jovem sentados no lobby do hotel. Cumprimentou o casal enquanto Haim fazia as apresentações.

— Fernando, esta é Marluce – A jovem estendeu a mão dando um sorriso.

— É um imenso prazer em conhecê-la. – falou Fernando enquanto olhava para a fisionomia de contentamento do amigo.

Conversaram um bom momento quando Marluce levantou-se pedindo desculpas despedindo-se alegando que iria estudar as matérias do curso confirmando a saída no final de semana. O dois continuaram a conversar quando Haim levantou-se pedindo para acompanhá-lo ao apartamento.

— Fernando que tomar algo? No frigobar têm cervejas e bebidas quente o que prefere? – falou Haim enquanto apontava para o frigobar.

— Prefiro cerveja. – Haim foi até o frigobar trazendo as cervejas abrindo e servindo nos copos.

— O assunto que tenho para conversar é delicado. É sobre Clarice. Refleti bastante sobre a situação e resolvi ajudá-lo porque é emergencial. – Falou Haim enquanto tomava um gole da cerveja.

— Como assim? Têm algum plano? – retrucou Fernando pedindo licença para acender o cigarro.

— Vamos tirar Clarice do apartamento e do trabalho urgente e você vai ajudar-me.

A ideia o deixou surpreso com sem saber o que responder.

— Clarice está envolvida com uma rede internacional de tráfico altamente perigosa. E ela é refém da quadrilha. A qualquer momento poderá ser detida ou morta. Esta segunda opção é mais provável de acontecer à curto prazo. – Haim falava esforçando-se para ser compreendido.

— Como você sabe disto? – Fernando continuava surpreso com as informações do amigo.

— O primeiro passo é providenciar um local para escondê-la temporariamente. Isto vai ficar sob sua responsabilidade. O resto é comigo. Concorda em assumir esta tarefa? – falou Haim sem titubear fingindo não ter escutado a pergunta.

— Concordo, mas você me deve outras explicações. Correto?

Por alguns segundos os dois permaneceram em silêncio quando Haim falou:

— Quando chegar o momento irei te dar as explicações no momento quero que confie em mim. Espero que o assunto seja mantido em segredo. Confio em você. Agora vamos comer um churrasco desta vez pago por mim. – Falou Haim estendendo a mão para Fernando que continuava com ar surpreso.

Tomaram o elevador em silêncio enquanto Haim deixava a chave na portaria, em seguida saíram comentando sobre o encontro com a garota do hotel.

CAPÍTULO 43

Os mecânicos haviam acondicionados os pacotes de cocaína no automóvel. O serviço estava perfeito. Os homens de Farid eram profissionais no ramo. Abud recebeu o carro indo para a Asa Norte. Estacionou no local de sempre colocando as travas de segurança, retirando os cabos da bateria e desligando o dispositivo de partida. Tinha tomado todas as precauções possíveis, além da vigilância que manteria da janela do apartamento. A carga era valiosa e não poderia falhar na entrega. Entrou no apartamento guardando o disfarce, indo em seguida à cozinha abrir uma cerveja. O dia tinha sido estressante na oficina. A comunicação da morte de Ramzy tinha deixado preocupado, pois sabia que poderia ser alcançado à qualquer momento. Farid tinha passado as instruções da entrega em São Paulo, com tempo de permanência indefinida aguardando nova ordem. Sugeriu levar Clarice na viagem, porém Farid tinha sido veementemente contrário, sugerindo levá-la para Goiânia para trabalhar em um bordel de luxo. Seu plano era drogá-la e viciá-la para mantê-la prisioneira como as outras garotas prostitutas. Ela sabia demais podendo colocar em risco as atividades da organização criminosa.

Havia pouco movimento no bar quando a garçonete que estava no balcão observou a entrada do cliente. Imediatamente, deslocou-se para atendê-lo indicando uma das mesas vagas. O cliente olhou para as mesas sugeridas e foi sentar-se em uma das mesas atendidas por Clarice sob o olhar da garçonete preterida no atendimento. Em poucos minutos se apresentou empunhando o cardápio passando as mãos do cliente permanecendo de pé aguardando o pedido.

— Por favor, traga-me uma cerveja gelada com azeitonas. – Falou o homem enquanto devolvia o cardápio.

— Caso precise de algo mais estou às ordens. Meu nome é Clarice.

— Muito obrigado Clarice. Você é muito bonita e atenciosa.

Em poucos minutos retornou com a bandeja servindo a cerveja no copo do cliente que elogiava a eficiência e o atendimento. Clarice agradeceu e foi aguardar no balcão enquanto a garçonete comentava a grosseria do recém-chegado. Alguns casais movimentavam a pista de dança enquanto o disc-jockey esforçava-se para agradar à todos com um repertório variado. De repente, a pista de dança estava lotada quando o recém-chegado pediu outra cerveja. Clarice anotou o pedido indo para o balcão aguardar o pedido.

— Clarice muito obrigado. Como chama-se o proprietário da casa? Isto é que é atendimento. – Falou o homem manifestando empolgação.

— É seu Farid. – respondeu Clarice demonstrando receio.

— Ah! o seu Farid. Ele tem um sócio chamado Ramzy?

— Não sei senhor. Lamento mais não posso ficar conversando com clientes. – Clarice pediu desculpas indo para o balcão.

As pessoas saiam pouco a pouco antecipando o fechamento do bar quando ele pediu a conta e em poucos minutos entrava no carro confirmando a informação à Guilherme que fazia anotações.

Clarice não parava de pensar na pergunta do rapaz. Poderia ser algum amigo de Fernando ou policial em busca de informações apenas tinha certeza que a situação se complicava e tinha que sair do circuito do perigo o mais rápido possível. Ao chegar no apartamento encontrou Abud que a esperava.

— Como foi o trabalho?

— Fui bem. Estou um pouco cansada, porém foi tudo muito bem.

— Vou viajar amanhã e não sei quando vou voltar. Espero que seja rápido. – Abud falava enquanto abria uma cerveja.

— Vai para onde?

— Vou para São Paulo.

— Deixe um telefone de contato caso necessite telefonar para você. – falou Clarice enquanto se aproximava deixando a mochila sobre o sofá.

— Por favor, não faça como o Ramzy que não se despediu.

Ele puxou para si e começou a beijá-la enquanto ela correspondia desabotoando a camisa e retirando os sapatos. Aquele era o momento esperado e tinha que dar certo, teria que saber a data do retorno ou o telefone de contato. Foram para cama e fizeram sexo.

Ao amanhecer preparou alguns sanduíches colocando dentro de um saco plástico para a viagem. Tomaram café juntos como um casal de amantes enquanto ele externava no rosto toda satisfação pela noite que tinha passado.

— Sabe Clarice ontem tive uma tristeza e uma alegria. – Falava enquanto mastigava um pedaço de pão com manteiga.

— Qual foi a tristeza? – Falou Clarice demonstrando interesse.

— Farid comunicou a morte de Ramzy. Ataque cardíaco fulminante.

Clarice ficou em silêncio logo começando a chorar colocando as mãos no rosto. Sabia fingir quando necessário e a ocasião era perfeita. Abud levantou-se começando a alisar sua cabeça confortando-a. Fingir fazia parte do seu trabalho macabro de assassino profissional.

Retirou o disfarce e a mala retornando à cozinha onde Clarice permanecia em silêncio com as mãos no rosto.

— Vou sair agora e quando tiver para regressar avisarei para Farid, pois não tenho telefone de contato. – Abud falava enquanto procurava retirar as mãos do rosto de Clarice.

Levantou-se abraçando pedindo para regressar o mais rápido possível. Ela acompanhou até a entrada do prédio enquanto observava o homem que se deslocava em direção ao carro de Abud. Ao perceber correu para o apartamento colocando a cabeça na janela em posição para não ser vista, quando o homem aproximou-se cumprimentando-o enquanto abria o capô para refazer a operação de segurança do carro. Despediu-se com um aperto de mão, enquanto Clarice observava da janela todos os movimentos. Ao vê-lo partir sentiu-se aliviada desejando que nunca mais retornasse.

Restava então esperar momento adequado para burlar a vigilância dos homens de Farid e tentar entrar em contato com Fernando.

Aproximava-se a hora de ir para o cursinho quando Farid chegou acompanhado no apartamento por um homem que carregava uma pequena valise. Clarice abriu a porta sem saber o que deveria fazer ou dizer. Farid entrou sem cumprimentá-la indo direto para o sofá.

— Este homem vai ficar no apartamento até a chegada de Jorge. – Falou Farid enquanto sentava-se no sofá.

— Seu Farid não têm problema e peço desculpas. – Clarice falava cabisbaixa demonstrando medo em sua voz.

— O Raimundo irá acompanhá-la até o curso e nas possíveis entrega que virão ocorrer. Espero que Jorge retorne rápido. – Falou Farid com a voz enérgica.

Clarice olhava para os homens imóvel sem saber o que fazer quando resolveu ir à cozinha, deixando-os à vontade para conversarem.

De repente, Farid levantou-se indo à porta chamando-a para fechá-la saindo sem despedir-se. Era uma demonstração clara que não havia esquecido o incidente com o senador e não tinha perdoado.

O homem continuava sentado no sofá admirando o apartamento enquanto preparava café para o recém chegado.

— Prefere café com quantas colheres de açúcar?

— Traga de qualquer jeito. – Falou o homem com sotaque nordestino.

Apanhou a xícara de café indo até a janela onde ficou observando o movimento dos carros que passavam à distância. Retornou ao sofá tirando um livro de bolso começando a ler, enquanto Clarice sentava-se para estudar.

Nos próximos dias iria fazer vestibular e a sorte seria benvinda se conseguisse sucesso, porém aquele homem poderia malograr seus planos de fuga. A esperança de safar-se da situação não tinha desaparecido.

Distante dali, Guilherme mantinha uma reunião com os agentes da Policia Federal. Não restava mais dúvidas da existência do elo entre Ramzy e Farid. A confirmação que Ramzy era o homem assassinado em Paris, segundo as informações recebidas levava à outro nível de investigação. Farid teria que ser seguido e monitorado em todas suas ações. Acreditava que Fernando poderia ser-lhe útil na investigação. Iria procurá-lo o mais rápido possível.

Na saída do final do expediente Fernando foi abordado por Guilherme na porta da empresa.

— Oi, Fernando. Tudo bem? Tenho um minutinho do seu tempo? – Guilherme falava com um certo cinismo.

— Claro doutor! Estou sempre à sua disposição – A resposta de Fernando demonstrava que também sabia ser cínico.

— Vamos até o estacionamento. – falou Guilherme enquanto colocava a mão sobre o ombro de Fernando.

Fernando tirou um cigarro do maço enquanto Guilherme agradecia fazendo admoestações ao hábito de fumar as quais não surtiam efeitos no companheiro que no fundo concordava em todos os aspectos.

— Vamos direto ao assunto. – Falou Fernando enquanto dava uma tragada ironizando os argumentos de Guilherme.

— Ramzy era um dos supostos chefes do tráfico no Brasil e foi assassinado em Paris. Porém, não temos informações pessoais, onde atuava e como operava. Estou supondo que sua garçonete poderá nos ser útil. Precisamos interrogá-la. – A voz de Guilherme era firme e autoritária.

— Vou entrar em contato com ela e verificar o melhor meio de interrogá-la sem correr o risco de perder o peixe grande. Acredito que Farid deve chantageá-la mantendo em constante vigilância ou para não fugir ou para não delatar o que sabe. Acho que não deve perder Farid de vista, apesar de não conhecê-lo imagino um sujeito esperto e perigoso.

— Estamos adiantando este lado. Tente falar com ela o mais rápido possível, não podemos perder tempo ou serei obrigado a detê-la para interrogatório. – A voz firme de Guilherme fez Fernando permanecer calado.

— Farei o possível porém não esqueça que o problema não é meu e fizemos um acordo. – Finalizou Fernando.

Guilherme apertou sua mão deu um sorriso apontando com o indicador para Fernando.

CAPÍTULO 44

Aproximava-se a data do vestibular quando Clarice pediu autorização à Farid para prestar os exames. Por um momento ficou satisfeita por ter obtido autorização, por outro lado sentia-se cada vez mais prisioneira. O mal estar que causava à convivência com um elemento estranho dentro de casa e a vigilância permanente era insuportável.

Entrou no quarto retirando a caixa de sapatos que continha todo o dinheiro economizado escondendo na mochila que levava para o trabalho. As possibilidades de ser roubada seria dentro do ônibus, porém o capanga de Farid estava sempre ao lado ou na sala de aula por algum aluno esperto. Não teria problema de manter o dinheiro na mochila com a vantagem que poderia fugir à qualquer momento.

Ao aproximar-se do cursinho, o homem foi sentar-se no mesmo lugar de sempre, enquanto observava Clarice conversar com uma colega entrando no prédio.

No intervalo das aulas, um jovem de bermuda e mochila à tiracolo misturava-se entre os alunos que saíam para comprar no quiosque em frente, sempre observando o homem que mantinha-se de pé na esquina. Dificilmente saia da sala de aula nos intervalos quando foi surpreendida por Haim sentando ao seu lado.

— Não vou demorar. Informe para o Fernando a data que Jorge retornará. – Falou Haim enquanto olhava à garota que acabava de chegar.

— Farid deixou um homem dentro de casa até o retorno de Jorge de São Paulo ficando de comunicar a data da chegada. – Clarice falava enquanto retirava um caderno da mochila.

— Quando Jorge chegar tente ligar da secretaria da escola para Fernando informando que seu tio chegou de viagem. Certo? – Falou Haim enquanto saía sob os olhares das garotas que chegavam para o reinício das aulas. Ao ver o primeiro telefone público telefonou para Fernando.

A Polícia Federal monitorava as chamadas telefônicas de Farid e seus passos seguidos. As gravações estavam sendo analisadas, porém não haviam indícios concretos que levassem a formularem um pedido de prisão. Guilherme estava reunido com seu chefe e os agentes da Polícia Federal, quando o telefone tocou.

— Boa tarde Guilherme! Podemos nos reunir à noite?

— Claro. Marque a hora e o local. – Respondeu Guilherme esperando à confirmação de Fernando.

Os minutos se passavam e Guilherme dava sinais de impaciência quando olhou para o relógio e viu que Fernando estava quase meia hora de atraso. Estava querendo desistir do encontro quando chegou apressado apresentando desculpas pelo atraso.

— Tivemos uma reunião com a gerência e não tive como avisá-lo.

— Compreendo. Quais as novidades? – Falou Guilherme enquanto convidava para tomar um lanche.

Chegaram na lanchonete e ambos pediram sanduíches com refrigerantes, sentando-se aguardando o pedido.

— O que me conta de importante?

— O homem do retrato falado que mostrou-me chama-se Ramzy Chader. – Falou Fernando enquanto Guilherme fazia anotações em uma caderneta.

Ficaram os dois olhando um para o outro por um breve momento enquanto o garçom trazia os sanduíches.

— Ele trabalhava na secretaria de educação e ocupava um cargo de confiança. – falou Fernando enquanto dava uma mordida no sanduíche.

— Não acredito! Isto é uma situação extremamente delicada. – Guilherme deu outra mordida no sanduíche passando um lenço de papel na boca.

— Vocês terão que puxar o fio da teia, rastreando os últimos telefones antes de sua viagem. Ele era muito querido na repartição e bem relacionado. Acredito que tinha conexões com aquele homem do retrato que não foi identificado. Farid deve ser investigado, pois com certeza deve manter Clarice sob chantagem por saber de algo que poderá incriminá-lo. Sem dúvida, deve ter drogas no meio e gente graúda dando cobertura – Falou Fernando enquanto terminava de dar a última mordida no sanduíche.

— Vou continuar no jogo até o final. No primeiro e único dia que conversei com Ramzy, minha intuição dizia que existia algo de errado com ele. Isto deixou-me encucado por muito tempo e nunca gostei de ter coisas mal-entendidas.

— Fernando sua colaboração foi muito importante, isto poderá agilizar as investigações. Sou muito grato e darei todo o apoio que necessitar. – Guilherme estava satisfeito apertou a mão de Fernando despedindo-se. Não tinha tempo à perder.

A percepção de Fernando indicava que a situação era mais complicada do que imaginava, pois tinha causado impacto em Guilherme. Estava querendo juntar as peças do quebra-cabeças e que talvez Clarice pudesse elucidar. O primeiro passo seria colocá-la em um lugar seguro. Havia pensado em diversas possibilidades porém nenhuma apresentava o grau de segurança exigido. Iria conversar com Haim para apresentar sugestões em busca da solução para o problema. Retornou à empresa e no término do expediente dirigiu-se ao hotel para encontrar-se com Haim.

Ao chegar foi informado pela portaria que Haim encontrava-se no refeitório. Então foi para o lobby aguardar acendeu um cigarro enquanto relembrava a conversar com Haim que o surpreendeu com o que sabia. Havia algo de estranho no amigo se perguntava constantemente. No momento não exigiria explicações precisava saber seu plano. Foi quando Haim foi se aproximando acompanhado por um hóspede.

— Olá Fernando!

— Oi, Haim desculpe-me não ter telefonado marcando encontro. – Falou Fernando enquanto apertava à mão do amigo.

— Não têm importância. Onde você quer conversar?

— Podemos conversar no seu quarto?

— Claro! – Respondeu Haim enquanto caminhava para o elevador.

Ao chegar no quarto Fernando foi narrando a conversa que teve com Guilherme sobre Ramzy e o inicio das investigações sobre Farid, enquanto Haim ouvia atentamente a narrativa.

— Aceita alguma bebida?

— Não. Muito obrigado.

— Ainda não consegui um lugar seguro para Clarice e isto está me preocupando, porque acredito que em breve Guilherme irá interrogá-la e isto a complicaria.

Haim levantou-se da cadeira foi ao frigobar abrindo uma garrafa de água mineral bebendo pelo gargalo.

— Vamos trazê-la para o hotel aqui não correrá perigo e nossos encontros marcaremos em outro local. Para não correr risco de ser seguido pelos agentes de Guilherme. Vou avisá-lo do dia que iremos resgatá-la, pois terei que contar com seu apoio. – Haim falava calmamente dando goles na água mineral.

— Certo, neste dia terei que pedir licença no trabalho. Tenho certeza que conseguiremos tirá-la do buraco. – O entusiasmo de Fernando estava no rosto.

— Estamos combinado para o final de semana em Goiânia?

— Confirmado. – Falou Fernando sorrindo enquanto despedia do amigo.

O coronel Murilo estava surpreso com as informações de Guilherme. Não imaginava que por muito tempo era alvo da trama de Ramzy para coletar informações sigilosas. No outro dia de manhã o coronel estava no Quartel-General para interrogatório com seus superiores. Sabia que sua carreira estava no final.

CAPÍTULO 45

As provas do vestibular tinha sido fáceis estando esperançosa de sua aprovação. Mais alguns dias saberia o resultado com expectativa de ser aprovada o que daria um novo rumo à vida.

Começou a subir os degraus da escadaria sob o olhar atento do vigia que não tirava os olhos dos seus traseiros. Entrou no apartamento indo direto para o quarto trancando-se. Deitou na cama imaginando as possibilidades de atacá-lo enquanto dormia ou de suborná-lo com uma parte de sua economia, porém o medo do fracasso impedia de executar seus intentos. O homem era um fiel cão de caça seria difícil burlar a vigilância. Levantou-se foi tomar banho e preparar à refeição. Era angustiante não ter com quem conversar, além do medo que sentia daquele homem aparentemente inofensivo, que passava o tempo lendo livros de bolso ou revistas em quadrinhos.

Clarice entrou no quarto permanecendo até a chegada da Kombi que recolhia os funcionários nos dias de domingo. Ao chegar no trabalho uma das colegas aproximou-se:

— Como foi de vestibular?

— Fui ótima. Caiu na prova o que estudei. Estou com fé que irei passar. – Clarice falava entusiasmada.

Conversar lhe dava sensação de alívio e liberdade, porém não tinha como desabafar seus problemas. Vestiu o avental saindo para atender um casal recém chegado.

A secretária pelo o interfone transferiu a ligação para o senador que prontamente atendeu o telefone.

— Bom dia, senador.

— Bom dia, Farid. Quais são as novidades?

— Gostaria de contar com sua presença em nossa reunião social na próxima semana.

— Claro. Estarei presente e espero não ter o problema que tive na última convenção. – Ironizou o senador.

— Certeza que não ocorrerá outra vez o incidente. – Finalizou Farid despedindo-se.

Do outro da rua os agentes federais gravavam toda a conversação de Farid com o senador. A rede tinha sido jogada aguardando os peixes, preferencialmente graúdos. Era um trabalho de paciência. No dia seguinte Guilherme se reunia com o grupo de agentes federais acompanhando o andamento da operação e as análises das gravações. Em algum momento teria de posse os elementos necessários para uma ação judicial. No entanto, faltava o segundo suspeito que não tinha nenhuma pista que parecia ter desaparecido da terra. Naquele instante pensou em Fernando e na garçonete. Ela teria muito o que falar, porém iria esperar o próximo encontro com Fernando que esperava ser breve.

O homenzinho estava entretido na leitura da revista em quadrinhos quando a campainha tocou interrompendo à leitura.

— Clarice venha atender a porta. – Falou o vigia enquanto levantava-se colocando a mão no cabo do revólver ocultado pela camisa.

Não demorou muito Clarice saiu para atender à porta olhando pelo olho mágico. Ela reconheceu os rostos ficando em dúvida do atendimento, enquanto o homem permanecia em pé com a mão no revólver aguardando qualquer surpresa.

— Quem é? – Perguntou Clarice nervosa.

— Telebrás, companhia telefônica. Residência do senhor Ramzy Chader? Temos um pedido de instalação de telefone à três meses, se não instalarmos hoje deverá demorar bastante tempo. – falou a voz do outro lado da porta.

Clarice relutou por alguns segundo resolvendo a abrir a porta para os homens que adentraram carregando uma maleta e telefone com cabos nas mãos sob o olhar atento do vigia.

Clarice emudeceu parecendo ter visto extraterrestres acabando de chegar. O homem sentou-se apanhando à revista quando ouviu a voz de um dos homens.

— Onde você prefere a instalação do telefone? – A voz era de Fernando dando uma piscada de olho para Clarice tentando tranquilizá-la enquanto pedia um copo dágua.

O outro homem dirigiu-se ao canto da sala com a caixa de ferramentas e os cabos enrolados nas mãos, largando a caixa de ferramentas ao lado do vigia que parecia mais relaxado com à presença dos homens.

Fernando bebeu o copo dágua aproximou-se do vigia ficando ao seu lado, enquanto o outro tentava passar os cabos por trás do sofá. Clarice dentro do quarto tremia de medo quando ouviu a voz de Haim.

— Não se mexa! – Falou Haim apontando a pistola com silenciador na cabeça do vigia, enquanto Fernando desarmava-o, retirando as balas do revólver colocando-as no bolso, enquanto Haim aplicava uma forte coronhada na cabeça. Clarice estava paralisada encostada na parede olhando o homem estendido no sofá como sangue escorrendo pelo pescoço, quando Fernando a levou para o quarto pedindo para apanhar rápido seus pertences. Haim trancou o apartamento entrando no carro enquanto Fernando dirigia em velocidade.

— Clarice conhece algum salão de beleza? Precisa cortar os cabelos e pintá-los. – Falou Haim enquanto Fernando olhava-o pelo retrovisor.

— Sim. Têm um próximo do cursinho que estudava. – Clarice falava apreensiva.

Os dois dentro do carro aguardavam Clarice sair do salão de beleza. Fernando estava surpreendido com a destreza e frieza de Haim que agia como um profissional provocando mais dúvidas sobre a real atividade do amigo. Certamente não era um turista qualquer. Havia algo de especial nele que saberia no momento certo ou talvez nunca soubesse.

O cabeleireiro tinha transformado a jovem que vinha ajeitando os cabelos tingidos de preto curtos à Chanel e óculos escuro não se importando com os assovios que vinham dentro do carro. Ela deu um sorriso sentando-se ao lado de Fernando que procurava buscar a imagem da garçonete em sua mente quando a viu pela primeira vez. Agora ela estava sentada ao seu lado não acreditando no que estava ocorrendo.

— Puxa como você está diferente? Está mais bonita ainda. – Disse Fernando apoiado por Haim que percebia o olhar apaixonado do amigo.

Haim havia instruído o amigo à preencher a ficha do hotel em seu nome solicitando quarto de casal. O hotel era bastante tolerante com seus hóspedes e não teria problema de acomodação. enquanto Fernando abria o porta-malas para retirar os pertences de Clarice, supreendeu-se quando Haim pediu as chaves do carro saindo em seguida.

O casal foi abordado pelo porteiro que insistia em levar as sacolas e a mochila conduzidas por Fernando, que se aproximava do balcão de atendimento, enquanto Clarice permanecia aguardando de braços cruzados. Ainda estava com a imagem do homem estendido no sofá imaginando o que poderia ocorrer quando Abud e Farid soubessem de sua fuga. Fernando a tomou pelo braço dirigindo-se ao elevador enquanto balançava a chave do apartamento.

— Clarice não se preocupe com o que ocorreu, infelizmente, não era desta maneira que pensava em encontrá-la. Talvez, não acredite porém a primeira vez que te vi não consegui esquecê-la, por isso frequentava o Mug's para vê-la. Sei que não é o momento adequado para falar no assunto, porém achei que deveria fazê-lo. Não sei guardar o que penso e isto não é para tranquilizá-la, é para você confiar em mim. – enquanto Fernando falava Clarice passou a mãos em volta do seu rosto dando um leve beijo no rosto.

— Muito obrigada por tudo, também tenho algo para te falar. Senti algo em você que me atraía no primeiro dia que lhe vi, sem oportunidade de falar-lhe. – A voz de Clarice era pausada enquanto Fernando abria à porta do quarto do hotel dando passagem. Sentia-se naquele instante um cavaleiro medieval protegendo sua rainha. Uma mistura de sonho e realidade que o preocupava.

— Vamos aguardar à chegada de Haim enquanto isto procure retirar as mazelas da mente. Terá uma vida nova com liberdade para buscar seus sonhos. – Falou Fernando apanhando uma garrafa de refrigerante no frigobar despejando no copo enquanto bebia o resto no gargalo.

Haim desfez do telefone e da caixa de ferramentas demorando à chegar no hotel. Entrou no quarto foi logo solicitando a telefonista uma ligação interurbana. Guardou a arma na maleta deitando na cama aguardando a chamada quando a campainha tocou saltando da cama para atender à ligação. Demorou alguns minutos conversando deitando-se em seguida. Levantou-se e foi bater à porta do quarto onde encontrava-se o casal.

O gerente aguardava Clarice nervoso. Havia se passado mais de duas horas e o movimento da casa aumentava. Então, ligou para Farid comunicando à ausência da funcionária.

— Onde se meteu esta filha da puta! O que teria acontecido? – falou Farid com raiva, enquanto preparava-se para ir ao apartamento acompanhado por um dos homens.

O carro estacionou em frente ao prédio subindo apressados as escadarias tocando a campainha diversas vezes quando ouviu a voz do outro lado da porta.

— Estou sem chave seu Farid, não tinha como avisá-lo. Levei uma porrada na cabeça. – Falou o vigia com a voz trêmula.

Farid retirou do bolso uma cópia da chave abrindo a porta com um empurrão enquanto o capanga que acompanhava retirava o revólver da cintura entrando nos quartos à procura de alguém.

— O que aconteceu aqui? Conte-me seu filho da puta!

— Dois homens entraram dizendo que era da telefônica. Clarice deixou entrar quando um deles mencionou o nome do seu Ramzy o proprietário do apartamento. Então entraram com o material inclusive telefone, beberam água, quando um deles estendeu um cabo por trás do sofá enquanto o outro aguardava na minha frente ao lado da caixa de ferramentas, de repente ouvi a voz por trás com o cano de uma pistola na minha cabeça ameaçando e o outro me desarmava. Foi muito rápido. Não tinha como reagir, então recebi uma porrada na cabeça e não vi mais nada. Era mais ou menos dez horas da manhã. Quando acordei estava sangrando na cabeça e Clarice não se encontrava. Não tinha como avisá-lo seu Farid. – O vigia olhava para o outro homem que mantinha o revólver na mão, enquanto Farid praguejava ameaçando matá-lo.

— Vamos embora! Depois vamos acertar as contas! – Farid fechou o apartamento descendo as escadas correndo para o carro.

Chegou no escritório foi logo ligando para Abud comunicando a fuga de Clarice. Chamou o capanga que o acompanhava ordenando que seus homens iniciasse à procura da fugitiva com ordem para matá-la.

Em seguida acionou o senador pedindo o apoio dos seus contatos corruptos na polícia, o que o fez com o máximo prazer no momento que soube que a fugitiva era Clarice.

A temporada de caça estava aberta.

CAPÍTULO 46

Fernando abriu a porta quando Haim entrou carregando uma bolsa à tiracolo, sentando-se na cadeira ao lado da cama onde encontrava-se o casal.

— Clarice, estamos para te ajudar. Não tenha receio de contar tudo que sabe sobre esta quadrilha. – Haim falava com o olhar fixo nos olhos da jovem.

Os soluços vieram à tona enquanto ambos procuravam confortá-la. Demorou alguns minutos para recuperar-se quando iniciou o relato dos fatos ocorridos desde o primeiro contato com Abud, Ramzy e a organização palestina, as entregas de cocaína até a orgia promovida por Farid. Cada episódio a deixava constrangida porém sem medo de contar a verdade. Depois de ouvir todo depoimento Haim encerrou as perguntas, enquanto Fernando abria uma garrafa de refrigerante oferecendo à jovem. Haim fixava os olhos como estivesse prospectando resquícios de mentira. Não precisava mais interrogá-la já tinha tudo o que precisava saber.

— Fernando, pode desmarcar o passeio combinado? Sugiro ficar no hotel este final de semana ao lado de Clarice. Toda precaução é pouca neste momento. Concorda Clarice? – Haim terminou de falar enquanto ajeitava a bolsa à tiracolo despedindo-se apertando as mãos do casal.

— Concordo Haim. – Respondeu com a voz tímida sob à vista de Fernando que parecia nocauteado por um peso pesado enquanto acompanhava o amigo em silêncio até a porta.

Retornou ao lado da jovem que continuava em silêncio mantendo os olhos fechados, as mãos na cabeça imaginando que tudo aquilo era um terrível pesadelo.

— Não te preocupe! Dará tudo certo. – Ela tomou a mão de Fernando encostando a cabeça em seu ombro enquanto alisava seus cabelos carinhosamente. Os momentos de tensão havia deixada cansada e o sono vencera.

Fernando retirou os sapatos cobrindo-a com lençol, fechou o quarto e foi telefonar da portaria. Elisete não iria gostar do cancelamento do passeio. Ouviu os palavrões cabíveis à situação retornou ao quarto aproveitando para tirar um cochilo na outra cama de solteiro. Já era tarde da noite quando Clarice acordou encontrando Fernando sentado na cadeira em frente à penteadeira.

— Dormiu bem? – Perguntou Fernando com um sorriso nos lábios.

— Tive alguns pesadelos. Porém sinto-me melhor. Estive muito tensa. – Clarice falava levantando-se indo direto ao banheiro.

Fernando aproveitou a ausência de Clarice ligando à Haim não encontrando no quarto. Ligou então à portaria sendo informado que havia saído horas atrás.

As dúvidas dissipavam-se à medida que procurava relembrar os fatos narrados por Clarice. Não tinha dúvidas que o tráfico de drogas estava ligado ao terrorismo internacional deduzindo que esta seria a preocupação de Guilherme de manter à confidencialidade do assunto. Sabia que em poucas horas os agentes que estivessem na vigilância de Farid no Mug's, iriam sentir falta da garçonete e começariam à procurá-la. Aguardaria o retorno de Haim para conversar, pois era o momento das explicações que tanto precisava.

Clarice retornou do banho mais disposta e humorada. Fernando retirou o telefone do gancho enquanto procurava no informativo o número do serviço de restaurante.

— O que prefere comer? Prefiro um sanduíche de fiambre com refrigerante e você?

— O que pedir está ótimo para mim. – respondeu Clarice enquanto terminava de enxugar a cabeça com a toalha.

Fernando não desviava o olhar da jovem. Seu desejo era beijá-la e abraçá-la mas sentia que não era o momento de expressar sentimentos. Lembrou-se dos comentários maliciosos de Elisete quando a viu pela primeira vez. Ensaiou diversas vezes algo para dizê-la mais não encontrava assunto.

— Clarice, estou te incomodando? Acho que está constrangida com a minha presença. – A voz tímida de Fernando saiu quase imperceptível.

A pergunta teve um efeito explosivo fazendo-a levantar-se da cama atirando-se em seus braços. Beijaram-se sofregamente misturando palavras amorosas como fazem os amantes. Ele a puxou para cama entre beijos e carícias quando foram interrompidos por toques na porta.

— Deve ser os sanduíches que pedimos. – Disse Fernando levantando-se para atender. Ao abrir a porta deparou-se com Haim que foi entrando dando um leve toque na costa do amigo enquanto acenava para Clarice.

— Sinto interromper o casal! – brincou Haim olhando para Fernando que mantinha o rosto com ares de satisfação.

— Pronta para viajar Clarice? Amanhã cedo viajará para o Rio onde um casal de amigos estará lhe aguardando no Aeroporto. Ficará alguns dias hospedados com eles até resolvermos este assunto. No Rio estará segura. – Falou Haim mostrando a passagem enquanto Fernando parecia não acreditar no que estava acontecendo.

— Estou pronta apenas com poucas roupas para levar – Falou Clarice olhando para Fernando que continuava calado.

— Isto não será problema. Amanhã cedo sairmos para o aeroporto – falou Haim entregando a passagem na mão da jovem.

Mal terminou de falar bateram na porta. Era o serviço de quarto. Haim saiu para atender enquanto apontava com o dedo ao casal.

— Tenham uma feliz lua de mel. Boa noite! – Despediu-se rindo enquanto relembrava o horário de partida.

Acabaram de comer os sanduíches quando Fernando ligou à televisão do quarto indo tomar banho. Saiu com a toalha envolta na cintura esquecendo a timidez no ralo do banheiro. Juntou as camas cobrindo o corpo enquanto Clarice o esperava debaixo do lençol olhando por pouco tempo à televisão. Eles tinham algo melhor para fazer.

A noite parecia não terminar. Ela tinha se doado totalmente como nunca havia feito. Cada penetração provocavam faíscas que inflamavam seus corpos. Os gemidos, sussurros misturavam-se com as palavras doces aumentando ainda mais o prazer que sentiam. O cansaço chegou adormecendo-os colados como se fossem um único corpo. Finalmente, tinham conhecido o amor embora tardio.

Levantaram cedo indo direto ao restaurante encontrando com Haim que já estava no final refeição.

— Bom dia! – Cumprimentou o casal esbanjando simpatia

— Bom dia! – Respondeu Haim enquanto bebia o último gole de café.

— Vou esperar no lobby. Não demorem para não atrasarmos.

— Não demoraremos. – falou Clarice segurando a mão de Fernando.

O aeroporto estava lotado quando o casal dirigiu-se à fila do checking da companhia. Haim permanecia ao lado observando as pessoas preparado para qualquer ação suspeita enquanto Fernando prestava informações à Clarice na sua primeira viagem aérea.

A voz do alto-falante anunciava o embarque da ponte aérea Brasília/Rio quando Haim e Fernando despediam-se entre beijos, abraços e promessas de reverem-se em breve. As lágrimas escorriam no rosto de Clarice que de vez enquanto olhava para atrás até desaparecer no corredor de embarque.

Ao descer do carro de frente ao hotel, Haim despediu-se do amigo indo direto à portaria solicitar uma ligação interurbana. Após atendê-la retirou da maleta a teleobjetiva colocando na sacola rumando ao estacionamento do hotel.

Havia seguido Farid diversas vezes acompanhando seus passos porém não estava sozinho havia também os agentes do governo que o vigiava. No entanto era o único caminho que poderia levá-lo ao terrorista.

Estacionou nas proximidades da mansão retirando da sacola a teleobjetiva fotografando e anotando horários e ocorrências de movimento de pessoas, deslocando-se com frequência variando as posições, tomando o cuidado para não ser descoberto.

Nas suas observações deparou com uma furgão nas proximidades o que constatou ser uma unidade móvel de rastreamento de ligações telefônicas.

Então, retornou ao hotel para estudar as estratégias da operação que teria que contar com a participação de Fernando na execução.

A sala de Meira mais parecia um fumódromo. O cheiro de cigarro misturado com o ar condicionado era um convite para o abandono do fumo. Fernando entrou abanando o nariz enquanto Meira colocava o cigarro no cinzeiro.

— Pode dar-me cinco minutinho? – Falou Fernando enquanto sentava.

— Claro! O que você manda? – Falou Meira enquanto colocava alguns papeis dentro da gaveta.

— Preciso com urgência antecipar minhas férias à partir de amanhã.

— O que está ocorrendo? Posso saber? – disse Meira olhando para Fernando surpreso com o pedido.

— Lamento amigo em não poder contar porém prometo que saberá no meu retorno. Meira você me conhece há bastante tempo sabe que jamais faria um pedido sem um motivo justificável. Confie em mim e faça este favor ao seu amigo. – Fernando falava sério enquanto Meira refletia sobre a solicitação.

— Ok. Vou 'quebrar este galho', porém não existirá outra oportunidade. Finalmente, não sou o dono da empresa. – Meira falou aborrecido finalizando a conversa.

— Muito obrigado doutor Meira. Não existirá uma próxima. – Falou Fernando ironizando enquanto apertava a mão do amigo dando um sorriso fechando a porta. Ao entrar na sala ligou imediatamente para Haim comunicando que estaria à sua disposição. Restava conversar com Guilherme para finalizar seu projeto.

O encontro foi marcado em frente ao estacionamento do Cine Cultura. Desta vez Fernando chegou antes do horário combinado enquanto refletia no que teria que falar, pois Guilherme era bastante sagaz podendo comprometer as ações de Haim no assunto. Sabia que ambos estavam envolvidos com cordas amarradas em seus pescoços, portando teria que ser cuidadoso com palavras e ações.

Guilherme estacionou à pouco metros, descendo acompanhado por um agente. Ao aproximar-se cumprimentou Fernando enquanto apresentava o companheiro.

— Este é Silvio. Um dos nossos homens.

— Muito prazer. Fernando às suas ordens.

— Podemos conversar? – Falou Guilherme que parecia ter pressa.

— Claro. Clarice fugiu com minha ajuda. Conseguimos burlar a vigilância dos homens de Farid. Agora ela se encontra em um lugar seguro. Relatou-me o que aconteceu desde como foi ludibriada por Ramzy, as entregas de cocaína que era obrigada à fazer, o cativeiro até a participação com prostitutas em uma festa patrocinada por Farid, para políticos do seu relacionamento. No relato também mencionou a participação de Ramzy em uma organização palestina. A jovem não tinha nenhuma noção do que se tratava. Informou que um dos traficantes que costumava encontrar-se com Farid encontra-se desaparecido. – enquanto falava o agente fazia anotações e não tirava os olhos de Fernando.

— Obrigado mais uma vez pela cooperação. Farid continua sob vigilância até pegarmos o traficante que encontra-se desaparecido. Ainda não angariamos provas suficientes, porém estamos trabalhando com muito rigor. A Polícia Federal está colaborando nas investigações, inclusive de alguns políticos que mantém relacionamento com Farid, provavelmente fazendo parte do negócio. Quanto a garçonete trate-a de manter em segurança. Qualquer problema ou informação entre em contato com Silvio que estará à sua disposição. Nosso acordo continua valendo. – Guilherme apertou a mão de Fernando sendo acompanhado pelo agente que lhe passava o telefone de contato.

Entraram no carro saindo rapidamente enquanto Fernando caminhava em direção à bilheteria do cinema para o encontro com Haim que o esperava na sala de espera.

CAPÍTULO 47

O funcionário da agência da agência de carros de aluguéis cumprimentou seu primeiro cliente do dia, que solicitava à troca do veículo por um mais potente de motor. Por um instante, o cliente ficou em dúvida na escolha, quando o atendente sugeriu o carro que atendia suas necessidades. Arrancada rápida, veloz e motor potente. Rapidamente, foi feita a caução em espécie e cumprida a burocracia exigida. Então dirigiram-se ao pátio para a vistoria de praxe. Não demorou muito para receber as chaves enquanto o funcionário desejava boa sorte. Sorte era o que mais precisava para cumprir sua missão.

Ao chegar no hotel foi direto à portaria apanhar a chave do quarto. Deitou-se alguns minutos na cama quando lembrou-se de telefonar para o rabino Yaakov.

— Shalom!

— Shalom! – Respondeu o rabino do outro lado da linha.

— Como vai a hóspede? – perguntou Haim em hebraico.

— Sem problema. Gostei dela e até o presente têm se mantido muito discreta. Sara têm dado o apoio necessário, inclusive comentou sobre a boa impressão que ela causou. – O rabino seguiu fazendo comentários em hebraico, enquanto Haim marcava outra ligação desligando em seguida. Despiu-se enrolando a toalha na cintura preparando-se para o banho quando ouviu leves toques na porta.

— Quem é? – perguntou Haim com a pistola destravada na mão.

— Sou eu Marluce – Ao ouvir o nome da garota imediatamente escondeu a pistola e foi abrindo a porta devagar.

— Entre. Peço desculpas pois já estava no banheiro quando ouvi as batidas na porta. – falou Haim surpreso com a visita.

— Queria te lembrar do nosso passeio amanhã. – disse Marluce com um leve sorriso no rosto.

— Claro. Está combinado. E o que você vai fazer agora?

— Nada. Apenas aguardar a hora do almoço.

— Então vamos almoçar juntos porque tenho um compromisso com meu amigo à tarde. – Haim dirigia-se ao banheiro enquanto a jovem sentava-se na cama.

— Não demore muito no banho se não irei te chamar – falou Marluce provocando.

Não demorou muito para despir-se entrando nua no banheiro pegando-o desprevenido, foi logo abraçando e beijando com volúpia agarrando em seu pescoço enquanto era suspensa pelas nádegas levada contra à parede. O barulho da água do chuveiro abafava os gemidos até que o orgasmo chegou.

Foi descendo devagar até encostar os pés no chão respirando ofegante enquanto Haim ensaboava sua costa e nádegas. Queria continuar quando não resistindo as carícias por trás apoiou as mãos na parede abrindo as pernas puxando-o para si. Terminaram na cama cansados de prazer.

Acordaram com o telefone da portaria informando a hora de despertar. Haim levantou-se sob protestos humorados de Marluce que vestia-se rápida preparando para sair. As desculpas confundiam-se com as promessas de novo encontro entre beijos e abraços.

Logo que Marluce saiu Haim tratou de fazer os preparativos para a operação. Vestiu calça com bolsos nas pernas, retirou da maleta a pistola com silenciador, carregadores, fitas gomadas, estojo com seringa, ampola com um líquido alaranjado colocando tudo em uma sacola. Em minutos estava na portaria para a entrega das chaves, saindo às pressas para o estacionamento do hotel.

Fernando estava nervoso aguardando perto do prédio onde vivia Clarice à chegada de Haim, conforme haviam combinado. Há dois dias vigiava o prédio contando com a possibilidade da chegada de surpresa de Abud. De repente viu se aproximar um Passat branco sinalizando com os faróis enquanto fazia o retorno em direção à saída da quadra. Imediatamente, acionou o carro saindo atrás de Haim que dirigia em velocidade pelo Eixo Monumental em direção à casa de Farid.

Os carros pararam no posto de gasolina para abastecerem enquanto Haim dava as últimas instruções do plano. O objetivo era capturar Farid. Fernando estava nervoso era primeira vez que participava de uma operação perigosa. Haim havia estudado os horários de entrada e saída de Farid na mansão acompanhado quase sempre do motorista. A estrada que conduzia à mansão era estreita com capeamento de asfalto com uma extensa vegetação nas laterais. Haim com um binóculo observava a área não encontrando a furgão dos agentes de Guilherme que faziam a monitorização dos telefones e vigilância de Farid. Aquele era o momento adequado à execução do plano. Fernando dirigiu o carro fora da estrada escondendo entre a vegetação aguardando às ordens de Haim. Dentro de meia-hora Faird iria sair enquanto Haim com o binóculo acompanhava o movimento da mansão de uma pequena elevação que propiciava uma boa visão da área.

O portão foi aberto e o Chryler GTX foi saindo lentamente aumentando de velocidade conduzido por Farid. Ao avistar no final da estrada um carro com o capô aberto e o homem que acenava foi diminuindo a velocidade até parar.

— Que houve com o carro? – Falou Farid enquanto baixava o vidro.

— Problema no carburador e não tenho chave de fenda pequena para retirar os parafusos.

Por um instante Farid olhou para o homem de sotaque estrangeiro, desligou o carro descendo com as chaves para abrir o porta-malas.

— Você é americano? – Perguntou Farid enquanto levantava a tampa do porta-malas recebendo uma agulhada no pescoço como resposta desmaiando em seguida.

Fernando saiu do esconderijo correndo com o rolo de fita gomada na mão foi logo amordaçando-o, enquanto Haim envolvia com outro rolo as mãos, braços e pés saindo arrastando o pesado corpo com muita dificuldade até que conseguiram alojá-lo dentro do porta-malas. Haim pegou as chaves do chão jogando para bem longe, enquanto entrava no carro saindo em disparada seguido por Fernando que nervoso não via a hora de deixar o carro na garagem do apartamento. O sequestro tinha sido mais rápido do que esperavam. A sorte tinha ficado ao lado deles na ausência do motorista que não foi preciso eliminá-lo como era previsto no plano. Fernando estava apreensivo quando largou o carro na garagem do subsolo do prédio saindo correndo para encontrar-se com Haim que o aguardava saindo rumo à Planaltina.

Faltava uns vinte minutos para chegar em Planaltina quando o carro entrou numa estrada vicinal de difícil acesso. Pararam o carro debaixo de uma árvore, abriram o porta-malas esperando à noite que se aproximava. Haim olhou o homem enrolado com fitas gomada deu sorriso, colocando os dedos no pescoço para sentir as pulsações sanguínea. Estava vivo sem ferimentos pronto para ser interrogado. Fernando sentando-se no chão encostando-se na árvore ouvindo os pássaros que chegavam junto com a escuridão. Haim sentado dentro do carro com a porta aberta e as pernas para fora parecia estar isolado de tudo. A solidão foi rompida quando levantou-se retirando uma lanterna da sacola caminhando para o porta-malas.

— Vamos recepcionar nosso convidado. Está na hora da reunião. – Haim falava com ironia e desprezo.

Conseguiram retirá-lo depois de algumas tentativas arrastando-o até a árvore, onde retiraram a mordaça e a fita que cobria os olhos.

— Senhor Farid, pronto para negociar? – A pergunta de Haim deu uma esperança à Farid.

— Quanto querem pela minha vida?

— Sua vida e da família está na negociação. – falou Haim enquanto passava a mão na cabeça de Farid.

— Por favor dou o dinheiro que quiserem mas não mexam com a minha família. – Farid implorava tentando se mexer.

— Se responder exatamente minha pergunta voltará com vida à sua família. Mentindo a família se reunirá na eternidade. Compreende senhor Farid? – Haim falava no ouvido em tom alto.

— Onde está Abud? Que dia e hora voltará? E onde ficará? – Complementou Haim enquanto destravava a pistola colocando o silenciador.

— Têm cinco minutos para responder. – Falou Haim encostando o cano do silenciador na boca de Farid.

— Por favor não me mate pelo amor de Deus! – a voz saia aos prantos acompanhado das lágrimas que desciam pelo rosto.

— Vamos está passando o tempo. – Haim falava impaciente.

O gravador foi sacado do bolso enquanto Farid contava o paradeiro do terrorista, horário de chegada, local de permanência e outros detalhes. Fernando ouvia toda a confissão em silêncio quando Haim desligou o gravador.

— Vá para o carro. – Haim falou autoritário.

Fernando sentou-se quando ouviu os disparos abafados da arma fechando os olhos ao mesmo tempo que o sentimento de justiça o aliviava. Haim não demorou entrar no carro saindo em marcha lenta, com os faróis em luz baixa até a estrada asfaltada retornando à Brasília em velocidade. Fernando admirava a tranquilidade do amigo que agia como um profissional experiente. Demorou alguns minutos em silêncio quando perguntou secamente.

— Porque está fazendo isto? – A pergunta pegou Haim de surpresa.

— Depois contarei tudo. Não te preocupe. – A resposta de Haim fez Fernando calar-se.

Ao aproximarem-se do Conjunto Nacional, pediu para descer marcando um novo encontro no hotel. Esticou a mão despedindo-se, abriu a porta, colocando as mãos nos bolsos do blusão esperando à partida do carro, depois saiu devagar em direção à entrada do shopping.

Precisava relaxar, tomar uma cerveja e retornar ao apartamento quando lembrou-se dos últimos instantes com Clarice que estava distante.

Os agentes acompanhavam o movimento na casa de Farid. O carro tinha sido encontrado abandonado na estrada e até o momento era ignorado o paradeiro. Os homens da furgão que rastreavam as ligações achavam estranho que até o momento não haviam comunicado à polícia o desaparecimento, como também não havia pedido de resgate.

O telefone tocou na mesa de Guilherme. Era um dos agentes que informava o desaparecimento de Farid. Guilherme coçou a cabeça enquanto orientava o agente em permanecer na escuta dos telefonemas. Foi até a parede onde encontrava-se o flanelógrafo colocando com o marcador uma interrogação no nome de Farid, enquanto observava o retrato que não estava marcado. Ainda não tinha nenhuma informação do paradeiro do suspeito.

Os contatos de Ramzy estavam sendo investigados pela Polícia Federal, mas sem resultados, porém os de Farid as investigações estavam alcançando resultados consideráveis os quais brevemente iriam repercutir em diversas níveis, desde empresários e políticos que se beneficiavam de negócios escusos.

A campainha tocou diversas vezes quando Fernando levantou-se sonolento indo até a porta olhando pelo olho mágico. Era Silvio, o agente de Guilherme. Abriu a porta convidando à entrar apertaram as mãos em cumprimento enquanto Fernando indicava o sofá para sentar-se.

— O que manda? – perguntou Fernando com a voz sonolenta.

— Sabe que Farid desapareceu? – A voz dava um tom acusatório.

— Não sabia. Se você não sabe estava dormindo, porém não me causa surpresa, vindo de alguém que têm negócios sujos. Falei para Guilherme que Clarice havia contado que participou forçada em uma festa patrocinado por Farid contando com a presença de prostitutas de luxo para diversos políticos. Um tipo desde não deve ter somente amigos, principalmente dentro do negócio de drogas. Como falei para Guilherme ajudei Clarice na fuga, pois estava correndo risco de vida. Infelizmente, não tenho mais notícias, pois a única pessoa que pelas características do retrato falado apresentado à Clarice comprovou ser o elemento desaparecido visto pela última vez com Farid. É tudo que sei no momento. Estarei disposto à colaborar com o máximo prazer para vê-los atrás das grades. – Falou Fernando enquanto convidava para tomar um café que foi rejeitado pelo visitante.

— Acho que teremos que interrogar Clarice. – Falou Silvio levantando-se.

— Ela esta segura fora de Brasília. Porém, temo alguma reação de Farid. Vamos aguardar um pouco pois está disposta à colaborar desde que seja mantida sua segurança física. Foi o trato que fiz com Guilherme.Espero que seja cumprido. – Fernando falou sem titubear.

— Tudo bem. Qualquer novidade entre em contato. Desculpe tê-lo acordado. Boa noite! – Apertou a mão de Fernando dirigindo-se à porta.

— Boa noite! – Respondeu Fernando enquanto fechava a porta.

CAPÍTULO 48

O casal despedia-se na porta do hotel entre beijos e abraços. Ele havia recebido uma comunicação da empresa que trabalhava solicitando a interrupção das férias precisando apresentar-se com urgência ao trabalho. Marluce acenava enquanto entrava no carro indo direto à agência de aluguéis para devolução e entrega das chaves. Cumpriu as formalidades de praxe agradeceu ao recepcionista rumando ao aeroporto. Ao chegar parou na loja de revistas comprando jornais e cigarros dirigindo-se ao checking da companhia indo em seguida à sala de embarques aguardar a chamada do vôo.

Acendeu um cigarro enquanto abria as páginas do jornal desfilando o olhar nas manchetes até encontrar na página policial algo que interessava: A notícia sobre um empresário da noite desaparecido o qual a polícia suspeitava de sequestro, apesar dos familiares não ter mantido contato com os supostos sequestradores.

Naquele instante Haim relembrou o desespero de Farid em frente à morte informando os detalhes sobre a localização do terrorista. Desta vez não contaria com a participação de Fernando. Era um trabalho que não queria envolvê-lo para não comprometer a missão, porém tinha deixado instruções que certamente seriam cumpridas com o máximo de rigor. O sucesso ou fracasso da operação era de sua responsabilidade perante os superiores e apenas sua vida estaria em jogo.

Faltava meia hora para o almoço quando Guilherme telefonou para mãe avisando que não iria almoçar em casa. A reunião com os agentes da Polícia Federal não poderia ser desmarcada para outro horário. Os agentes estavam aguardando-o na sala quando chegou cumprimentando os participantes abrindo a pasta sobre a mesa.

O objetivo da reunião era a avaliação dos resultados das investigações da Polícia Federal sobre o desbaratamento da quadrilha que operava no Porto de Santos, em São Paulo suas conexões nos âmbitos nacional e internacional.

O desaparecimento de Farid trazia novas preocupações, pois várias medidas tinham sido tomadas como a quebra de sigilo bancário, grampo telefônicos não puderam aguardar por autorizações judiciais. A situação tornava-se cada vez mais delicada, devido o envolvimento de Farid com políticos importantes do governo.

A noite reunia-se em um hotel de luxo, um grupo de políticos que discutiam o desaparecimento de Farid, o grupo sentia-se ameaçado em seus interesses escusos resolvendo desencadear uma pressão nos órgãos de segurança e na mídia cobrando resultados do paradeiro do empresário.

Não tardou surtir os primeiros efeitos quando a Polícia Federal iniciou juntamente com o apoio de helicópteros das forças armadas à busca nas áreas do Distrito Federal e adjacências. As policias estaduais haviam sido alertadas havendo uma mobilização de grande parte do aparato policial envolvido nas investigações e buscas.

Já havia decorrido mais de uma semana sem nenhum resultado concreto das buscas. Guilherme estava preocupado com as pressões do chefe que aumentavam dia à dia deixando-o nervoso.

Acabara de ligar a televisão aguardando sua mãe preparar o almoço quando o telefone tocou. Levantou-se rapidamente para atender quando recebeu a informação de um dos agentes da equipe que a polícia de Planaltina havia encontrado um corpo nas cercanias da cidade. Imediatamente calçou os sapatos tomando a gravata, o paletó beijou a mãe saindo em disparada rumo à Planaltina.

Ao chegar na delegacia identificou-se saindo acompanhado por um policial até a cena do crime. A área estava cercada com alguns policiais que encontrava-se nas proximidades coletando possíveis pistas do assassino.

O cadáver ainda estava na posição que tinha sido encontrado aguardando à perícia. Farid estava preso por fitas gomadas com a face irreconhecível por tiros no rosto. Aguardou a chegada da perícia e o retorno da busca na área do crime. Os assassinos não tinham deixado pistas apenas as fitas gomadas resistentes. Concluiu que o crime tinha sido executado em parceria por assassinos profissionais. Isto não tinha dúvida. Iria aguardar o laudo policial informando o calibre das balas assassinas. Ligou o motor do carro suspendendo os vidros para proteger da poeira da estrada rumando para o escritório.

Aguardou a autorização de entrar no gabinete do comandante que o aguardava com a cara de poucos amigos.

— Sente-se tenente – a voz do militar refletia irritação.

— Farid foi assassinado. O corpo foi encontrado nas proximidades de Taguantinga amarrado com tiros no rosto. Estava irreconhecível. – falava Guilherme pausadamente.

— A polícia descobriu alguma pista?

— Não senhor. Acredito que o crime tenha sido realizado com colaboração de outros elementos, uma vez que a abordagem foi próxima à sua residência em uma ação extremamente rápida. Outro detalhe intrigante é que foi amarrado com fitas gomadas de alta resistência que acredito não serem fabricadas no Brasil. – O comandante ouvia as explanações de Guilherme enquanto rabiscava uma folha de papel.

— Disponho do último relatório da Polícia Federal sobre as investigações sobre as relações suspeitas de Farid com políticos envolvidos em negócios ilícitos. Sobre Farid existe a confirmação do seu assassinato em Paris, o tráfico de drogas e o envolvimento com a rede terrorista da OLP. Acredito que os assassinatos tenham sido perpetrados por este elemento que encontra-se foragido. Vamos fechar o cerco em todos aeroportos, estações rodoviárias para impedir à saída do pais. Procure-o até debaixo de sua cama. – Finalizou o comandante mudando o humor.

— Mais alguma coisa comandante? Estou dispensado?

— Dispensado tenente. Está fazendo um bom trabalho.

Guilherme apresentou continência retirando-se aliviado. Retornou à sala ligando para Fernando sendo informado que encontrava-se de férias.

Guilherme entrou no estacionamento do subsolo logo percebendo o carro de Fernando estacionado à poucos metros. Tratou rapidamente de examinar os pneus em seguida tentava descobrir no interior do carro algum objeto ou vestígios suspeitos nada encontrando. Retornou ao elevador parando no andar de Fernando. Tocou a campainha diversas vezes quando a porta sendo cumprimentado por Fernando que encontrava-se de kipá enrolado no xale judaico com um livro de orações.

— Desculpe à espera infelizmente não podia interromper a oração. – Guilherme ouviu com curiosidade.

— Liguei para sua empresa e informaram que estava de férias. – A voz de Guilherme tinha um tom de desconfiança.

— Sim. Tirei uns dias de férias pois irei participar de um ciclo de estudos judaicos no Rio de Janeiro. – Fernando falava enquanto retirava o xale de orações.

— Não sabia que era judeu!

— Com muito orgulho. – Respondeu Fernando rebatendo com ironia.

— Têm notícia de Clarice?

— Estou sem notícias, porém está em segurança longe de Farid e seus homens. Tenho até que comunicá-la sua aprovação no vestibular. – Fernando respondeu permanecendo em silêncio.

— Farid foi assassinado. – A notícia não perturbou Fernando.

— Não posso julgá-lo mas quem trafica drogas não pode ter outro destino. Segundo Clarice ele tinha amigos políticos e quem os têm não precisa de inimigos. Ela ouviu no dia que foi participar da festa uma discussão entre Farid e um homem esquisito em língua estrangeira. Foi a primeira vez que o viu e nunca mais apareceu. Isto foi na granja perto de Goiânia. Já capturaram o assassino? – A pergunta de Fernando deixou Guilherme sem resposta.

— Fernando nosso trato está firme. Muito obrigado pela sua colaboração. Meu convite continua valendo na hora que decidir trabalhar conosco estou à sua disposição. – Falou Guilherme despedindo com um aperto de mão enquanto Fernando aguardava a chegada do elevador.

Entrou no apartamento fechou a porta sabendo que à partir daquele momento seus passos seriam seguidos pelos agentes do governo.

Tomou o livro de rezas colocou o xale e de pé em direção à Jerusalém começou a rezar.

CAPÍTULO 49

A janela da pensão na 25 de Março dava uma visão da movimentação do comércio constituído por grande parte de imigrantes sírio-libaneses. Os imigrantes tornaram-se parte da vida social e comercial tendo dado importantes contribuições em todos os setores à maior cidade do país.

Ali há poucos metros estava hospedado em um pequeno hotel um dos mais procurados terroristas do mundo. Haim observava com binóculo à entrada e saída do hotel. Algumas vez dava uma mordida na maça voltando ao seu posto de observação apoiando os braços na janela continuando sua tarefa.

De repente apertou o binóculo contra os olhos parecendo não acreditar no que via. Um homem alto, magro, tez morena acompanhando por outro homem aproximavam-se do quarteirão do hotel. Largou o binóculo sobre a mesa vestiu o blusão rápido pondo a sacola à tiracolo fechando o quarto entregando a chave na portaria às pressas. Entrou na quitanda em frente ao hotel comprando um pacote de biscoito indo para esquina aguardar à saída dos homens. Não tinha pressa para abater à caça.

O homem gordo não demorou saindo com um pacote na mão em passos rápidos olhando de um lado para o outro, enquanto Haim o seguia por diversos quarteirões até chegar à uma loja de estivas com dizeres em árabe e português.

Atravessou a rua parando em frente a loja ajeitando os cadarços dos sapatos, enquanto um velho barbado de túnica branca mantinha-se sentado lendo um livro próximo ao balcão. O homem gordo havia desaparecido no interior da loja. Era o esconderijo do controlador financeiro da OLP e Haim havia descoberto. Retornou à pensão mastigando biscoito parando de vez enquanto para olhar as bugigangas dos vendedores espalhadas pelas calçadas quando o céu começou a nublar predizendo chuva.

Os primeiros pingos começaram a cair, fazendo os vendedores das calçadas se apressarem no recolhimento das mercadorias saindo em disparada. Haim correu para o toldo do hotel onde algumas pessoas se protegiam da chuva. O vento frio e os pingos grossos os empurravam cada vez mais à porta de entrada do hotel. O barulho dos pingos sobre o toldo aumentava cada vez mais parecendo não ter fim enquanto um ou outro desafiava o temporal saindo em disparada no meio do aguaceiro. As pessoas foram entrando lentamente ocupando as laterais da porta sob à vista do porteiro que parecia não concordar com a incômoda invasão do seu espaço.

Com o tempo os pingos começaram a diminuir então ele preparou-se para sair quando avistou no corredor um homem balançando a chave do quarto em direção à portaria, imediatamente atravessou a rua escondendo-se atrás de um caminhão de carga parado alguns metros. O homem parecia impaciente olhando diversas vezes para o relógio entrando novamente no hotel. Jogou o pacote de biscoitos no chão e foi vigiá-lo na esquina ao lado de uma banca de revistas onde comprou um jornal vespertino.

O homem acendeu o cigarro começando a caminhar sempre movimentando a cabeça para os lados. A direção tomada era à loja de estivas. Haim saiu rápido para aguardá-lo cortando o percurso. Ao aproximar-se da loja percebeu um Opala verde, o carro de Abud estacionado conduzido por alguém que o esperava.

Não tinha tempo à perder. Dirigiu-se ao carro com um cigarro na mão pedindo isqueiro enquanto o motorista metia a mão no bolso para atendê-lo foi quando abriu o blusão com a arma coberta pelo jornal encostou o cano da arma na cabeça pedindo para afastar-se enquanto aplicava uma forte coronhada deixando desacordado.

Ligou o carro aguardando à chegada de Abud com a pistola com

silenciador preparada para disparar. Estava tenso dentro de minutos estaria frente à frente ao inimigo e não poderá falhar. Abud surgiu na esquina atravessou a rua em direção ao carro, ao aproximar-se baixou a cabeça para reconhecer o motorista

quando recebeu os primeiros disparos fazendo cambalear caindo com a metade do corpo na calçada e outra no meio fio. Haim saiu apressado tentando acalmar-se para não despertar suspeita a medida que se incorporava ao trânsito lento provocado pelas fortes chuvas.

Dirigir na capital paulista era uma proeza para quem não conhecia avenidas, túneis e viadutos porém tinha que continuar à procurar um local para estacionar. A chuva que dificultava o tráfego havia cessado quando entrou numa rua estreita com pouco movimento. Diminuiu a velocidade subindo o meio fio da calçada, apagou os faróis demorou alguns minutos observando a rua quando retirou a arma disparando na cabeça do motorista desacordado.

Andou bastante tempo à procura de um taxi quando avistou um supermercado aberto. Na entrada foi logo pegando um carrinho de compras saindo olhando as prateleiras procurando o que comprar quando começou escolher alguns produtos.

Comprou latas de carne em conserva, azeite de oliva, e latas de óleo de cozinha solicitando ao gerente caixas para acondicionar as unidades por cada tipo de produto.

Ao finalizar a compra o gerente providenciou a chamada do taxi após ajudá-lo à colocá-los nas caixas. Em pouco tempo estava de volta à pensão retirando com ajuda do porteiro e do motorista as compras do porta-malas.

De manhã cedo já estava conversando com vendedores que chegavam para expor seus produtos nas calçadas. Não teve dificuldade em conseguir um pequeno espaço para colocar as mercadorias em troca de dinheiro. Era o ponto ideal para observar o movimento do hotel. Em poucos minutos a 25 de Março tinha ganho mais um vendedor ambulante desta vez judeu.

No final da tarde havia vendido todas as mercadorias apenas um fato chamou sua atenção quando um carro da polícia parou em frente ao hotel descendo alguns policiais. Agradeceu ao companheiro pelo ponto prometendo retornar em outra oportunidade saindo rumo à pensão.

Tomou café rápido aguardando o taxi que levaria ao aeroporto com viagem marcada para Montevidéu. Após o checking dirigiu-se à cabine telefônica ligando ao rabino Yaakov agradecendo a acolhida no Brasil aproveitando para enviar recomendações à Fernando e Clarice.

Uma semana depois entrava no escritório do Mossad em Tel-Aviv para prestar relatório aos superiores.

CAPÍTULO 50

Estava chegando o final do ano e Fernando não havia comprado os presentes para a confraternização anual da empresa. Pensou no que comprar para Clarice e Elisete. Deixou o carro na garagem do prédio saindo rumo à parada do ônibus. Desceu na Rodoviária foi direto à banca de revistas folhear jornais quando confirmou a presença do homem que o seguia desde à saída do prédio.

Em poucos minutos estava na entrada do Conjunto Nacional olhando para o relógio como estivesse preocupado em encontrar-se com alguém. Não demorou foi à cabine telefônica aguardando a vez de ligar para Elisete.

— Oi, Elisete. Estou na entrada do Conjunto Nacional para almoçarmos.Não posso te pegar no trabalho pois estou sem carro. – Fernando falava olhando em direção contrária ao agente que se mantinha a uma certa distância com um jornal aberto como estivesse lendo.

— Aguarde-me alguns minutos. - Falou Elisete concordando com o convite.

Fernando deu um sorriso ao desligar o telefone olhou o relógio entrou numa loja de roupas femininas à procura de algo sugestivo. Escolheu um baby-doll preto que combinava com a sensualidade da amiga. Com certeza iria gostar vestindo na primeira oportunidade que se apresentassem para ambos. Recebeu a sacola da vendedora dirigindo-se à sua livraria predileta. Aproximava a hora do encontro quando olhou para o relógio saindo devagar rumo à entrada do shopping.

Ao vê-la abraçaram-se tomando as mãos subiram a escada rolante indo à praça de alimentação escolhendo um restaurante de comida chinesa. Fizeram as escolhas no cardápio quando Fernando tomando a mão da amiga entregou a sacola com o presente. Ao recebê-la foi logo retirando o embrulho abrindo devagar de maneira discreta recolocando na sacola.

— Puxa! Estava pensando em comprar um deste para usar na próxima noite com você. – Elisete mal terminou de falar foi agarrando o rosto de Fernando beijando enquanto agradecia o presente recebido.

O casal terminou a refeição saindo à passear pelas lojas até aproximar à hora de retornar ao trabalho enquanto o agente não perdia oportunidade de fotografá-los. Separaram-se em frente ao shopping indo Fernando para o terminal rodoviário tomar o ônibus que levaria sua residência.

Ao chegar no prédio abriu a caixa postal encontrando contas à pagar, panfletos, cartões natalinos e um telegrama. Subiu ao apartamento jogando tudo que tinha na mão sobre a mesa abrindo nervoso o telegrama. Após alguns minutos apanhou as chaves do carro rumando à companhia aérea. Precisava chegar no Rio de Janeiro o mais rápido possível conforme previa o plano.

Preparou um bilhete comentando o motivo de sua ausência para o amigo que iria retornar brevemente. Fechou a mala colocando na sacola livros e objetos judaicos lamentando a ausência da mezuzá na porta ao sair.

Ao chegar no aeroporto após fazer o checking tratou logo de ligar para o rabino Yaakov fornecendo os dados do vôo de sua chegada. Fernando dirigiu-se à sala de embarque aguardando a chamada do vôo, quando a recepcionista da companhia foi abordada por um agente que identificou-se solicitando o horário de chegada do vôo que acabava de partir com destino ao Rio de Janeiro. Em poucos minutos a informação chegava aos ouvidos de Guilherme as repassou ao escritório do Rio de Janeiro. Levantou-se indo ao flanelógrafo quando escreveu num pedaço de cartolina os nomes de Fernando e Clarice colocando ao lado de Farid. Alguns motivos levavam à suspeita do casal, o desaparecimento de Clarice, as férias e a viagem repentina de Fernando eram indícios que ambos poderiam estar envolvidos no crime.

Retornou a mesa abrindo o laudo pericial da Polícia sobre o assassinato de Farid comparando os dados das execuções e os métodos empregados nos assassinatos do sargento e do marginal. A hipótese das execuções cometidas pela mesma pessoa era conclusiva. O assassinato de Farid as circunstâncias eram diferentes o sequestro foi executado com eficiência e planejamento, pois Farid encontrava-se sob vigilância do serviço secreto. Foi um plano executado por alguém com muita experiência e inteligência para precaver-se em todos os detalhes.

Fernando sabia que Farid estava tendo as ligações grampeadas e vigiado pelo seus homens.

A jovem encontrava-se na saída do prédio da repartição quando foi abordada por dois agentes do serviço secreto.

— Elisete? Pode nos dar um minuto de atenção ? - Falou o agente enquanto se identificava.

— Pois não. Do que se trata? – respondeu surpresa olhando para os agentes.

— Você sem dúvida conhece Fernando. Certo?

— Sim. Somos amigos. Estudamos na mesma faculdade. – Respondeu Elisete com segurança.

— Tem falado com ele nestes últimos dias? – O agente sentia-se embaraçado na escolha do local enquanto o outro fazia anotações.

Você prefere nos acompanhar. Aqui não é o local adequado para conversarmos. Falou o agente com um sorriso nos lábios.

— Não tenho nem um problema em responder aqui ou em outro lugar. Ontem, almocei com ele no Conjunto Nacional com fizemos diversas vezes. – Elisete estava ficando aborrecida demonstrando no seu tom de voz.

— Você sabe se ele conheceu alguém especial nestes últimos tempo?

— Como especial? Mulher ou homem?

— Ele encontrou-se com uma pessoa que lhe estava intermediando um emprego. Que eu saiba era isto. Quanto a mulher fora minha pessoa não conheço outra, salvo uma garçonete de um bar que vive dando em cima dele. Mais há muito tempo que não andamos pelo bar. Ele optou pelo material certo. – Elisete estava mais descontraída.

— Poderia descrever-me este individuo? – Perguntou o agente olhando fixamente para Elisete.

— Estatura mediana, cabelos curtos negro, idade mais ou menos entre 30 à 35 anos e cor branca de terno cinza claro. Um tipo sem muita atração. Mais alguma coisa? -finalizou Elisete.

Os agentes olharam entre si agradeceram as respostas despedindo-se com apertos de mãos. Ela retornou à sala de trabalho logo ligando para Fernando. A secretária atendeu informando que encontrava-se de férias não precisando à data de retorno. Elisete sentou-se colocando as mãos no queixo sem acreditar na resposta da secretária. Haviam almoçados juntos recebido presente natalino sem que mencionasse as férias. Algo estranho estava acontecendo. Iria procurá-lo em sua residência esclarecer às dúvidas.

O agente Silvio apresentou à Guilherme o resultado do interrogatório de Elisete, amiga de Fernando. Ao ouvir a descrição do suposto contato Guilherme começou a rir levantando-se da cadeira.

— Porra! Esta é a minha descrição não perceberam? – Falou Guilherme rindo apontando para si.

— Chefe porém ela falou que a pessoa não têm atrativo. – Comentou o outro agente rindo.

Desculparam-se saindo da sala enquanto Guilherme continuava pensativo procurando detectar algo que pudesse esclarecer os assassinatos. A Polícia Federal tinha provas suficientes para incriminar diversos figurões porém ainda não tinha nenhuma evidências de diálogos mantido entre Farid e o terrorista procurado.

No final da tarde Guilherme recebia a informação da polícia paulista sobre o duplo assassinato. Habib Fayed, o tesoureiro da OLP e Muhamad Tufick um dos terroristas mais procurado do mundo tinham sido eliminados sem pistas dos criminosos.

A medida que lia os informes sentia-se frustrado por não ter tido uma participação mais atuante, gostaria de ter colocado os envolvidos nas grades ou liquidá-los em ação. Ligou para o centro de informações do Rio suspendendo à vigilância de Fernando, pois não poderia ter cometido ou participado de uma ação ocorrida em São Paulo enquanto estava em Brasília. Suas suspeitas eram infundadas porém achava que Fernando não lhe havido contado tudo que Clarice lhe informou. Iria aguardar sua chegada.

Do aeroporto à casa do rabino Fernando relembrava as instruções de Haim. Receberia o telegrama quando estivesse terminado sua missão retornando à Israel. Tinha construído uma amizade e aprendido admirá-lo. Não teria mais oportunidade de revê-lo. Restava passar alguns dias com Clarice retornando ao trabalho apenas Elisete e Guilherme poderiam complicar o curso dos acontecimentos.

A campainha tocou quando Sara foi atender a porta acompanhada das crianças. Fernando a cumprimentou sem apertar sua mão conforme o costume judaico ortodoxo.

— Shalom Sara!

— Shalom Fernando!

— Como vai o rabino Yaakov? – Perguntou Fernando olhando ansioso sem encontrar Clarice na sala.

— Yaakov chegará mais tarde depois da Sinagoga irá resolver uns problemas. Pediu para aguardá-lo. Clarice está no banho você chegou mais cedo. – Falou Sara sorrindo enquanto pedia para Fernando acompanhá-la.

Fernando colocou seus pertences no quarto indicado por Sara retornando à sala aguardando Clarice enquanto a anfitriã encontrava-se na cozinha preparando o lanche das crianças. Ao ver Clarice se aproximar o coração de Fernando parecia sair pela boca, por uma questão de respeito à anfitriã deu-lhe um forte abraço sem beijá-la sob às vistas das crianças. Sorriam para as crianças sentando-se lado a lado no sofá com as mãos dadas como adolescentes. As crianças atenderam o chamado da mãe correndo em direção as cadeiras fazendo algazarras. Clarice expressava sua gratidão pelo casal que tinha acolhida como um familiar em próximo. Não tinha comentários à fazer sobre o tratamento recebido foi quando Fernando aproveitou para comunicá-la sobre sua aprovação no vestibular.

— Não acredito que fui aprovada. – Clarice falava emocionada fazendo escorrer lágrimas do seu rosto.

— A outra notícia que vim para levá-la para Brasília. Antes conversarei com o rabino pedindo algumas orientações pessoais. Caso permita iremos passar este final de semana em um hotel viajando em seguida. Claro, se você aceitar o convite. – Falou Fernando apertando sua mão.

— Claro, meu amor! – As palavras de Clarice verberaram nos ouvidos de Fernando.

Resende abriu as portas do Fusca 66 retirando os embrulhos, malas e sacos levando o que podia para o elevador. Abriu o apartamento respirando satisfação enquanto acendia a luz da sala colocando os pertences no piso de madeira que brilhava. O amigo tinha zelado muito bem o apartamento na sua ausência. Sentou-se por um breve momento no sofá quando notou sobre a mesa um bilhete do amigo informando sua ida ao Rio de Janeiro para um seminário judaico retornando no inicio da semana. Deixou o bilhete sobre a mesa indo organizar seu pertences retirando de um dos embrulhos uma garrafa de cachaça mineira presente para Fernando colocando o resto no armário. Havia entrado no banheiro quando a campainha soou enrolou-se na toalha saindo para averiguar através do olho mágico da porta. Era uma garota que tocava. Imediatamente foi abrindo a porta enquanto ela perguntava por Fernando pedindo para entrar totalmente desinibida.

— Pode entrar! – Falou Resende não perdendo a oportunidade de ficar sozinho com uma mulher mesmo que fosse do melhor amigo.

— Fernando já chegou? – Falou Elisete enquanto sentava cruzando as pernas em atitude provocativa.

— Fernando viajou para o Rio de Janeiro. – a resposta de Resende foi direta não entrando em detalhes.

— Hoje fui abordada por investigadores indagando sobre Fernando e uma possível amizade recente. – Elisete falava enquanto retirava um cigarro da bolsa oferecendo a Resende.

— Conheço Fernando de muito tempo é incapaz de meter-se em encrencas. A única vez que se referiu alguém foi há bastante tempo um cara que conheceu no Mug's e com certeza nunca mais o encontrou. – Falou Resende enquanto olhava as pernas da visitante.

— O que você vai fazer agora? – Perguntou Elisete.

— Vou tomar banho. Cheguei de viagem alguns minutos atrás enquanto tomo banho e visto-me sinta-se em casa. Abra a geladeira se tiver cerveja sirva-se. –Falou Resende caminhando ao banheiro.

— Obrigada, vou fazer isto mesmo. – falava Elisete dirigindo-se à cozinha.

Ao perceber a presença de Resende pronto para sair Elisete não titubeou em convidá-lo à irem ao Mug's o que teve aceitação imediata. Ficaram conversando alguns minutos como tema principal Fernando quando entraram no fusca indo direto ao bar. Para decepção do casal o bar encontrava-se fechado quando procuraram informar-se à uma loja que ainda encontrava-se aberta as causas do fechamento de uma das casas noturnas mais badaladas da cidade. A causa tinha sido o assassinato do proprietário por marginais.

Elisete estava decepcionada por não encontrar a garçonete no colo de Fernando. Ela estava magoada por Fernando não ter contado sobre a viagem repentina ao Rio de Janeiro. Iria dar-lhe o troco que merecia.

Imediatamente Elisete sugeriu um barzinho no Gilberto Salomão onde tomaram algumas cervejas em seguida tomaram direção ao motel mais próximo onde estreou o baby-doll preto para Resende, o amigo de apartamento de Fernando.

Os três estavam conversando no alpendre com as crianças ao redor quando o rabino foi entrando na garagem do carro fazendo as crianças correrem em sua direção agarrando-se nos braços e pernas enquanto distribuía beijos e abraços com um sorriso estampado no rosto. O rabino cumprimentou Clarice e Sara enquanto dava um forte abraço em Fernando. O rabino entregou a pasta à esposa segurando pelo braço foi conduzindo o hóspede até o escritório.

— Fernando tive uma excelente impressão de Clarice ela nos contou toda sua vida sem receios. Acreditamos em toda sua narrativa. Quanto a Haim mandou recomendações para vocês. — Yaakov falava com calma sempre com um sorriso no rosto.

— Rabino estou com plano de passar o final de semana em um hotel em seguida viajar à Brasília. Acredito que Clarice poderá ter aborrecimentos, pois o serviço secreto da Marinha está vigiando-me. Penso em apresentar Clarice para depoimento desde que apresente garantia escrita que não serão tomadas medidas legais contra ela. Qual sua opinião? – Falava Fernando com segurança.

— Minha opinião é esperar o contato com os homens do serviço secreto apresentando-a se existir intimação legal. Finalmente, seu amigo têm interesse de conhecer a verdade pois na realidade seu objetivo era à caça ao terrorista recebendo como bônus a descoberta de uma rede de traficantes internacionais ligado à uma rede de terroristas com pouca participação. – O rabino falava calmamente enquanto tirava um cigarro do maço.

Fernando ficou pensativo por um momento colocando seus pensamentos em ordem.

— Rabino, estou pensando em alugar um apartamento para ficarmos juntos, pois o apartamento que moro é funcional e meu amigo poderá ter complicações com o órgão público que trabalha.

— Vou falar com minha amiga de Brasília quem sabe poderá conseguir algo interessante para vocês. Quanto ao final de semana não terá de nossa parte nenhum problema. Haim enviou um presente de final de ano para vocês. – O rabino terminou de falar quando pediu a esposa a pasta que estava sobre a mesa da sala. Yaakov abriu calmamente a pasta passando às mãos de Fernando um pacote amarrado por elásticos enquanto observava as reações do rosto à medida que desenrolava o presente. – O jovem não estava acreditando no que via devolvendo o pacote ao rabino.

— Não posso receber este dinheiro pois se fosse para pagar o que Haim fez por nós teríamos que trabalhar toda nossas vidas. – Falou Fernando devolvendo o pacote.

— Este dinheiro é de vocês e terão que receber para iniciar à construção de suas vidas. É um prêmio que merecem sobretudo Clarice que foi vítima de toda a trama perigosa escapando com vida. – O rabino entregou novamente o pacote segurando suas mãos. Por um instante parecia emudecido colocou o pacote sobre a mesa e com os olhos em lágrimas abraçou o rabino agradecendo por tudo que tinha realizado por ambos.

Despediram-se da família rumando à um hotel em Búzios que era um dos seus sonhos vivenciar os momentos na praia com sua amada como as fotos de Brigitte Bardot e Bob Zagury publicadas nos jornais e revistas.

O casal viveu momentos inesquecíveis que marcaria para sempre suas vidas. A medida que o taxi afastava-se da pequena cidade em direção ao aeroporto a saudade aumentava fazendo promessas de retornar na primeira oportunidade. Durante o curto período todos as dúvidas e confissões foram reveladas os corações estavam aberto ao amor.

Ao chegar em Brasília tomaram um taxi com destino à Estação Rodoviária onde compraram passagens de ônibus para Goiânia. O pernoite em Goiânia foi a continuação de Búzios, passearam de mãos dadas pelo centro sentaram-se em um simpático barzinho bebendo chope gelado e refrigerante começando à fazer planos para suas vidas. Clarice confessou quanto havia economizado para fuga somado com o que Haim havia presenteado daria para comprar um pequeno apartamento e um carro popular. Nada mal para os jovens no inicio de vida conjugal. Pensava em trocar os dólares colocando em conta bancária mais no estágio que as investigações se encontravam não considerava uma boa opção decidiram alugar um cofre em um banco com a presença na abertura de ambos. Clarice ficaria hospedada até uma provável convocação para depoimento enquanto resolveria o problema de moradia.

Da chegada do aeroporto até a Estação Rodoviária não percebeu a presença de agentes o seguindo. Entrou no apartamento não encontrando o amigo que havia detectado sua chegada pelas coisas desarrumadas na cozinha e na sala. Resende sabia de suas investidas em cima da garçonete do bar, porém iria limitar seus comentários.

Resende estava de férias na faculdade chegando mais cedo encontrando Fernando sentado no sofá lendo. Os dois abraçaram-se enquanto Resende dirigia-se à cozinha trazendo a garrafa de cachaça como presente.

— Me conta o que aconteceu nestes dias. – Falou Resende curioso.

— Nada de interessante fora este seminário que fui participar que fui chamado de última hora em decorrência da desistência de um participante. Tive que pedir férias na empresa de última hora porém a participação era muito importante para mim.

— E a garçonete conseguiu comer? – Perguntou Resende com a fisionomia desconfiada.

— Não. Faz muito tempo que não ando no Mug's. A última vez foi contigo. – respondeu Fernando preparando-se para à próxima pergunta.

— Elisete te procurou contando-me que foi abordada por investigadores que queriam saber de uma nova amizade que obrigou a descrever o homem que você havia apresentado na faculdade. Depois fomos ao Mug's que encontrava-se fechado por causa do assassinato do proprietário. – Resende falava não fixando os olhos em Fernando como estivesse escondendo algo.

— Vou passar uma procuração para comer Elisete se não conseguiu comer. Não precisa ficar desconfiado te conheço de muito tempo e não vamos perder nossa amizade. Minha relação com Elisete é puro sexo e ela concorda com isto. Não precisa preocupar-se com o que aconteceu...se aconteceu. – Fernando falava calmamente enquanto Resende pedia desculpas ao amigo. Evidentemente o clima de amizade nunca seria o mesmo.

Apresentou-se cedo ao trabalho aguardando a chegada do gerente cumprimentando à todos os colegas com um sorriso no rosto. Estava mais do que nunca motivado ao trabalho. Meira chegou cumprimentando-o logo em seguida o chamou na sua sala para conversarem sobre o andamento do trabalho e outros assuntos.

— Fernando senti sua falta no trabalho existe alguns problemas que tenho certeza que contornará. O substituto não estava preparado para resolver os problemas e constantemente era acionado para resolvê-los. Desejo bom retorno! – falou Meira apertando à mão do amigo que levantava-se retornando à sua sala. Ao terminar o expediente dirigiu-se ao carro rumando à Goiânia levando malas e seus pertences para o hotel. Voltaria outro dia para despedir-se de Resende.

Havia se passado quase uma semana quando Fernando telefonou para Guilherme marcando um encontro. Os dois chegaram quase no mesmo horário.

— Oi, Guilherme.

— Oi, Fernando quais são as novidades?

— Retornei ao trabalho após o seminário que participei no Rio até aqui nada de especial. E o que conta de novo fora o assassinato de Farid? – Perguntou Fernando com a voz firme.

— Foi assassinado em São Paulo o suposto elo de Ramzy que encontrava-se foragido existindo apenas uma dúvida: o calibre das balas são idênticas as encontradas nos corpos de Farid e do bandido o que implica na participação de um terceiro homem correndo fora da raia. – Guilherme falava com sentimentos de frustração.

— Este outro homem poderia ser um assassino profissional da Máfia ou um agente da CIA. Ramzy mencionou à Clarice sua ligação com a OLP como falou-me que era um assunto confidencial deduzi que era de segurança nacional. Fernando falava com muito cuidado enquanto Guilherme olhava-o fixamente nos olhos.

— E a garçonete?

— Esta bem apenas preocupada com os homens de Farid, pois Ramzy tinha conhecimento dos seus pais adotivos que moram no Goiás e a chantageava psicologicamente aludindo sobre qualquer deslize cometido os velhos seriam liquidados. Eu jamais ajudaria alguém que estivesse fora da lei. Ela era uma inocente vitima de chantagem, por isso ajudei-a e faria de novo se fosse o caso. É apenas um caso de justiça. – Fernando ficou olhando para Guilherme que desviava o olhar em direção aos carros que passavam na rua. De repente voltou o olhar para Fernando:

— Transmita para ela que pode retornar que não será molestada e que temos que agradecê-los por descobrimos uma das maiores redes de tráfico de drogas e indiretamente eliminado do nosso território um dos terroristas mais procurados do mundo. Respondendo sua pergunta pode ser um espião da CIA que o tenha eliminado ou...do Mossad. Cumprir o trato e continuo com a proposta de trabalho de esperando. – Guilherme apertou à mão retirando-se em seguida balançando o indicador apontando para Fernando.

Havia se passado alguns meses quando Fernando recebeu um telegrama do Rabino Yaakov comunicando à chegada de um emissário da Agência Judaica para entrevistá-lo. Entrou em casa encontrando Clarice de short curto na cozinha agarrou-a por trás suspendendo-a.

— Vamos para Israel. – Os dois se agarraram pulando de alegria.

Seis meses passaram rápido quando o casal desembarcou no Aeroporto Ben-Gurion em Tel-Aviv. Um jovem alto os aguardavam no setor de imigração ou aliá, termo hebraico que significa elevação ou retorno do judeu à Terra Santa. O casal entrou na sala de Imigração quando perceberam à presença de Shimon Busquila ou Haim que os esperava.

Considerações finais

Diálogos: uma sugestão é pelo youtube ver programas de entrevistas brasileiros, alguns: Conversa com Bial, The noite com Danilo Gentile, Programa do Porchat, também tem as novelas brasileiras e mini séries. Com paciência acha tudo no youtube.

Personagens: As leituras que lhe recomendo para perceber como melhorar suas personagens são os livros de A. J. Kazinski. No Brasil foram traduzidos 3 livros dele: O último homem bom, O sono e a morte e A Santa Aliança. Acredito que será fácil usar a mesma técnica dele.

Parágrafos: Muito importante procurar um equilíbrio entre os detalhes e a trama da narrativa. O leitor vai tentar prestar atenção a tudo que você escrever. Logo use esse seu poder de autor para conduzir (como se você fosse um motorista) o leitor para onde deseja. Não sobrecarregue o leitor de informações desnecessárias para a história.

Capítulos: Procure mander cada personagem em seu capítulo. Primeiro o leitor precisa saber quem são todos os personagens. Conhecer e se identificar com suas histórias e depois do meio para o final pode até arriscar no mesmo capítulo dois núcleos de personagens diferentes. Nesse sentido acredito que A. J. Kazinski vai te ajudar muito.

www.ingramcontent.com/pod-product-compliance
Lightning Source LLC
LaVergne TN
LVHW051525170726
843492LV00006B/1622